Y²

3124

LE COMTE
DE VALMONT,
OU
LES EGAREMENS
DE LA RAISON.

TOME SECOND.

Pl. V. Front. du 2.e Vol.

La Raison le ramene a la Foi.

LE COMTE
DE VALMONT,

O U

LES EGAREMENS

DE LA RAISON.

LETTRES

RECUEILLIES ET PUBLIÉES

Par M.....

Nouvelle Édition revue & augmentée.

One Almighty is, from whom
All things proceed, and up to him return,
If not deprav'd.
Milton. Parad. loft. Hook. v.

TOME SECOND.

A PARIS,

Chez MOUTARD, Libraire de LA REINE,
de MADAME & de Madame la Comtesse
D'ARTOIS, Quai des Augustins,
à Saint-Ambroise.

M. DCC. LXXV.

Avec Approbation, & Privilége du Roi.

Il est un seul Tout-Puissant de qui toutes choses procedent, & vers qui elles remontent, si elles ne sont pas dépravées.

Milton. Parad. perd. Liv. v.

EXPLICATION.

DES FIGURES

V. Sujet de l'Eſtampe qui doit ſervir de frontiſpice au ſecond volume.

La Raiſon, après avoir éclairé un jeune Homme de ſa lumiere, le conduit à la Foi, pour qu'il trouve en elle un guide plus ſûr & un plus ferme appui. Celle-ci, en le recevant, lui montre une colonne qui lui ſert d'emblême. Le faîte de cette colonne touche au Ciel, & y déploie l'étendard de la Croix. Sa baſe porte ſur un roc, dont les fondemens repoſent au plus profond de la terre : il eſt environné d'une mer, dont les vagues en fureur ſe briſent contre lui & le blanchiſſent de leur écume. Des reptiles s'attachent au bas de la colonne ; ils la mordent, & ſemblent vouloir l'entamer & la détruire : quelques-uns, par leur ſouffle empeſté, répandent autour d'elle une ſorte de vapeur qui l'obſcurcit légerement, & s'évanouit à l'inſtant.

VI. Sujet de la seconde Figure du second Volume.

Ce sujet exprime un acte de bienfaisance. Il peint en même temps le triomphe de la Vertu par les sacrifices que cet acte fait faire au Comte de Valmont, à son épouse & à la jeune personne amie de la Comtesse. Voyez la XXXIIᵉ Lettre, & sur-tout la page 241, où M. d'Orval, ce vieillard respectable, se dépouille de sa fortune pour en faire la dot de Mademoiselle de Senneville.

VII. Sujet de la troisieme Figure du second Volume.

La Reine Blanche instruit son Fils. Au milieu de la campagne, & environnée de toutes les richesses de la Nature, elle lui apprend à remonter jusqu'à leur Auteur. Elle lui tient le plus affectueux & le plus doux langage ; elle mêle à ses leçons les plus tendres caresses, & semble lui dire ces belles paroles : MON FILS, DIEU SAIT COMBIEN VOUS

M'ÊTES CHER; MAIS J'AIMEROIS
MIEUX VOUS VOIR MOURIR QUE
DE VOUS VOIR COMMETTRE UN
SEUL PÉCHÉ MORTEL.

Fautes essentielles à corriger.

PAGE 6 , ligne 1 si j'a, *lisez* si j'ai.

Page 37 , à la Note qui est au bas de la page , *lis.* l'Epinomis , le Timée & le huitiéme Livre des Loix.

Page 39 , lig. 22 , & l'avoit logée , *lis.* & l'avoir logée.

Page 89 , lig. 16 , aulieu de Page 75 , pour indiquer la page qui correspond à la note(*d*) *lis.* page 72.

Page 131 , lig. 10, avec plus de chaleur & qu'on n'applaudiroit , *lis.* avec plus de chaleur qu'on n'applaudiroit.

Page 278 , lig. 16 , recherche , *lis.* recherches.

Page 315 , lig. 19 , Marcy , *lis.* Marsy.

Page 325 , lig. 15 , vers l'an 700 , *ajoutez* avant J. C.

Page 349 , lig. 7 , distinguée de la matiere intelligente & libre , *lis.* distinguée de la matiere , intelligente & libre , &c.

Page 359 , lig. 24 , n'a pu empêcher , *lis.* n'a pu l'empêcher.

Page 375 , lig. 5 , est un-un , *lis.* est-ce un.

Page 377 , lig. 10 , à l'état, *lis.* à l'Etat.

Page 392 , lig. 8 , luxes , *lis.* luxe.

Il y a beaucoup d'autres fautes moins essentielles , ou dont on s'appercevra facilement , comme à la page 109 , Boussuet *pour* Bossuet. Pag. 176 , voué *pour* vouée ; pag. 214, se font-là, *pour* ce font-là ; pag. 290 , schsime , *pour* schisme ; pag. 476 , ont mis *pour* ont mises ; pag. 482 , d'autre en ant *pour* d'autre enfant ; & le reste qu'il seroit trop long de citer.

LE

LE COMTE
DE VALMONT,
O U
LES ÉGAREMENS
DE LA RAISON.

LETTRE XXV.

d'Emilie au Marquis.

O le pere le plus tendre , & le meilleur de tous les amis ! que je vous reconnois bien aux foins que vous prenez pour
adoucir ma peine , & pour trouver un
remede à mes maux ! Vous confolez l'a-
mour bleffé , vous foulagez même au
fond de mon ame l'amour - propre trop

Tome II.   **A**

vivement offensé ; tant vous daignez vous
prêter à ma foiblesse , pour mieux me
rendre ensuite toute la force dont j'ai
besoin. Mon cœur s'ouvre tout entier
aux espérances que vous lui faites concevoir ; & pour les réaliser plus surement , j'ai fait usage, par rapport à ma
jeune amie , du conseil que vous m'avez
donné. L'occasion s'en est présentée
d'elle - même. Derniérement, Valmont
ayant affecté de me marquer en présence
de Senneville toute son indifférence , pour
lui donner sans doute des preuves plus
sensibles de son amour pour elle , cette
aimable enfant parut s'attendrir sur mon
sort ; & dès que mon mari nous eut lais-
sées seules dans le petit bois qui termine
le jardin où nous étions descendues , sai-
sissant avec transport une de mes mains,
elle l'arrosa de ses larmes. Je l'embras-
sai , & je m'attendris avec elle. Après
les vives & touchantes expressions de ce
langage muet , mais si facile à comprendre : Senneville , dis - je, à ma bonne
amie, votre cœur est oppressé ; fermé

par la douleur, refferré par la crainte, il ne demande qu'à s'ouvrir à l'amitié. O mon amie ! nous nous fommes tû toutes deux trop long - temps. Ses larmes recommencerent à couler avec plus d'abondance, & s'efforçant enfin d'en fufpendre le cours ; que je fuis malheureûfe, me répondit - elle, puifque j'ai pû faire votre tourment ! Vous ne l'ignorez pas, & je ne fuis que trop forcée de me l'avouer à moi - même. En prononçant ces mots, fes beaux yeux tout mouillés de pleurs fe leverent fur moi , & avec une forte de honte fe rabaifferent au même inftant. Ma chere amie, repris je alors, en faifant tous mes efforts pour la confoler, moi, qui avois fi fort befoin d'être confolée moi-même; pourquoi fembles - tu rougir d'un mal involontaire, & te fais-tu une peine fi grande de ce que nous n'avons pu ni éviter ni prévoir ? Ah ! je ferois un monftre, mé dit-elle , fi j'y étois moins fenfible ; & quelque involontaire que foit mon crime , puis-je trop m'en punir ! Je devois

tout faire , tout entreprendre pour m'arracher à mon attachement pour vous ,
dès que je me suis apperçue qu'il vous
devenoit funeste ; je devois retourner
dans l'asyle dont vous m'aviez tirée, me
condamner moi-même à la plus sombre
retraite, & s'il l'eût fallu, m'y ensevelir
pour toujours. Mais je vous aimois, j'es-
pérois; d'un autre côté, je craignois de
faire un éclat; & ma timidité ne pouvoit
s'accommoder d'une démarche trop hardie, & qui eût pu donner lieu à mille interprétations différentes. J'aurois dû vous
consulter du moins, & à peine osois-je
vous parler. Cependant vos peines se
font accrues ainsi que mes souffrances;
mon attachement augmentoit avec elles,
& l'amitié étoit devenue en moi une véritable passion. Voilà tous mes torts : car
mon cœur n'en a point d'autres à se reprocher; & Valmont eût-il cent fois plus
de charmes, sa conduite à votre égard
m'y eût rendue pour toujours insensible.
Jugez-en, ma bonne amie, par ces deux
Lettres, dont la première ne peut main-

tenant rien ajouter à vos peines, & dont la seconde vous éclairera encore mieux sur mes dispositions les plus secrettes.

A ces mots, elle tira de son porte-feuille une premiere Lettre, dont l'écriture toute seule me fit tressaillir; j'y reconnus celle de Valmont, & voici ce que j'y lus.

» Trop aimable Senneville! est-ce donc
» un crime de vous aimer? Depuis que
» vous avez lu dans mes yeux le feu qui
» me dévore, depuis qu'un aveu indis-
» cret a confirmé presque malgré moi ce
» qu'ils avoient osé vous dire, pourquoi
» me fuyez-vous? pourquoi faites-vous
» succéder l'indifférence & la contrainte à
» cet air de franchise, & à la tendre ami-
» tié, qui régnoient entre nous? Croyez-
» vous donc guérir par là les maux que
» vous m'avez faits? ou craindriez-vous
» de les partager? Ah! ils ne font à crain-
» dre ces maux que pour celui qui est
» seul à les ressentir, & non pour deux
» cœurs qu'unit un même penchant : ils
» ne font à craindre que pour celui qui

» combat un fentiment fi doux; & fi j'a
» un reproche à me faire, c'eft de n'y
» avoir pas cédé plutôt. L'amour eft le
» charme de la vie, & vous obftiner à
» ne le pas connoître, ce feroit vouloir
» ne pas connoître le bonheur. Vivez,
» Senneville, vivez pour aimer & pour
» être aimée. Si l'amour le plus vif & le
» plus conftant peut fuffire à vos vœux,
» vos charmes vous garantiffent affez la
» violence & la durée du mien. «

Après cette Lettre, Senneville m'en fit
lire une autre, beaucoup trop flatteufe
pour moi : c'étoit une copie de la réponfe qu'elle y avoit faite.

» Je ne fuis pas affez inftruite, Mon-
» fieur, des effets du fentiment que vous
» voulez m'infpirer, pour en difcuter
» avec vous les peines & les douceurs;
» & ce n'eft point du tout là l'objet de ma
» réponfe. Ce qui m'affecte uniquement,
» c'eft votre injuftice, c'eft la douleur
» trop réelle que vous caufez à ma bonne
» amie. Eh, par où donc a-t-elle mérité
» votre oubli ou votre indifférence ? Eft-

» elle moins aimable que lorsque vous
» avez commencé à l'aimer ? A-t-elle
» perdu de ses droits & de ses charmes
» les plus vrais, depuis que vous vous
» êtes fait un engagement & un devoir
» de l'aimer toujours? Quand j'en saurois
» moins encore sur la honte & les périls
» d'un attachement illicite, les malheurs
» de votre épouse suffiroient pour m'ar-
» mer contre la passion même la plus
» innocente. Hélas! que ses beaux jours
» se sont promptement écoulés! Que vo-
» tre amour a eu peu de durée! Et vous
» osez promettre à une autre un amour
» éternel! Quoi, lorsque la beauté, l'es-
» prit, le sentiment, les vertus, les ta-
» lens & les graces n'ont pu fixer votre
» inconstance, vous oseriez encore jurer
» d'être fidele? Ah! commencez par l'être
» au premier amour que vous aviez for-
» mé; essuyez les larmes que vous avez
» fait répandre ; rendez à la plus digne
» épouse un cœur qui lui est dû : c'est à
» ce prix seulement que je vous rendrai à
» mon tour la confiance que vous m'aviez

» infpirée. Mais fi au contraire vous vous
» obftinez à nous affliger l'une & l'autre,
» n'attendez plus de moi que de l'indi-
» gnation, du mépris & de la haine, s'il
» peut m'être permis de vous haïr; &
» ne foyez pas furpris, s'il n'eft rien au
» monde que je n'aie la force d'entre-
» prendre pour m'éloigner de vous. «

Le même jour que M. de Valmont
reçut cette Lettre, reprit ma jeune amie,
je trouvai fur des tablettes qu'il laiffa
tomber à mes pieds, ce peu de mots qu'il
y avoit écrits.

» Puifqu'il faut me taire, vous ferez
» obéie; mais rien ne pourra déformais
» arracher de mon cœur le trait qui le
» déchire. Votre éloignement ne feroit
» qu'aigrir mes maux & ceux de la Com-
» teffe : reftez. Mes yeux feuls vous di-
» ront encore que ce n'eft qu'à vous que
» je pouvois fans crainte jurer d'être
» fidele. «

Depuis ce jour, continua Senneville,
le Comte ne m'a tenu parole qu'autant
qu'il le falloit pour ménager en un fens

ma délicateffe, & non pas affez pour ne
pas bleffer à chaque inftant mon amitié
pour vous. Je le fuyois, mais il me retrouvoit à vos côtés, & ne ceffoit d'em-
poifonner le plaifir que je goûtois à vous
voir, par l'indifférence qu'il vous témoi-
gnoit, & les marques de préférence qu'il
affectoit de me donner. Autant fa conduite m'irritoit en fecret & me faifoit
fouffrir, autant la vôtre m'intéreffoit à
votre fort, & vous rendoit chaque jour
plus aimable & plus chere à mon cœur.
Votre préfence étoit un befoin pour moi ;
elle m'étoit devenue néceffaire, . . . & je
fens trop bien qu'elle me le fera toujours.
Mon ame femble paffer toute entiere en
vous feule : je ne vois que vous, je ne vis
en quelque forte que par vous & pour
vous : mon attachement eft porté à l'excès, je le fais, j'en conviens, & il faudra
que j'en fubiffe le trop jufte châtiment.
Cependant ma tendreffe étoit digne d'excufe : c'eft pour la vertu que je m'étois
paffionnée en vous aimant. N'importe,
je vous quitterai, j'en mourrai : . . . car

tout mon bonheur tenoit au bonheur de vous voir. Mais je me sens, par vos exemples, assez forte pour un tel sacrifice : trop heureuse, si, en mourant, je puis vous rendre le repos que je vous ai ravi sans le vouloir.

Jugez, mon pere, de notre surprise à toutes deux, lorsqu'au moment même où elle parloit ainsi, nous vîmes tomber Valmont à nos genoux. Caché derriere une charmille du labyrinthe où nous nous étions enfoncées, il avoit tout entendu. Non, dit-il, en nous prenant la main, couple trop aimable & trop malheureux par ma faute, vous ne serez point séparées ; non, Senneville, vous ne nous quitterez pas, . . . ou l'on m'arrachera plutôt la vie. Laissez-moi me vaincre : déja, avant que de céder à ma passion, le Ciel m'est témoin combien je l'avois combattue. Je ne suis pas né pour l'injustice & pour le crime ; je ne suis pas né pour faire votre malheur. J'ai pu m'égarer ; mais de nouvelles lumieres brillent à mes yeux, & dissipent en partie les ténebres dans lefquelles j'ai été plongé jufqu'ici : je refpecte la vertu.... Ah! lors même que je la combattois par mes difcours, chere époufe, chere Senneville, je la refpectois en vous.

Nous étions fi faifies, ma bonne amie & moi, que nous le laiffions parler fans le tirer de la fituation pénible où il étoit; & il avoit tout dit, que nous paroiffions l'écouter encore. Son filence cependant, & la vive émotion, le tremblement, l'agitation qui fe faifoient appercevoir en lui, nous arracherent à l'efpece de léthargie où nous étions plongées : nous nous emprefsâmes à le relever, & à le faire affeoir au milieu de nous. Une fcene muette fuccéda à ces premiers tranfports. Un air de confufion fembloit fe communiquer de l'un à l'autre, & fe répandre fur nous tous. Nos penfées étoient preffées; nous ne difions rien pour avoir trop à dire : enfin le fentiment dont nous étions pénétrés fe fit jour, fi je puis ainfi parler, & s'exhala par des pleurs. J'avois befoin d'en répandre pour être foulagée; & fi

cette situation eût duré plus long-temps,
je ne sais si je n'aurois pas eu à craindre
pour l'état où je suis, & pour l'enfant
que je porte dans mon sein. Nos pleurs
se confondirent : mon mari me fit les
plus tendres caresses : Senneville parut
reprendre, en les voyant, sa franchise
& sa gaieté, & voulut, par un enthousiasme digne d'elle, que nous nous pro-
missions tous trois de n'avoir plus rien
de caché l'un pour l'autre, puisqu'aussi-
bien nos cœurs étoient à découvert, &
que nous fissions serment de disputer à
l'envi à qui se feroit le plus d'efforts pour
être vertueux.

Nous remontâmes au sallon dans cette
heureuse disposition. Depuis ce moment
nous sommes plus tranquilles; mon mari
n'a plus cet air froid & glacé qu'il avoit
avec moi; il semble me traiter en amie:
mais on voit bien que ses empressemens,
sa passion sont encore pour Senneville.
Cependant il les modere; & ses procédés, plus sages à son égard, & avec moi
plus ouverts, laissent régner plus d'amé-

nité & de confiance entre nous. Toujours
entre Senneville & Valmont, je ferois
heureufe, fi l'amitié de l'une pouvoit me
dédommager de la tendreffe de l'autre ;
mais, aux yeux d'une épouse fidele, quel
cœur peut racheter la perte du cœur de
fon époux ! Senneville le fent comme
moi, & fouvent s'en afflige : mais elle
tremble de me perdre, & je ne fais fi j'aurois plus de force pour permettre fon
éloignement & fupporter fon abfence.
Ainfi, le cœur trop plein de fentimens
contraires, nous fommes depuis quelques jours un peu moins à plaindre qu'auparavant; mais, hélas ! que nous fommes
loin du bonheur !

Ce qui me confole le plus, c'eft ce
nouveau jour que vous avez fait briller
aux yeux de mon mari. Il paroît qu'en
effet il a acquis plus de droiture. Sa façon
de penfer & de s'exprimer eft plus exacte
& plus modefte; il ne donne plus comme
autrefois dans les paradoxes les plus fin-
guliers; il n'affecte plus le faux honneur
d'être feul de fon fentiment, & on ne

l'entend plus défendre tour-à-tour les opinions les plus oppofées. Ses raifonnemens ont quelque chofe de plus folide & de mieux lié : il femble vouloir être vertueux par goût & par principes. Je fuis convaincue qu'il fe fait une forte de violence à lui-même , & fans le Baron de Laufane qui l'obfede fans ceffe , je ne doute pas qu'il ne fût maintenant très-aifé de le ramener entiérement. Mais ce dangereux ami, contraint de changer de batterie, & voulant d'ailleurs fe ménager toujours entre mon mari & moi, donne tant de force aux principes de raifon qu'il voit germer dans l'efprit & dans le cœur de Valmont, qu'il l'attache à la raifon toute feule, &, comme je ne le fens que trop, le prémunit de plus en plus contre l'autorité. Valmont ne parle plus que bienfaifance, vertu, équité, loi naturelle, & toujours fort indifférent fur ce qu'il doit à fon Dieu, n'a pas encore, à proprement parler, de religion. Il s'eft impofé un joug ; mais il fe flatte de pouvoir le refferrer ou l'étendre à son gré ; & je crains bien , que cette loi si belle qu'il veut suivre , ne redevienne à peu de chose près celle de ses penchans.

Daigne enfin le Dieu de lumieres & de graces achever par vos soins ce qu'il a commencé dans mon mari ! C'est déja beaucoup pour lui que de reconnoître quelque espece d'obligation & de devoir. J'ose croire , qu'avec une ame droite & sincere , un disciple zélé de la loi naturelle n'auroit plus qu'un pas à faire pour devenir un chrétien fidele. La loi que la simple raison nous prescrit , & celle que nous offre l'Evangile , ont entre elles l'union la plus intime & se soutiennent mutuellement : celle-là conduit à celle-ci ; ce sont deux sœurs , dont l'une , ce me semble , rend l'autre plus aimable encore , en apprenant à la mieux connoître.

C'est ainsi que tout concourt à nourrir mon espoir. Ce que nous connoissons tous trois de nos dispositions & de nos plus secrets sentimens , ne peut maintenant que tourner au profit de la vertu.

Je m'en flatte du moins; & mon entretien avec Senneville est pour moi une
source de consolations. J'y découvre de
de plus en plus la fausseté de Lausanne,
& le peu de fonds que je dois faire sur
ce qu'il a prétendu m'apprendre de l'ancien amour de Valmont pour ma jeune
amie & de la contrainte qu'il s'est
faite en m'épousant. Par-là aussi je me
trouve plus portée que jamais à me tenir
en garde contre les pieges & les surpri-
ses de ce faux ami : car je ne sais par
quel pressentiment j'ai toujours attendu
de lui tous mes malheurs. Fasse le ciel
que sa passion pour moi, & les ménagemens que je suis forcée d'avoir pour
lui, ne m'en préparent pas de plus tris-
tes encore pour l'avenir !

Il me reste, en finissant, un conseil
à vous demander : car c'est toujours à
vous, mon tendre pere, que j'ai recours dans mes doutes. Vous nous avez
suffisamment éclairées, Senneville & moi,
sur la lecture des Romans & des Livres
contre la Religion; mais un autre piege

se présente, ce sont les spectacles. Depuis
long-temps mon mari nous persécute
pour nous porter à jouir de cette sorte
de délassement, & emploie d'ailleurs
les raisons les plus spécieuses, pour nous
le faire regarder comme innocent. Derniérement encore, pour mieux cimenter
notre triple alliance & mettre le sceau
à notre réconciliation, il vouloit à toute
force nous y conduire, & mettre ainsi
ses plaisirs en commun avec nous. Heureusement Senneville a fait jusqu'ici tous
les frais de la resistance : car vous savez,
mon pere, que sur ces objets il est bien
difficile à une épouse de ne pas céder à
un mari qui presse, & qui veut absolument. Mais Senneville est jeune, &
ne hait point les plaisirs permis. Si Valmont peut enfin lui persuader que les
spectacles sont de ce nombre, nous sommes perdues; & moi-même, je vous
l'avoue, je n'aurois pas la force de m'y
refuser, si je ne les croyois absolument
défendus. Cependant il y a tant d'exemples qui parlent en leur faveur; leurs

partifans en difent tant de bien, & peignent fi fouvent le théâtre comme le
temple du goût & l'école des mœurs,
que quelquefois je fuis prête à me rendre. Levez, nous vous en conjurons,
nos fcrupules à toutes deux, ou four-
niffez-nous pour toujours des armes contre la tentation. Nous aurons toutefois
affez de force, pour temporifer auffi
long-temps qu'il vous plaira; & je vous
prie, mon pere, d'être encore plus occupé des befoins de mon mari que des
nôtres.

LETTRE XXVI.

Du Comte de Valmont à son Pere.

Oui, mon pere, je dois au Dieu de toute vérité, pour les lumieres qu'il me donne & le nouveau jour qu'il fait briller à mes yeux, la reconnoissance la plus vive. Mais vous, qu'il a choisi pour m'éclairer, & qui le faites avec tant de zele & de sagesse, quel amour & quelle reconnoissance ne vous dois-je pas ? O mon pere ! vos bontés me confondent, plus encore que le sentiment de mes foiblesses & la vue de mes erreurs ! Avec quels ménagemens & quelle douceur vous combattez, vous détruisez de honteux sophismes, dont je rougis en effet, & que mon cœur désavoue. C'est à ce cœur que vous parlez, & pourroit-il ne pas vous entendre ? Oui, je suis libre ; & dussent mes passions ne cesser d'en murmurer & d'en frémir, je sens, je reconnois en moi cette faculté si no-

ble que j'avois la baffeffe de me difputer à moi-même. Je fuis libre ; & j'aurois beau vouloir m'en impofer encore,
peu accoutumé au crime, fufceptible de
remords, je me reprocherois toujours
malgré moi le mal que je fais, & le bien
que je ne fais pas & que je devrois faire.
Ah ! du moins, fi je fuis coupable, je
n'ajouterai pas à mes fautes une faute
plus grande, le défaveu de ma liberté ;
& à ma honte, une honte éternelle,
celle de ne plus rougir que des remords
& de la vertu. Puifque je fuis libre, &
fufceptible de bien & de mal, fans doute
l'un & l'autre me font imputés comme
à leur véritable caufe : il y a d'ailleurs
entre eux une différence réelle ; elle eft
prife dans la nature même des chofes ;
elle eft immuable comme elle ; & cette
différence, je l'apperçois, je la fens au
fond de mon cœur. Un Dieu, néceffairement ami de l'ordre, un Dieu bon
me fait de l'amour & de la pratique du
bien, une véritable loi ; il me défend le
mal qui lui eft oppofé : la vertu n'eft

donc pas un vain nom ; elle ne lui eſt
pas indifférente ; il la récompenſera en
Dieu , & cette récompenſe ſera éternelle comme lui. Ce que je ne trouve pas
ici-bas, le bonheur, qui, ſous l'empire
d'un Dieu juſte , doit être le prix de la
juſtice, je le trouverai dans le ſiecle à
venir, ou le malheur , ſi je l'ai mérité.
Importantes vérités ! vous ne ſerez plus
effacées de mon ſouvenir. Le preſtige
des paſſions ne ſera plus aſſez fort pour
me porter à vous révoquer en doute. Je
ne m'avilirai plus juſqu'à confondre ma
nature avec celle de la plante qui végete,
de l'animal qui broute ou qui rumine.
Capable de bien faire, ſuſceptible des
plus grands ſentimens , c'eſt à leur en-
thouſiaſme que je vais me livrer tout entier. Equité , bienfaiſance , amour de
l'ordre, amour du bien commun, venez
étendre mes vues, régler mes penchans,
ennoblir mes affections & mes goûts ,
exercer toutes mes facultés, vivifier mon
eſprit & mon cœur, & me donner un
nouvel être ! O vertu ! ai-je bien pu ou-

blier tes charmes, & répandre des nua=
ges fur ton éxiftence ? Ah ! mon pere,
vous m'en peignez fi bien les attraits,
vous me la rendez fi aimable, fi touchante & fi belle, j'en retrouve fi bien
dans vous, dans Emilie, dans tout ce
qui m'environne, le facré caractere, que
je ferois le plus coupable & le plus vil de
tous les hommes fi je pouvois encore la
méconnoître.

Mais cette vertu, dont les premiers
principes font gravés dans tous les cœurs,
cette loi naturelle que le fentiment nous
indique, que la raifon nous développe,
& qui n'eft autre chofe que la raifon
même ; cette loi, commune à tous les
hommes, ne leur fuffit-elle pas ? N'eft-ce
pas affez des lumieres qu'elle nous donne,
& oferoit-on bien dire, qu'elle ne nous
éclaire pas autant qu'elle le doit fur ce
qu'elle nous oblige de pratiquer ? N'eft-
ce pas affez du joug qu'elle nous impofe ? faudra-t-il y ajouter de nouvelles
entraves ? faut-il y joindre des inftitutions arbitraires, des enfeignemens hu-

mains, le langage des hommes, devenus les interprêtes des volontés divines; & inftruit par la nature même, par ma raifon, ce guide fi fûr quand je fais le confulter, faut-il encore que pour apprendre à connoître, à fervir, à honorer Dieu comme il doit être honoré, j'emprunte le fecours de mes femblables, & que je trouve par-tout des hommes entre Dieu & moi?

Ah! qu'ils me laiffent du moins cette heureufe liberté que la nature m'a donnée; qu'ils me laiffent croire & fuivre en paix ce qu'elle me dicte; & qu'au nom de ce Dieu qu'ils font agir & parler, ils ne fe rendent pas les tyrans de mes opinions & de mes penfées. O mon pere! vous connoiffant comme je le fais, pourrois-je me reprocher ma franchife & ma fincérité? pourrois-je craindre de vous paroître trop hardi, en m'exprimant ainfi? Qui fut moins que vous de caractere à dominer fur les confciences? Le feul intérêt de la vérité vous touche: vous m'avez aidé à la connoître dans ce qu'elle a d'essentiel ; & sans doute l'hommage que je lui rends vous suffit comme à elle. Sur les opinions particulieres, qui divisent les nations, & les hommes entre eux, pourriez-vous me savoir mauvais gré de mon indifférence ; & après m'avoir éclairé sur la loi naturelle, pourriez-vous sur tout le reste me faire un crime de ne pas penser comme vous ? La vérité, la vertu, l'honneur, sont en sureté à la faveur des principes, qui maintenant nous sont communs ; s'ils suffisent pour me rendre juste & bienfaisant, que faut-il de plus ? &, sans autre lumiere, Socrate, Aristide, Caton, Tite & Marc-Aurele ne l'ont-ils pas été ? Pourrois-je bien ne pas mériter, en partageant leurs vertus ? Craindriez-vous encore pour moi, si j'étois juste comme eux ? Mon pere, vous n'êtes point fait pour contraindre ; vous n'êtes fait que pour persuader ; & quand vous ne me rendriez pas un vrai croyant, un disciple fidele, que ne vous devrois-je pas, dès que vous m'auriez rendu vertueux ?

LETTRE

LETTRE XXVII.

Du Marquis de Valmont à son Fils.

JE bénis le ciel ; il m'a fait retrouver mon fils ! Mon fils croit à la vertu ! Mais que dis-je, cher Valmont ? tu n'as jamais cessé d'y croire ; non, tu n'as jamais été perdu pour ton pere. Si ton langage te défiguroit à ses yeux, s'il te rendoit indigne de lui ; ah ! toujours plein d'indulgence pour toi , il avoit pitié de ta jeunesse ; il séparoit les sentimens de ton cœur des sophismes de ton esprit, & du délire de tes passions; il te retrouvoit dans tes combats , dans tes aveux, dans tes remords, & savoit bien que tu vivois encore pour le devoir & pour l'honneur. Qu'il y a de ressources pour une ame dans laquelle le sentiment n'est pas éteint ! Il suffit tôt ou tard pour y ramener la raison.

Enfin tu en reconnois l'empire, & nous sommes d'accord sur l'autorité

Tome II. B.

fainte des loix de la nature. Mais la loi
naturelle, la feule raifon fuffit-elle à nos
befoins ? O mon fils ! fi elle te fuffit en
effet, ne crains pas que je t'impofe un
nouveau joug, un joug inutile, & une
loi arbitraire. Ce n'eft pas, pour te rendre la vertu plus dure & plus pénible,
que je prétends t'éclairer, c'eft pour te
la rendre plus douce & plus facile; &
je ne veux pour toi de loi, que celle qui
peut fervir à ton bonheur. Eh ! que me
reviendroit-il de me faire le tyran de tes
opinions, & de vouloir dominer fur ta
confcience ? Ai-je donc d'autre intérêt,
ai-je donc encore d'autre plaifir à attendre fur la terre, que celui de te rendre
heureux ? Si cependant tu ne peux l'être,
qu'en fixant la légereté de ton efprit,
qu'en augmentant & en affurant tes lumieres, qu'en fortifiant & en épurant
ton cœur, qu'en t'armant contre des
paffions qui t'égareroient de nouveau,
ou qui feroient ton tourment; & fi la
feule raifon eft d'un foible fecours pour
te procurer de fi grands avantages, s'il

eft un guide plus sûr encore & plus fidele que le ciel t'ait donné, me faurois-tu mauvais gré de te le faire connoître ? Puifque la vérité, la vertu font maintenant de quelque prix à tes yeux, pourrois-tu être indifférent à ce qui te rendroit vraiment fage & folidement vertueux ?

Mais fur-tout, mon fils, fi par des vues dignes de lui, Dieu a réellement attaché à une économie bien fupérieure à celle de la nature ton fort pour l'avenir, oferois-tu bien te roidir contre fa volonté fuprême ? Oferois-tu accufer fa fageffe, le condamner fans l'entendre, mettre de vains raifonnemens à la place des faits, reprocher au ciel les fecours plus abondans qu'il accorde à ta foibleffe, ou mettre fur le compte des hommes ce qui te vient de la Divinité même, & par un entêtement qui feroit le fruit de la prévention, rifquer ton bonheur éternel ?

La raifon eft notre premier guide : eh mon fils ! qui l'avouera mieux que moi,

B ij

& ne t'ai-je pas le premier appris à la
refpecter ? Mais ce guide que je révere
eft-il le feul que nous devions fuivre ?
& de nouvelles lumieres, une autorité
plus précife, une regle plus facile, ne
feroient-elles pas à defirer ?

Prends-y garde, cher Valmont, autant
il eft infenfé de trop déprimer la raifon,
autant l'eft-il de fe former une trop
haute idée de fon pouvoir. La méconnoître, ou trop préfumer de fes forces,
font deux excès également dangereux.
Toi-même autrefois tu te plaifois à la
dégrader; tu ne la regardois que comme
un inftrument mobile & changeant, que
comme une regle incertaine; tu lui re-
fufois tout crédit : tu te trompois, & tu
as été forcé d'en convenir. Aujourd'hui,
bien différent de toi-même, tu donnes
tout à fa lumiere, & tu te trompes encore. Ah ! fans doute, l'autorité fans la
raifon n'a aucun fondement folide; elle
ne porte plus fur rien qui la diftingue
de l'erreur & qui lui donne le facré caractère de la vérité; elle peut être égale-

ment l'autorité menfongere du Bonze ou
du Druide; elle peut emprunter tour à
tour la voix de la Nymphe Egerie & le
glaive de Mahomet. Croire fans la raifon, & contre la raifon même, c'eft le
partage des imbécilles, des fuperftitieux
& des fanatiques; c'eft, fous le prétexte
impofant de facrifier fon entendement à
la divinité pour en recevoir des enfeignemens plus fûrs, s'arracher les yeux
pour mieux voir. Toutes les regles de
vérité que Dieu nous a données, peuvent bien s'éclairer en quelque forte &
s'aider mutuellement; aucunes d'elles ne
peuvent évidemment fe contredire, à
moins qu'on ne veuille mettre Dieu en
contradiction avec lui-même.

Voilà, mon fils, ma profeffion de foi
fur l'autorité de la raifon. Mais prétendre que, dans l'état où font les hommes,
la raifon brille fuffifamment de fa propre
lumiere, & fe foutienne fans aucun autre appui; qu'elle foit l'unique maître
que nous devions écouter; qu'elle n'ait
befoin que d'être confultée pour nous

B iij

instruire, & qu'en nous enseignant elle nous dise tout ce qu'il nous importe de savoir; c'est ce que tu ne prouveras jamais, & ce que tu prouverois envain contre l'expérience de tous les siecles.

Ouvre, mon fils, la grande & étonnante histoire du genre humain; prends-la où tu voudras; considere-la dans tous les âges; suis-en les révolutions parmi tous les peuples, qui n'ont eu que leur entendement pour guide; qu'elle fixe ton attention & tes regards sur les contrées nouvellement découvertes, sur le nouveau monde, comme sur celui qui nous est connu de tous les temps : hélas! en tout temps, en tous lieux, que t'offrira-t-elle que l'histoire de nos erreurs? Dans un coin de ce vaste Univers un seul peuple eut autrefois des notions saines sur la divinité, sur les devoirs de l'homme; & c'est Dieu même qui l'a instruit. Par-tout ailleurs, & sur les objets les plus importans, quelle étrange stupidité! quel égarement & quelles ténebres ! Sans vouloir t'éblouir par le vain étalage d'une érudition, dont tant d'autres ont fait les frais avant moi, & passant rapidement sur tout le reste, j'insisterai sur un seul article, parce qu'il est le premier & le plus intéressant aux yeux de la raison; parce qu'il est d'ailleurs la regle essentielle des mœurs & le fondement de la loi naturelle; parce qu'enfin c'est de lui que dépend en grande partie ce que nous devons croire & espérer. Cet article, le plus important de tous, c'est l'idée que nous devons nous former de la divinité.

Ici, Valmont, mesure bien les forces de l'entendement humain, & rougis pour ta foible raison. Quel tableau à cet égard que celui du monde entier ! Le vrai Dieu, le Dieu de tous les êtres ignoré & méconnu; ce Dieu unique, indépendant, existant par lui-même, divisé en autant de Dieux dépendans & muables qu'il y avoit aux cieux & sur la terre d'êtres qu'il avoit créés; les divinités les plus bisarres mises à la place de l'être le plus parfait; de vils mortels adorés par

leurs femblables; le bœuf, le chien, le
chat & le crocodile encenfés par des
Prêtres; le foleil, la terre, les oignons
& les plantes, de vains noms, la fortune
& la peur, devenus l'objet de nos hommages; des peuples de fages profternés
devant des dieux de bois, de pierre ou
de métal, devant des figures grotefques
dont l'artifte mal-adroit rioit en les formant, & qu'il adoroit avec tout fon
peuple après les avoir formées; nos
peres eux-mêmes .... Ah! je frémis à
ce trifte fouvenir, nos peres à genoux
devant de honteux fimulacres; & nous,
mon fils, qui y ferions encore, fans la
foi de nos premiers Apôtres; des fu-
perftitions communes aux fimples & aux
favans; des poulets confultés de bonne
foi par des héros; le vol des oifeaux faifant trembler les plus fiers courages; des
cultes infâmes, des facrifices impurs, des
dieux parjures, inceftueux, adulteres, des
divinités cruelles & barbares, des victimes humaines, le vice dans les temples,
fur les autels, & dans prefque tous les

cœurs : ô mon fils ! voilà l'homme aban
donné à lui - même. . . . . .O aveuglè-
ment ! ô folie ! dont on oferoit à peine
le croire capable, & qu'on feroit tenté
de regarder comme une calomnie contre
le genre humain, fi elle n'étoit atteftée
par l'expérience de tous les fiecles &
l'exemple de toutes les nations ! Grand
Dieu ! de quelle nuit profonde as-tu tiré
l'Univers, & dans quels fiecles heureux,
fous quelle aimable loi m'as - tu fait
naître ?

Je ne t'ai montré encore, cher Valmont, les égaremens de la raifon que
dans la multitude ; & ce feroit déja prouver affez contre toi, puifqu'enfin c'eft le
grand nombre, c'eft le commun des
hommes qũi a le plus befoin d'inftruc-
tion. C'eft lui fur-tout, qui, n'ayant ni
la force d'efprit, ni le temps, ni la volonté, ni les moyens néceffaires pour
faire une étude raifonnée de la religion
& de la morale, a auffi le befoin le plus
preffant d'être éclairé & fixé par une autorité.

B v

Mais à l'égard des philosophes & des sages eux-mêmes, qu'est-ce donc que la seule lumiere naturelle ; & jusqu'ici a-t-elle bien pu leur suffire ? Parmi eux que d'écoles & de sectes contraires ! Que d'opinions diverses sur la nature de Dieu, l'origine du monde, la destination de l'homme, & les principes de la morale ! Malgré toutes les recherches des sages de l'antiquité, Dieu, le vrai Dieu leur étoit presque aussi inconnu qu'au reste des hommes. Ils ne l'appercevoient qu'à travers un voile, qui leur en déroboit les attributs les plus essentiels, & leur cachoit tout l'éclat de sa majesté. Tantôt ils vouloient qu'un destin aveugle présidât seul à ses déterminations & lui servît de loi : le fatalisme, si absurde en lui-même, étoit l'opinion la plus commune. Tantôt ils limitoient le pouvoir du souverain Etre, en lui opposant une seconde Divinité à laquelle ils attribuoient tous les désordres qu'ils croyoient apperce-voir dans quelques-unes des parties de ce monde. Dans ce systême, aussi ab-

furde qu'impie, un bon & un mauvais
principe, le Dieu du bien, & le Dieu
du mal, fi jamais il put y avoir un tel
Dieu, partageoient également l'empire
de l'univers. Plufieurs imaginoient une
matiere éternelle & fubtile, qui circu-
loit dans toute la nature, la modifioit,
l'animoit, & trouvoit dans fon propre
fonds le mouvement qu'elle lui donnoit;
comme fi le mouvement par fes loix &
fes changemens divers ne fuppofoit pas
dans l'Univers un moteur *. Les autres,
quoique en petit nombre, diftinguoient
à la vérité l'être purement fpirituel d'avec
tout ce qui eft matiere ; & toutefois ils
le confidéroient, non pas comme l'auteur de la nature, mais comme celui qui
en avoit modéré les forces, qui en avoit
réglé les mouvemens, qui avoit difpofé
avec fageffe tous les êtres qui la compofent, & qui exiftoient comme lui de toute
éternité. Infenfés, qui ne s'appercevoient

---

* Voyez la quatrieme Lettre, Tome I.

B vj

pas qu'en faifant de toutes les parties de
ce grand ouvrage autant d'êtres éternels
& néceffaires, ils en faifoient autant de
divinités ! Tant il eft vrai, mon fils, que
toute la fageffe, felon le monde, n'eft
que folie devant Dieu !

Ces fages, tant vantés, n'étoient pas
mieux inftruits de ce qui regarde l'homme, fon état actuel, & fa deftination.
Varron, le plus favant d'entre les Auteurs Payens, compte près de trois cens
opinions différentes fur la feule queftion
du fouverain bien. Ils ne s'accordoient
pas davantage fur la vertu ; ils ne formoient
fur l'immortalité de l'ame que des conjec-
tures. Par-tout ils héfitent, ils chancelent,
ils fe contredifent eux-mêmes, & les plus
habiles d'entre eux font ceux qui confef-
fent le plus hautement leur ignorance.
Socrate reconnoît fans peine qu'il auroit
befoin de lumieres plus fûres pour fe conduire, ou de la parole de Dieu même qui
lui fervît de guide ; il ne croit pas qu'on
puiffe réuffir à réformer les hommes, à
moins qu'il ne plaife à Dieu de nous en-

voyer quelqu'un qui nous inſtruiſe de ſa
part. Etonnant aveu de notre foibleſſe,
dans la bouche d'un tel ſage ! Sentiment de nos beſoins, qui eſt le plus bel
effort auquel puiſſe ſe porter la ſageſſe
humaine ? Platon, en nous expoſant la
mort de ſon maître, nous fait part de ſes
craintes : après avoir fait à ſes amis le
diſcours le plus ſublime ſur l'immortalité
de l'ame, Socrate le termine en doutant ſi
l'ame eſt immortelle. Platon lui-même,
qui diſtingue ſi nettement l'eſprit & la
matiere, qui reconnoît un Créateur ſuprême, & qu'on admire par de ſi beaux
endroits, ſe dément honteuſement en faiſant partager les honneurs de la Divinité
aux aſtres, à la terre & aux démons * ;
il veut dans ſa République qu'on s'enivre
aux fêtes de Bacchus ; il ordonne des
combats, où il ôte aux deux ſexes les
armes & les vêtemens de la pudeur ; il
approuve la communauté des femmes ;

---

* Dans l'Epinomis, & le Timée le huitieme
Livre des Loix.

& Philon, le plus grand de ses admirateurs, s'indigne malgré lui de ce que tout
son Banquet se passe en entretiens d'amour
& de voluptés contre nature. Un autre
Sage, non moins célebre, après avoir sé-
vérement blâmé toutes les images mal-
honnêtes, en excepte celle des dieux qui
vouloient être honorés par ces infamies *.
Cicéron ne commence son traité sur la
nature des Dieux qu'en avouant que rien
n'est plus difficile, que rien n'est plus
obscur que cette matiere, sur laquelle,
dit il, les sentimens des hommes les plus
éclairés sont si différens & si partagés. O
raison ! foible raison, jusqu'où donc vont
tes forces ; & sont-ce bien là les merveilles enfantées par tes sages † (a) !

---

* Aristot. Polit. VII.

† Montagne dit, en parlant de la Religon,
» A une chose si divine & surpassant de si
» loin l'humaine intelligence, il est bien
» besoin que Dieu nous prête son secours,
» d'une faveur extraordinaire & privilégiée,
» pour la pouvoir concevoir & loger en

Maintenant, Valmont, que les efprits-forts de nos jours s'appuyent fur leurs propres lumieres ; je leur demanderai, s'ils ont plus de force d'efprit que les fages de l'antiquité payenne. Je ferai plus, je les oppoferai les uns aux autres, & je leur ferai voir combien ils différent entre eux ; je leur montrerai, en les oppofant à eux-

» nous ; & ne crois pas que les moyens
» purement humains en fuffent aucunement
» capables : & s'ils l'étoient, tant d'ames
» rares & excellentes, fi abondamment gar-
» nies de forces naturelles ès fiecles anciens,
» n'euffent pas failli par leurs difcours d'ar-
» river à cette connoiffance. « Après quoi
rapportant les erreurs des Philofophes & des
Peuples Payens, il s'écrie : » O Dieu !
» quelle obligation n'avons - nous pas à la
» bénignité de notre fouverain Créateur,
» pour avoir déniaifé notre créance de ces
» vagabondes & arbitraires opinions, & l'a-
» voit logée fur l'éternelle bafe de fa fainte
» parole ! Tout eft flottant entre les mains
» de l'homme ; je ne puis avoir le jugement
» fi flexible. « *Effais*, *l.* 2, *c.* 12.

mêmes, fur combien d'articles de la loi
naturelle ils fe contredifent, & s'égarent
tous les jours. Je ferai plus encore, je
leverai le mafque qui les couvre, & l'on
reconnoîtra combien, fous une apparence
de refpect pour la loi naturelle, ils ca-
chent un fonds d'indifférence pour toute
loi en général, un efprit de vertige, de
fyftême, & le plus fouvent de Pyrrho-
nifme à l'égard de toute vérité. Eh, mon
fils ! tu les as entendu parler, tu as lu
leurs écrits; tu as penfé avec eux & comme eux; dis-moi donc, & interroge fidelement ta confcience & ta mémoire, qu'as-
tu entendu dans leurs entretiens, qu'as-tu
vu dans leurs ouvrages, que la théologie
du matérialifme, & la morale des paffions ? Au milieu de leurs fublimes &
inintelligibles fyftêmes, que font-ils en
effet pour la plupart que des Matérialiftes
déguifés ? Déiftes pour la forme, Épicu-
riens pour le fonds *, parlons mieux, &
pour ne leur rien imputer que tu puiffes

---

* Epicure avoit renouvellé le fyftême de

défavouer en leur nom, ne fachant eux-
mêmes ce qu'ils font; Dogmatiques aujourd'hui, demain Pyrrhoniens; changeant d'opinions & de langage felon les
circonftances & les temps; n'ayant jamais
d'un ouvrage à l'autre, ni deux jours de
fuite, la même philofophie; s'enveloppant
de grands mots vuides de fens, par lefquels
il fubftituent à la fcience fimple & modefte le jargon philofophique; raifonnant
par enthoufiafme, & pofant avec tout le
feu du génie, & tout le brillant de l'élocu-
tion, des abfurdités en principes; fe donnant pour les reftaurateurs & les guides
du genre humain, & croyant nous faire
trouver la lumiere au fein de l'obfcurité
la plus profonde : hélas ! où eft donc, en
fait de religion, la regle précife de ceux,
qui n'en ont point d'autre que celle de
leur raifon ?

Démocrite, qui regardoit l'atôme comme
la caufe premiere par qui tout eft, & la matiere premiere dont tout eft.

Eh, pour les vérités qui concernent les mœurs, nos nouveaux Philosophes sont-ils plus sages & plus éclairés que pour celles qui appartiennent à la Religion ? Quels sont les fondemens sacrés de leur morale ? Ici c'est la conformité d'origine, de penchans & de loix dans les brutes & dans les hommes, qui est l'unique base de la loi naturelle. Là, ce sont les conventions & les institutions politiques qui font tout le mérite & le démérite de ce que l'on appelle vice & vertu. Pour les uns, c'est l'utilité publique, c'est le salut du peuple, par opposition au bien même de l'humanité toute entiere, qui, dans chaque société, dans chaque Etat, détermine ce qui est juste ou injuste, ce qui est vertueux ou vicieux. Parmi les autres, c'est l'intérêt personnel qui est la source & la regle de toute justice. Quelques-uns donnent pour principes des grandes & belles actions, la sensibilité physique, l'amour & la volupté. Tous enfin, favorisant également le libertinage, le luxe, l'indépendance, l'orgueil, & toutes les paſſions, font tour-à-tour, ou tout à la fois peut-être, horreur & pitié (*b*).

O mon fils! moins philoſophes à bien des égards, & moins conſéquens que les Sages de l'antiquité payenne, il eſt aiſé de voir, à leurs égaremens monſtrueux, que, nés au ſein du chriſtianiſme, ils ont abuſé de plus de ſecours que ceux - là n'en avoient reçus, & éteint au fond de leur ame plus de véritables lumieres. Ils ſont tombés comme les anciens Sages dans l'aveuglement & les ténebres; mais ils ſont tombés de plus haut. J'admire ſouvent dans leur morale, quoique ſi imparfaite encore, les Socrates, les Platons, les Cicérons, les Séneques, les Marc-Aureles, les Epictetes; tandis que mon cœur & ma raiſon ſe ſoulévent contre les maximes indécentes & perverſes des faux ſages de notre ſiecle.

Eh, quand leurs lumieres ſeroient plus pures, à qui en appartiendroient le mérite & l'honneur, ſi ce n'eſt à la Religion ſainte qui les a formés? Les ingrats!

pour ne pas reconnoître ce qu'ils lui doivent, ils oublient tout ce qu'ils ont em-
prunté d'elle. Ah! s'ils daignoient se sou-
venir du premier rayon qui éclaira leur
berceau, des premieres leçons qu'on
donna à leur enfance, ils avoueroient
que tout ce qu'ils savent de plus vrai,
ils l'ont appris de cette Religion qu'ils
méprisent; qu'on leur avoit inculqué la
science & la sagesse avant qu'ils pussent
se glorifier d'être sages, & que personne
n'enseigne & ne pratique mieux les devoirs de la loi naturelle, que l'humble
Fidele éclairé par la lumiere de l'Evangile (*c*).

C'est cette loi évangélique qui détermine le culte qu'on doit à la Divinité.
Car enfin, si Dieu existe, si nous lui devons un hommage comme à l'auteur de
notre être, qui nous a créés pour lui; si
nous lui devons un hommage & un culte
extérieur, un hommage de l'esprit & du
corps, comme à celui qui a formé l'un
& l'autre, & qui a mis entre ces deux
substances une correspondance récipro-

que & un rapport néceffaire ; fi nous
lui devons un culte public, comme au
pere commun de tous les hommes, qui
les a réunis en fociété, qui en a fait une
même famille dont il eft le chef, qui
leur a donné l'ufage de toutes les créatures, pour qu'ils en rendiffent tous enfemble un même tribut à fa gloire ; qui
eft-ce qui déterminera, par les feules lumieres naturelles, ce culte vraiment digne de lui, & le genre de facrifice qui,
pour l'honorer, pour nous le rendre propice, pour expier nos fautes, peut lui
être offert fans déroger à fa majefté * ?
Admettrons-nous également tous les cultes ? Ils fe contredifent entre eux ; ils contredifent pour la plupart les attributs
effentiels de l'Etre fuprême ; ils font con-

---

* C'eft fur la nature de ce facrifice que
les vrais Sages de l'antiquité ont toujours
été le plus embarraffés. Voyez ce que Platon
fait dire à Socrate fur les facrifices & fur la
priere, dans le Dialogue intitulé *le fecond
Alcibiade.*

traires à la perfection & au bonheur de l'homme. Prétendre qu'ils font tous également propres à glorifier le souverain Etre, c'est vouloir que Dieu soit dignement honoré par des absurdités.

C'est encore la loi évangélique, qui, appuyée sur des faits sensibles, offre aux hommes un ministere propre à les instruire, & une autorité suffisante pour s'en faire écouter. Quelle force & quel pouvoir la seule voix des Philosophes aura-t-elle sur la multitude (*d*)? Quels hommes, s'ils ne tiennent à un ministere public & suffisamment autorisé, feront assez généreux pour se dévouer tout entiers à l'instruction de leurs semblables, & pour leur faire entendre, au péril de leur vie, le langage de la sagesse & de la vérité? Il falloit à celle-ci pour interprêtes des ames fortes; il lui falloit des Héros & des Martyrs : le seul Socrate, parmi les Payens, a souffert pour elle (*e*); tous les autres la trahissoient au lieu de la servir : non contens de la voiler sous les ombres du myftere, ils l'accommo-

doient en public aux superstitions payennes. Aussi prudens & aussi foibles qu'eux,
nos Sages prétendus ne donnent-ils pas
également pour principe, de se prêter au
culte reçu dans la société dont on est
membre ? La seule Religion révélée a pu
donner à la vérité des Apôtres dignes
d'elle.

Avouons-le donc, mon fils, puisque
les faits nous y contraignent ; la dégradation du genre humain, l'obscurcissement
de la raison dans la multitude, ses égaremens, ses contradictions, ses limites
& l'insuffisance de son autorité dans les
sages, tout nous prouve l'extrême besoin
d'un secours plus abondant, d'un guide
plus sûr, d'une lumiere plus précise, &
la nécessité d'une révélation (f). Mais
ici revient la premiere difficulté que tu
formes contre elle, & je ne tarderai pas
à la résoudre, ainsi que toutes celles que
m'opposent tes passions.

NOTES.

PAGE 38.

(a) *Et font-ce bien là les merveilles en-*
fantées par tes fages ? Il eſt cependant vrai que
parmi tous les Philoſophes il n'en eſt aucun
qui n'ait apperçu des vérités importantes ;
» mais ils n'ont jamais ſu , dit Lactance,
ce que c'eſt qu'un corps de doctrine, quoiqu'ils en aient entrevu chaque partie. Chacun
de ſon côté a trouvé quelqu'une des pieces
qui doivent y entrer ; mais ils ne ſont pas
venus à bout de les aſſembler , ni de dé-
duire les conſéquences des principes. On voit
bien que toutes les vérités ſe trouvent ſemées
parmi les diverſes ſectes , aucune d'entre
elles n'étant ſi dépourvue de bons eſprits ,
qu'ils n'aient ſaiſi une portion du vrai ; mais
tandis que pour diſputer ils défendent chacun
leurs opinions , quoique fauſſes , & combat-
tent celles d'autrui , quoique vraies , il arrive
que la vérité qu'ils paroiſſent chercher leur
échappe , ou plutôt qu'ils la perdent par leur
propre faute. Que s'il s'étoit trouvé quelqu'un d'un génie aſſez ſupérieur pour ramaſſer

ce

e qu'il y a de meilleur dans chaque Ecole,
& en former un corps complet , cet hom-
me-là ne différeroit pas de nous. Mais cela
exigeroit néceſſairement qu'il poſſédât au plus
haut degré le diſcernement du vrai : eh,
qui le peut, s'il n'eſt inſtruit par Dieu même ! « *Lact. de Vitâ beatâ , l.* 7.

P A G E 43.

(b) *Font tour-à-tour , ou tout-à-la-fois
peut-être , horreur & pitié.* Ce ſont les deux
ſentimens qu'excite dans les cœurs droits &
les ames bien nées la lecture de leurs Ouvrages. Mais , ſans remonter juſqu'à ces
ſources empoiſonnées , on peut en juger par
le précis qu'en offrent les *Mémoires & le
Catéchiſme des Cacouacs ,* ainſi que *la petite Encyclopédie ou le Dictionnaire des Philoſophes.* Ces Ouvrages ingénieux, où l'an-
tidote eſt mis à côté du poiſon , ſont les
plus intéreſſans en genre de critique , & les
plus propres à faire rougir l'incrédule & à
confondre l'incrédulité.

On peut juger encore de la vérité de ce
que dit ici M. de Valmont par cet aveu de
M. Rouſſeau lui-même , qui , plus que per-

Tome II,   C

fonne, a droit d'en être cru fur cette matiere. Après avoir invité les Académies à fe
regarder comme chargées non-feulement du
dépôt des connoiffances humaines, mais
encore du dépôt facré des mœurs ; à exiger en
conféquence des membres qu'elles reçoivent,
des ouvrages ùtiles & des mœurs irréprocha-
bles ; à faire choix, pour le prix dont elles
honorent le mérite littéraire, des fujets les plus
capables de ranimer l'amour de la vertu dans le
cœur des Citoyens ; & à fervir ainfi de frein
aux maximes licentieufes de ceux qui parmi
nous ufurpent fi indignement les beaux noms
de philofophes & de Sages : Il ajoute,
» Quelles font les leçons de ces amis de
la fageffe ? A les entendre, ne les prendroit-
on pas pour une troupe de charlatans qui
crient chacun de fon côté fur une place publique : Venez à moi, c'eft moi feul qui ne
trompe point. L'un prétend qu'il n'y a point
de corps, & que tout eft en repréfentation;
l'autre, qu'il n'y a d'autre fubftance que la
matiere. Celui-ci avance qu'il n'y a ni vertus ni vices, & que le bien & le mal moral font des chimeres ; celui-là, que les
hommes font des loups & peuvent fe dé-

vorer en sureté de conscience.... Le Paganisme, livré à tous les égaremens de la raison humaine, a-t-il laissé à la postérité rien qu'on puisse comparer aux monumens honteux que lui a préparés l'Imprimerie sous le regne de l'Evangile ? « *Discours qui a remporté le prix de l'Académie de Dijon en 1750.*

PAGE 44.

(c) *Que personne n'enseigne & ne pratique mieux les devoirs de la loi naturelle que l'humble fidéle, &c.* » Il y a des projets qui paroissent beaux en idée, & qui sont insoutenables dans la pratique. Celui des Déistes est de ce nombre. Ils forgent à plaisir des tableaux de religion naturelle, & des relations de certains pays imaginaires, pour faire croire que l'on vivroit heureux sous cette loi. Par malheur tout cela n'existe que dans leur cerveau ; c'est la république de Platon. Ils n'ont pu encore trouver sous le Ciel un peuple qui professât réellement leur *naturalisme*; & véritablement il n'y en a point. Supposé qu'on réussît à amener une Nation à ce point-là, elle ne s'y tiendroit pas long-temps. Vous la verriez bientôt tomber où

C ij

dans un entier oubli de Dieu, ou dans les
dernieres superftitions ; & pour un petit nombre d'esprits qui fauroient garder un jufte
milieu, le gros du monde iroit tout droit
ou à l'irréligion ou à l'extravagance. C'eft
ce qui eft arrivé à tous les peuples qui n'ont
pas été favorifés de la lumiere célefte. « *Tur-*
retin, Traité de la Vérité de la Religion
Chrétienne, t. 1, fect. 1, c. 6.

PAGE 46.

(d) *Quel pouvoir la feule voix des Phi-*
lofophes aura-t-elle fur la multitude ? » Quand
on auroit recueilli, dit Locke dans fon Chriftianifme raifonnable, tous les préceptes de
Solon, de Bias, de Zénon, de Cicéron &
de Séneque, & que pour rendre l'ouvrage
plus complet, nous irions jufques dans la
Chine confulter Confucius, & le fage Ana-
charfis en Scythie, comment un tel recueil
auroit-il pu devenir une regle fixe, & une
véritable copie de la loi fous laquelle nous
vivons ? Seroit-ce d'Ariftippe ou de Confucius qu'il auroit tiré fon autorité ? Zénon
avoit-il le droit de faire des loix au genre
humain ? S'il ne l'avoit pas, tout ce que lui,

ou quelque autre Philosophe pouvoit dire, n'étoit compté que pour le sentiment d'un simple homme, que les autres peuvent recevoir ou rejetter. Autrement il faudroit admettre également tout ce qu'a enseigné ce Philosophe, &c. « *Christianisme raisonnable*, *t. 1. c.* 14.

C'est le raisonnement que faisoit Lactance. Les Philosophes peuvent proposer de belles loix aux Peuples. » Mais ces préceptes n'ont » point de force, parce qu'ils sont hu- » mains, & qu'ils manquent d'une autorité » supérieure, qui est celle de Dieu. Per- » sonne ne croit, parce que celui qui » écoute s'estime autant que celui qui com- » mande. « *De falsâ Sap. lib.* 3, *n.* 27.

I B I D.

(e) *Il lui falloit des héros & des martyrs : le seul Socrate*, &c. » On dit vulgairement qu'il a été martyr de l'Unité divine pour avoir refusé son hommage aux Dieux de la Grece ; mais c'est une erreur. Dans l'apologie que Platon fait de ce Philosophe, Socrate reconnoît des Dieux subalternes, & enseigne que les astres & le soleil sont ani-

C iij

més par des intelligences à qui il faut rendre un culte divin. Le même Platon, dans
fon Dialogue fur la Sainteté*, nous apprend que Socrate ne fut point puni pour
avoir nié qu'il y eût des Dieux inférieurs,
mais parce qu'il déclamoit hautement contre
les Poëtes qui attribuoient à ces Divinités
des paſſions humaines & des crimes énormes.«
M. de Ramſay, Diſcours fur la Mythologie.

P A G E 47.

(f) *Tout nous prouve l'extrême beſoin d'un*
ſecours plus abondant, &c. » Si la vérité,
dit S. Thomas, étoit abandonnée aux recherches de la raiſon , il en réſulteroit trois
inconvéniens. Le premier ſeroit que la connoiſſance de Dieu ne ſeroit le partage que
d'un petit nombre d'hommes ; car trois choſes , ſavoir la pauvreté, la pareſſe & une
complexion foible , mettent la plupart hors
d'état de s'appliquer utilement à des recherches relatives aux ſciences.

Le ſecond inconvénient ſeroit que ceux
d'entre les hommes qui pourroient parvenir

ª Platon , Eutyph. pag. 5 & 6.

à la connoiſſance de la vérité, n'y parvien-
droient que fort tard, & après une longue
ſuite d'années employées à l'étude.

Le troiſieme enfin conſiſte en ce que telle
eſt la foibleſſe de l'entendement humàin,
qu'il y a pour l'ordinaire beaucoup d'erreurs mêlées parmi les découvertes que
fait la raiſon. « *Lib.* I , *Controv. Gentil.*
cap. 4.

LETTRE XXVIII.

Suite de la précédente.

» Comment oferoit-on dire que la
» loi naturelle, que la raifon, cette loi
» commune à tous les hommes, ne nous
» éclaire pas autant qu'elle le doit fur ce
» qu'elle nous oblige de pratiquer ? Ou fi
» elle a ceffé de nous éclairer à propor-
» tion de nos befoins, quelle qu'en foit
» la caufe, elle a donc ceffé de nous
» obliger. «

Telle eft, mon fils, la premiere difficulté que tu m'oppofes en faveur de tes
nouvelles opinions. La réponfe eft facile
cependant, quelque fpécieufe que foit
l'objection. La loi naturelle n'eft pas tellement obfcurcie dans l'état de dépravation & d'aveuglement où nous naiffons,
la raifon de l'homme n'eft pas tellement
impuiffante & ftérile, qu'il foit impoffible à celui qui l'interroge avec un efprit
droit & un cœur pur, d'en obtenir de

foibles lumieres, qui le conduifent de proche en proche à des lumieres plus confidérables. Elle nous oblige, cette foible raifon, à proportion de ce qu'elle nous enfeigne, & de ce qu'elle pourroit nous enfeigner encore, fi nous la confultions avec fidélité. Elle va auffi loin qu'elle peut & qu'elle doit aller. Elle va jufqu'à nous faire fentir le befoin que nous avons d'un autre fecours; elle fait avouer à l'ame fimple & vraie fon infuffifance & les ténebres où elle la laiffe plongée; elle la fait foupirer après un plus grand jour; elle la conduit aux portes du fanctuaire où l'éternelle vérité réfide; & dès que les gémiffemens de cette ame droite & pure font finceres, le Dieu de vérité ne lui manque pas (a).

» Mais pourquoi donc cet autre fe- » cours fi néceffaire n'eft-il pas donné à » tous les hommes ? Pourquoi ne font- » ils pas tous éclairés du flambeau de la » révélation ? & pourquoi même, pour » la partie de la révélation la plus inté- » reffante, qui eft la loi évangélique,

C v

» ont-ils commencé si tard à l'être ? «

Parce qu'il falloit, mon fils, que les hommes abandonnés à eux-mêmes sentissent leurs besoins, leur misere, & qu'ils eussent le temps de se lasser, pour ainsi parler, de leur propre foiblesse & de la vanité de leurs recherches. Il leur falloit l'expérience de plusieurs siecles & des peuples les plus sages, comme des nations les plus sauvages. Il falloit que les ténebres précédassent la lumiere, & en fissent comprendre tous les avantages; que la Religion révélée, appuyée sur des faits, eût ses développemens & ses preuves, de même que tout se prépare & se développe dans la nature. Il falloit sans doute, dans les desseins du Très-Haut, que nous ne connoîtrons jamais qu'imparfaitement ici-bas, que ce flambeau de la foi, semblable à l'astre qui éclaire le monde, n'y jettât pas tout-à-coup & tout à la fois sa lumiere; qu'il en parcourût successivement les diverses contrées; qu'il y fécondât les germes de raison, de sagesse & de vertu, qui n'attendoient que

fa préfence pour éclorre, ou pour fe porter du moins à leur vrai point de perfection & de maturité ; & que tantôt
accordé purement comme une grace,
tantôt donné tout enfemble comme grace
& comme récompenfe, quelquefois même fouftrait aux hommes par forme de
châtiment, il fut diftribué en tous lieux
felon les loix fecrettes d'une Providence
toujours pleine de fageffe & d'équité.

Eh, mon fils, dans le fyftême du Na-
turalifme, quelle difficulté peux-tu former ici contre la révélation qui ne tourne
en objection contre toi ? Car enfin, cette
Religion naturelle, te demanderai-je à
mon tour, cette loi de la raifon, commune à tous les hommes, impofée à
tous, & qui dans tes principes leur fuffit
à tous également, pourquoi eft-elle fi peu
connue de la plupart ? Pourquoi même
tant de fecours dans les uns pour en développer les lumieres, & tant de difficultés & d'obftacles dans les autres ?

Concluons donc, & pour la loi naturelle & pour la loi révélée, que quoique

C vj

toutes deux foient effentiellement vraies; que toutes deux foient néceffaires, nous ne ferons jugés fur elles qu'à proportion de ce que nous aurions pu, de ce que nous aurions dû en connoître, & que ceux qui, éclairés par elles, auront avec la même opiniâtreté fermé les yeux à leur éclat, feront également fans excufe *.

» Mais pourquoi, ajoutes-tu, des hom-
» mes comme moi feront-ils à mon égard
» les interprêtes des volontés divincs ?
» Pourquoi faut-il que pour apprendre à
» honorer dignement l'Etre fuprême j'em-
» prunte le fecours de mes femblables ?
» & trouverai-je donc par-tout des hom-
» mes entre Dieu & moi ? «

---

* Tribulatio & anguftia in omnem ani-mam hominis operantis malum, Judæi pri-mum & Græci : gloria, honor & pax omni operanti bonum, Judæo primum & Græco : non enim eft acceptio perfonarum apud Deum. Quicumque fine lege peccaverunt, fine lege peribunt : & quicumque in lege peccaverunt, per legem judicabuntur. Rom. c. 2, ℣. 9, &c.

Oui, mon fils, parce que Dieu, en créant des êtres sociables, a voulu les former au sein de la société, les lier ensemble, autant par les besoins de l'ame, que par ceux du corps, les instruire les uns par les autres, & établir entre eux une dépendance mutuelle & une communication réciproque de secours & de lumieres. Eh, quel est l'homme que d'autres hommes n'aient pas instruit? Quelles sont les lumieres naturelles que dans l'état de société nous n'ayons pas recouvrées, développées, perfectionnées, à l'aide de nos semblables? Et pourquoi veux-tu que dans l'économie de la Religion révélée Dieu se soit servi d'autres instrumens, d'autres moyens que ceux dont il se sert dans le plan de la Religion naturelle *?

Des hommes s'offrent à toi pour t'instruire, & se disent les envoyés de Dieu;

---

* *Naturæ quidem ordo ità se habet, ut cùm aliquid discimus, rationem præcedat autoritas.* S. Aug. l. 2, de Ord. cap. 9.

mais ils ne te privent pas pour cela de
l'exercice de ta raison. Fais-en l'usage le
plus naturel, le plus facile, le plus à la
portée de l'entendement humain : examine les faits sensibles & publics qui éta-
blissent leur mission ; considere attentive-
ment les caracteres de la Religion qu'ils
t'annoncent, caracteres simples & vrais ;
son ancienneté, son unité, sa perpétuité,
sa sainteté, son rapport à la gloire de
Dieu, au bonheur de l'homme, & à la
vertu : car ce sont là de ces choses de
fait & de sentiment, dont tout homme
peut juger sans peine, de ces choses qui
ont frappé, éclairé & converti le monde
entier ; & d'après cela, soumets-toi, si
par la voix de tes semblables, c'est en
effet Dieu qui a parlé. Prends-y garde,
cher Valmont, la révélation une fois
prouvée te prouve de la maniere la plus
simple & la plus abrégée toutes les autres vérités : sans elle il faut se les prouver à soi-même une à une, si je puis
parler ainsi. Quel travail ! & quel danger
de se tromper dans des choses où l'erreur

est d'une si grande conféquence, & où cependant elle a toujours été si com- mune !

» Mais encore pourquoi un nouveau » joug & de nouvelles entraves ? Et » qu'importent toutes les inftitutions ar- » bitraires, fi, par les feuls principes de » la loi naturelle, la vertu, l'honneur » font en fureté ? «

Sur ce peu de mots, que de chofes à répondre, mon fils, s'il falloit ne laiffer rien à dire ! Mais du moins écoute encore quelques momens. » Pourquoi un nou- » veau joug & de nouvelles entraves ? « Hélas ! pour te rendre le joug de la vertu, de la raifon elle-même, plus doux & plus facile. La loi que le chriftianifme t'impofe eft une loi de grace & d'amour; fans elle tout coûte, tout eft pénible à la nature; rien au contraire ne lui coûte, dès qu'elle emprunte fon fecours. Cette aimable loi nous fortifie, nous foutient, nous éleve au-deffus de la foibleffe hu- maine. Elle eft à l'homme ce que font à l'oifeau timide les ailes qui l'aident à vo-

ler : si elles sont un fardeau pour lui ;
c'est un fardeau bien léger ; avec elles il
fend les airs, il ramperoit sans elles.

» Qu'importent des institutions arbi-
» traires ? « Eh, pourquoi les regardes-
tu comme telles, si la Religion qui les
renferme ne l'est pas. Qu'importe ?...
ah ! mon fils, elles importent beaucoup,
si elles ont la force de nous rendre solidement vertueux.

» Mais sans elles, Socrate, Aristide,
» Caton, Tite & Marc-Aurele ne l'ont-
» ils pas été ? « O Valmont ! je ne prétends pas calomnier leur vertu ; ils en
ont eu sans doute : mais, bien évaluée,
qu'étoit-elle dans la balance du grand
Juge, comparée à celle du simple Fidele ?
Etre juste & bienfaisant, c'est une partie
de l'homme moral ; ce n'est encore que
la premiere ébauche du Chrétien : & dans
celui-là même comptes-tu pour rien
d'être chaste, d'honorer le vrai Dieu,
d'être humblement soumis à sa volonté
suprême ? Socrate, soupçonné d'être l'a-
mant d'Alcibiade, accusé par ses propres

concitoyens d'être le corrupteur de la
jeuneffe d'Athenes , fous prétexte de
l'inftruire ; ou , pour ne rien donner à
des clameurs publiques , à des foupçons
mal fondés , & qu'on doit encore moins
fe permettre à l'égard des grands hommes , Socrate mourant pour la vérité , &
ordonnant à fes amis de facrifier pour
lui un coq à Efculape ; Caton cédant fa
femme à Hortenfius , après s'être montré
tout difpofé à lui céder fa fille ; l'inflexi-
ble Caton , indépendant des Dieux , dit-
il , en parlant de lui-même , & fe donnant la mort plutôt que d'implorer la
clémence d'un vainqueur : font-ce donc
là des vertus fans tache ? Et combien de
noms célebres en ce genre te refte-t-il à
me citer ? Je te montrerai moi une foule
d'hommes parfaitement vertueux , par-
tout où la Religion a fait de vrais difciples , par-tout où le chriftianifme fut en
vigueur.

Cependant , fans les forces qu'il nous
donne , tu te flattes de pratiquer la vertu.
Ah ! tu la connois mal , cher Valmont ;

ou du moins tu ne te connois pas affez
toi-même. Autrefois j'ai penfé comme toi.
Alors j'avois des amis avec lefquels j'étois
lié de fentimens & de mœurs, fi toutefois l'amitié pure peut fe trouver encore
où ne fe trouve pas la Religion : hélas ! je
rougis de leurs égaremens , & je n'avois
pas moins à rougir des miens. Vérité,
vertu, équité, bienfaifance, beaux noms
qui ne furent jamais fi communs , vous
êtes dans la bouche de tous les fages, &
jamais la chofe qu'ils expriment ne fut
fi rare ! Non, jamais l'idolâtrie elle-même
n'enfanta des mœurs plus dépravées que
n'en fait naître parmi nous l'incrédulité.
S'il y a encore des vertus fur la terre, où
font-elles, mon fils, fi ce n'eft dans les
fentimens & dans la conduite du vrai
Chrétien. Ton époufe fi tendre & fi fage,
la fidele & courageufe Emilie feroit-elle

fi conftamment vertueufe, fi elle n'étoit
infpirée & foutenue par la Religion ? Eh,
que peut-on fe promettre fans elle, que
la préfomption la plus vaine & les plus
honteufes foibleffes (*b*) ?

Mon ami, je ne crains pas de l'avouer, dès que je fonde mon efprit & mon cœur, j'y trouve le befoin de la religion chrétienne : c'eft le cri intérieur le plus vif & le plus fort en moi. Sans la religion, chaque circonftance un peu critique, chaque occafion dangereufe, chaque mouvement de paffion un peu ardente, prendroient beaucoup trop fur moi. L'idée d'en fatisfaire une feule, allumeroit bientôt toutes les autres ; le défir de me fatisfaire une fois, feroit naître celui de me fatisfaire toujours ; l'oubli d'un principe me meneroit infenfiblement à l'oubli, à l'abandon de toute vérité ; mes penchans deviendroient à mon gré l'unique loi de la nature ; l'ame meurt, me dirois-je, & n'eft plus rien ; tout eft égal ; Dieu même exifte-t-il ? La religion eft donc pour moi l'illufion de la vertu ! O la belle illufion ! & qu'elle eft en toutes chofes femblable à la vérité même !

Mais pour te réconcilier plus furement avec le chriftianifme, il me refte

une obſervation importante à te faire:
tu t'effrayes de ſon joug, tu regardes ſes
loix comme des entraves; eh, que diras-
tu, ſi je te force de convenir que la loi
naturelle n'impoſe pas un moindre frein
à tes paſſions, un moindre joug à ta
foibleſſe, mais avec bien moins de ſecours pour le porter?

De tous les penchans qui nous ſolli-
citent le plus vivement, & qui contribuent davantage à rendre la religion chrétienne odieuſe à l'incrédule, le plus
commun, eſt celui qui nous attache
aux plaiſirs des ſens; de toutes les loix,
celle qui l'effraye le plus, eſt celle de
la chaſteté. L'amour, cette paſſion ſi univerſelle, mais ſi dangereuſe dans ſes
ſuites, ſi funeſte dans ſes déréglemens,
voilà la divinité chérie, en faveur de
laquelle le Naturaliſte * combat avec

---

* L'Editeur a trouvé dans ces Lettres le
mot de *Naturaliſte* pour ſignifier *le partiſan
de la loi naturelle*, & il s'y eſt tenu, comme

tant d'opiniâtreté. Eh bien, mon fils, analyse sur ce point la loi naturelle sur laquelle tu te fondes, & examine ce qu'elle te permet & ce qu'elle te défend.

Avant toutes choses, elle met des bornes à nos penchans, elle y condamne tout excès, elle en arrête la fougue impétueuse, elle les soumet à la raison, & rend à celle-ci l'empire que les sens voudroient usurper. †

Mais envisageons-la dans un plus grand détail. Elle défend à son disciple tout

---

le croyant plus propre à rendre cette idée d'une maniére précise, que les termes de *Théiste* ou de *Déiste* qui n'ont pas une acception aussi déterminée, ni aussi claire pour bien des personnes; & parce que d'ailleurs il n'y a pas à craindre que l'on confonde ici le *Naturaliste* dont on parle, avec le Physicien qui connoît ou qui étudie ce qui a rapport à l'Histoire Naturelle.

† La force de l'ame, qui produit toutes les vertus, tient à la pureté, qui les nourrit toutes. *M. Rousseau.*

engagement, tout commerce avec celle
qui a donné fa foi. L'adultere eft un
crime aux yeux de toutes les Nations;
il en eft un aux yeux du vrai fage; &
la loi naturelle toute feule lui en fait
un monftre qu'il ne peut envifager fans
horreur (c).

Cette même loi lui ordonne de refpecter les droits d'un pere, d'une mere,
d'un tuteur, d'une famille entiere, fur
une fille chérie qu'ils ont élevée pour la
vertu, pour l'honneur; & dont il ne
peut corrompre la fageffe, fans abufer
de leur confiance, fans tromper indignement leurs foins '& leur efpoir, fans
porter le glaive dans leur cœur, & fans
la deshonorer elle-même. Qu'il fe mette
un moment à leur place, qu'il fuppofe
en danger la vertu de fon époufe, l'honneur de fa fille, celui de fa fœur ou de
fa pupille; & s'il lui refte quelque fentiment d'équité, qu'il juge & qu'il pro-
nonce.

La loi naturelle ne lui permet pas non
plus de féduire l'innocence d'une fille

honnête & fans expérience, qui ne fent pas affez les conféquences de l'engagement qu'on veut lui faire contracter, & n'apperçoit pas toutes les fuites funeftes de la paffion qu'on lui infpire. Le véritable honheur exigeroit, au contraire, qu'il l'éclairât, qu'il la retînt lui-même fur les bords de l'abîme, où cette paffion l'engage à fe précipiter : car enfin eft-il jufte de rendre quelqu'un malheureux, de fe prêter à fon aveuglement, de le faire naître, & de trahir fes véritables intérêts, pour fe fatisfaire ? Eh, ne fait! on pas d'ailleurs qu'une fille féduite une fois, quelqu'ignorée que foit cette premiere chûte, devient prefque toujours foible, vicieufe & malheureufe pour toute la vie?

Cette loi rejette, abhorre toute union des deux fexes, toute action quelconque, qui trompe les fins de la nature; & la nature en pleurs demande vengeance au Ciel d'un crime qui bientôt dépeupleroit la terre.

Cette loi de la nature & de la droite raifon ne nous fait pas envifager avec moins d'indignation & de honte tout commerce fondé sur l'intérêt ; & ici le sentiment & la raison se soulevent à la vue de ces trafics honteux, mis à la place d'une union légitime.

Que dirai-je enfin, elle réprouve toute union clandestine, toute liaison passagere, tout engagement irrégulier (d). Comme nous ne sommes pas faits seulement pour nous, mais pour la société; c'est à la société même à régler les conditions de cet engagement sacré, qui unit la moitié de ses membres à l'autre, & sur lequel reposent, comme sur un fondement inébranlable, l'ordre & l'intérêt public, la distinction & la perpétuité des familles, l'état & l'éducation des enfans, la sureté & le repos des particuliers.

Le disciple fidéle de la loi naturelle suppléera-t-il par l'imagination à ce qu'il ne peut se permettre du côté des sens? Mais le desir, mais la pensée réfléchie du crime est un crime elle-même, & la voie qui conduit le plus surement à le

commettre,

commettre. Celui qui s'occupe volontiers de l'idée du mal, & ne le fait pas,
c'eft que le mal, dans la penfée duquel
il fe complaît, n'eft pas en fon pouvoir.
Ses mœurs peuvent être encore fans reproche, mais fon efprit & fon cœur font
déja coupables.

Que refte-t-il donc au Naturalifte que
les paffions agitent, mais que retient la
confcience; que lui refte-t-il, cher Valmont? La même obligation qui eft impofée au Chrétien de les réprimer, fans
avoir d'ailleurs les mêmes fecours pour
y parvenir. Car enfin tu en conviendras
un jour avec moi, tout eft moyen, tout
eft fecours dans la Religion pour le bien,
tout eft préfervatif, tout eft remede
contre le mal ; & ces fecours, le Naturalifte ne les a pas. O mon fils! ce ne
font donc pas de nouvelles entraves que
je te préfente. Dans tout ce qui contrarie
les penchans d'une nature dépravée, la
Religion chrétienne ajoute bien peu de
devoirs par elle-même à ceux que la raifon t'impofe; mais ces devoirs encore

Tome II. D

une fois elle t'aide à les remplir ; ce joug
de la raison elle t'aide à le porter.

Tu parles d'entraves : eh, pour le Naturaliste vraiment droit, & qui raisonne
un peu conséquemment, il se trouve des
entraves par-tout, sans qu'il lui soit possible d'en sortir, à moins qu'il ne re-
nonce à tout commerce avec ses semblables.

Dans ses vrais principes, tout culte
extérieur qui ne sera pas celui de la simple nature, qui sera lié essentiellement
à des dogmes qu'il regardera comme faux
& mensongers, qui supposera des articles
de foi qu'il désavoue au fond de son
cœur, ne pourra jamais être le sien : y
participer avec ses aveugles concitoyens,
feroit, dans sa façon de penser, une idolâtrie peut-être, mais toujours une imposture qu'il feroit au genre humain, &
une trahison à la Divinité. Où ira-t-il
donc pour servir son Dieu à sa manière,
si parmi tous les peuples il n'est point
en effet de culte qui lui convienne ?

Dans ses principes, le droit que nous

nous arrogeons fur la vie des animaux,
eſt-il un droit inconteſtable ? Et dans le
doute feul, avec quelle eſpece d'hommes
vivra-t-il en ſociété ?

Dans ſes principes encore, foible
comme le reſte des hommes, coupable
quelquefois, pourra-t-il, en tout état de
crime, faire aſſez de fonds fur la validité
& la force de ſon repentir pour être
tranquille ; & après avoir outragé le
Dieu de la nature, quand & comment
ſe croira-t-il ſuffiſamment réconcilié ?

Ainſi de toute part inquiet, contraint,
embarraſſé, ne pouvant faire aucun acte
où intervienne la religion des autres hommes, (& elle intervient preſque par-
tout,) ne pouvant les ſatisfaire & les
raſſurer fur la ſienne, ne ſachant comment vivre au milieu d'eux, & n'oſant
ni s'aſſeoir à leur table, ni participer
aux douceurs de leur ſociété ; iſolé fur
la terre, environné d'abîmes, gliſſant à
chaque pas, & ne trouvant pas même où
mettre le pied ; lui, mon fils, ce Naturaliſte dont tu me vantes la liberté, avec

des principes & un fonds de droiture, il
feroit le moins libre & le plus malheureux de tous les hommes. Crois-en, cher
Valmont, la trifte épreuve que j'en ai
faite dans les jours orageux de mon incrédulité : Matérialifte, Pyrrhonien, Naturalifte enfin, & pour le coup incrédule
par fyftême, Naturalifte de bonne foi,
hélas ! je ne favois plus comment agir
d'après mes fentimens au fein de cette
fociété pour laquelle cependant j'étois né.
Mille fois je fus prêt à la quitter ; & cette
irréfolution eft peut-être en partie ce
qui prépara mon changement.

O mon ami ! je n'oublierai jamais que
dans une de ces féances académiques,
où nous autres efprits-forts nous jugions
en dernier reffort les fots jugemens des
hommes, je fis part, en tremblant, à mes
illuftres affociés de mes réflexions fur les
doutes inquiétans où nous laiffoit la loi
naturelle, fur les embarras où fa pratique toute feule nous jettoit, fur les devoirs que cette même loi prife dans toute
fa rigueur nous impofoit, fur la con-

trainte où elle nous retenoit. Sous tous
ces rapports, mes réflexions n'étoient,
hélas! que trop vraies; mais elles venoient mal à propos pour nous. Sans
ofer les nier directement, on les traita
de fcrupules, on y répondit en pirouet-
tant, & la féance finit par là *.

» Mais enfin, pourquoi ne pas tolérer
» toutes les opinions? Il n'y auroit plus
» d'entraves pour perfonne. « En effet,
la folution feroit commode. Ah! mon
fils, elle ne le feroit qu'en apparence.
Songe donc que c'eft la religion qui lie
tous les hommes, que fon culte extérieur
eft la bafe & le nœud de leur fociété,
qu'en permettre la détermination à chacun en particulier, c'eft rifquer de ne
leur plus rien laiffer de commun par la
fuite, & en ôter bientôt la pratique à
tout le monde. Fais d'ailleurs attention,
(& ne fois pas effrayé de ce principe,

---

* Je citerois bien quelqu'un à qui la même
chofe eft arrivée dans les mêmes circonftances.

il ne va pas jufqu'à autorifer la perfécu-
tion (*e*)) que la vraie religion eft intolérante de fa nature * ; que ce caractère
que l'on reproche à la religion chrétienne
eft ce qui dépofe en fa faveur ; que la
vérité eft une , indivifible , & ne peut fe
concilier avec ce qui lui eft oppofé ; que
fi Dieu a parlé , il ne veut que de la
foumiffion à fa parole fainte , & point
d'autre culte que celui qu'il a établi,
parce que tout autre eft indigne de lui;
que, comme je te l'ai fait obferver, il
ne peut approuver deux cultes contraires , & qui dès-lors fe trouveront, du

---

(*) » Une religion qui croit toutes les au-
» tres religion permifes , n'eft pas une reli-
» gion , mais une dérifion du culte reli-
» gieux; parce qu'elle fait de la Divinité
» une idole , à laquelle tout hommage eft
» égal. « *Penfées Théologiques.*
　　» La feule vraie religion a droit de s'é-
» tablir par-tout fur les ruines de la fuperf-
» tition , parce qu'elle feule porte fes preu-
» ves avec elle. *Ibid.*

moins pour l'un des deux, en contradiction avec ses attributs *.

Que veux-tu d'ailleurs que la société
te permette ? La façon de penser qui te
conviendra le mieux, & la liberté de ne

---

* ,, Dieu est toujours le même, & par-
,, tout il est un esprit de vérité. La vérité
,, est donc la même par-tout, & par-tout
,, Dieu l'approuve, comme il réprouve par-
,, tout le mensonge & l'erreur. Il ne peut
,, être vrai que l'Alcoran soit en Turquie
,, l'ouvrage de Dieu, & vrai en France qu'il
,, ne le soit pas ; que l'Evangile soit véritable
,, en Europe, & qu'il soit faux en Afrique ;
,, que le Pape soit à Rome le Vicaire de
,, Jésus-Christ, & qu'il soit l'Ante-Christ à
,, Genève. Le Dieu de vérité ne peut donc
,, pas vouloir qu'on croie en Turquie & à
,, Genève d'une façon, & qu'on croie le
,, contraire à Rome & en France.

,, Dieu est un esprit de sainteté & de sa-
,, gesse ; il ne peut donc pas approuver le
,, vice, & les folies de l'esprit humain. Or
,, si Dieu approuvoit toutes les religions, il
,, voudroit que je vécusse en idolâtre parmi

D iv

croire que ce que tu voudras. Ah ! ce
n'eſt pas là ſeulement ce que demande
l'incrédule. Il prendra bien cette liberté,
ſans qu'on la lui donne. Eh , qui pourroit
la lui ôter, ſi ce n'eſt celui qui lit au fond
du cœur, & qui, principe unique de
toute vérité, jugera d'après elle nos ſentimens & nos opinions ? Ce qu'il prétend,
c'eſt qu'on le laiſſe conduire les autres
par ſes propres principes, les plier ſelon
ſes goûts & ſes intérêts à ſa façon de
voir & de penſer, dogmatiſer dans les
cercles, philoſopher à ſon aiſe dans ſes
dangereux écrits, pervertir la foi des ſim-
ples, réduire en problêmes les plus im-

––––––––––––––––––––––––––––––

» les idolâtres ; en payen parmi les payens ;
» que j'honoraſſe Jupiter & Vénus , comme
» ces peuples, par d'impudiques cérémonies,
» & par d'infâmes bacchanales. Penſer de la
» ſorte ce n'eſt plus reconnoître un Dieu.
» L'Athéiſme eſt quelque choſe, en un ſens,
» de moins affreux qu'un tel ſyſtême. «
Voyez *Perſées ſur les plus importantes vé-*
rités de la religion, par M. Humbert, c. 113.

portantes vérités , fapper les fondemens
de la morale, fous prétexte de détruire
l'empire des préjugés, & fe donner tout
feul pour le fage, par excellence & la
lumiere du genre humain. Or voilà , mon
fils, ce que pour le bonheur des hommes
on ne tolérera jamais *.

Ah ! une forte de tolérance fut-elle
néceffaire au repos des états, ce qui,
d'après l'expérience & par le fait même,
fouffre bien des difficultés (ƒ) ; non, ce
ne feroient jamais des opinions femblables à celles de nos fages qu'on toléreroit
dans quelque fociété que ce fût , pour
peu qu'il y reftât de véritable fageffe.

J'ai trop bonne opinion de la tienne,
cher Valmont, pour croire que tu t'obfti-
nes à rejetter une loi aimable & fainte,
qui peut feule faire ton repos & ton bonheur. Je ne croirai pas du moins que tu

---

* » Les nouveaux Philofophes ne prêchent
» que la tolérance , & ne veulent pas to-
» lérer la religion de leur propre pays. Quelle
» inconféquence ! *Penfées Théol.*

D v

sois assez esclave des préjugés que tu t'es formés contre elle, pour refuser d'en ramener les preuves à un plus sérieux examen. Je t'en ai dit assez pour te faire desirer qu'elle soit vraie, & que Dieu lui-même t'ait donné un pareil guide. J'ai fait plus, je suis venu au secours de ta foiblesse : j'ai levé l'obstacle que tes passions pouvoient mettre à la religion, en te prouvant qu'il te suffisoit de ta propre raison pour les condamner ; que la loi naturelle ne leur étoit pas plus favorable que la loi évangélique ; & qu'elle t'offroit seulement moins de secours pour les vaincre. Déja, tu l'avoues, mon fils, elles font ton malheur & celui d'Emilie : crains qu'elles ne soient aussi la cause principale de ton aveuglement. Commence du moins à sentir le danger & la honte des fers qu'elles te font porter. Ame noble & généreuse, ou qui étois faite pour l'être, secoue tes chaînes ; indigne toi de ton esclavage ; leve de nouveau tes regards vers le Ciel ; demande lui la force que tu ne peux avoir de toi-même ; cherche-

la dans l'éloignement & la fuite, s'il en
eſt quelques moyens ; puiſque c'eſt moins
en combattant l'amour, qu'en fuyant
l'objet qui nous fait aimer, qu'on peut
triompher des charmes que la paſſion en
reçoit pour nous ſéduire. Apporte s'il ſe
peut à la recherche de la vérité une ame
plus libre & plus dégagée ; & la vérité,
ſe prêtant à tes premiers efforts, te rendra la paix en te rendant la lumiere.

NOTES.

PAGE 57.

(a) *L*E *Dieu de vérité ne lui manque
pas.* Lorſque la lumiere évangélique, ap-
pellée, ſi je puis m'exprimer ainſi, par ce
cri intérieur d'une ame vraie & fidéle qui ſen-
toit ſes beſoins, a été portée chez des Peuples ſauvages & barbares ; (& elle l'a déja
été deux fois dans les Indes, comme les
traditions de ces Peuples le témoignent aſſez,
& comme quelques-uns de nos Philoſophes
ne font pas difficulté d'en convenir) ce n'eſt
point par le miniſtere des Anges, ſi indécem-

ment ridiculifé de nos jours, qu'elle y a
été portée ; c'eft par le miniftere des autres
hommes. Eh , combien de reffourcés qui
nous font inconnues reftent encore au Tout-
Puiffant pour laver dans un baptême de defir
la tache d'une ame, à demi-inftruite, il eft
vrai, mais droite , & dans fa droiture vraiment digne de lui plaire ! Ce qui pouvoit
fuffire avant la venue de Jéfus-Chrift, mais
toujours par fa grace & en vue de fes mérites ;
feroit-il infuffifant après que Jéfus - Chrift
nous a été donné ? Et le bienfait ineftima-
ble de la rédemption rendroit - il aujourd'hui
la condition des hommes moins avantageufe
qu'elle ne l'étoit auparavant ?

PAGE 66.

(b) *Eh , que peut-on fe promettre fans elle ;*
&c. M. R. fait faire à fa Julie cet aveu en
faveur de la religion, qu'elle prend enfin
pour guide. » J'aimai la vertu dès mon enfance, & cultivai ma raifon dans tous les
temps. Avec du fentiment & des lumieres
j'ai voulu me gouverner, & je me fuis mal
conduite. Avant de m'ôter le guide que j'ai
choifi, donnez-m'en quelqu'autre fur lequel
je puiffe compter. Mon bon ami, toujours

de l'orgueil quoi qu'on fasse ; c'est lui qui vous éleve, & c'est lui qui m'humilie. Je crois valoir autant qu'une autre, & mille autres ont vécu plus sagement que moi. Elles avoient donc des ressources que je n'avois pas? Pourquoi, me sentant bien née, ai-je eu besoin de cacher ma vie? Pourquoi haïs-sois-je le mal que j'ai fait malgré moi? Je ne connoissois que ma force ; elle n'a pu me suffire. Toute la résistance qu'on peut tirer de soi, je crois l'avoir faite, & toutefois j'ai succombé : comment font celles qui résistent? Elles ont un meilleur appui. « Et dans un autre endroit ? » Rentrez au fond de votre conscience, & cherchez si vous n'y retrouveriez point quelque principe oublié, qui serviroit à mieux ordonner toutes vos actions, à les lier plus solidement entre elles, & avec un objet commun. Ce n'est pas assez, croyez-moi, que la vertu soit la base de votre conduite, si vous n'établissez cette base même sur un fondement inébranlable. Souvenez-vous de ces Indiens qui font porter le monde sur une tortue, & quand on leur demande sur quoi porte la tortue, ils ne savent plus que dire. «

PAGE 70.

(c) *L'adultere est un crime*, &c. Ce n'est

pas feulement l'intérêt des époux , mais la caufe commune de tous les hommes, que la pureté du mariage ne foit point altérée. Chaque fois que deux époux s'uniffent par un nœud folemnel , il intervient un engagement tacite de tout le genre-humain , de refpecter ce lien facré , d'honorer en eux l'union conjugale ; & c'eft , ce me femble , une raifon très-forte contre les mariages clandeftins, qui, n'offrant nul figne de cette union , expofent des cœurs innocens à brûler d'une flamme adultere. Le Public eft en quelque forte garant d'une convention paffée en fa préfence ; & l'on peut dire que l'honneur d'une femme pudique eft fous la protection fpéciale de tous les gens de bien. Ainfi quiconque ofe la corrompre , péche ; premierement parce qu'il la fait pécher, & qu'on partage toujours les crimes qu'on fait commettre ; il péche encore directement lui-même , parce qu'il viole la foi publique & facrée du mariage , fans lequel rien ne peut fubfifter dans l'ordre légitime des chofes humaines. « *M. Rouffeau.*

Eh , que répondroit l'infâme adultere qui fuborne la femme de fon prochain, fi on lui demandoit de quel œil il verroit un homme, fous le nom d'ami peut-être , profiter du libre accès qu'il lui donne dans fa maifon , pour ravir l'honneur de fa femme, lui dérober fa tendreffe , & lui donner des enfans qui ne feroient pas les fiens ; que répondroit-il , s'il lui reftoit encore quelque fentiment d'honnêteté ?

Que j'aime au refte à voir l'Auteur que je viens de citer , prendre en main les intérêts de la vertu fur un article fi effentiel à l'ordre civil , fi refpectable , & malheureufement fi peu refpecté de nos jours ! Qu'il me foit donc permis de le copier tout entier fur cet objet.

» La rigidité des devoirs relatifs des deux fexes dans le mariage , n'eft ni ne peut être la même. Quand la femme fe plaint là-deffus de l'injufte inégalité qu'y met l'homme , elle a tort ; cette inégalité n'eft point une inftitution humaine , on du moins elle n'eft point l'ouvrage du préjugé , mais de la raifon. C'eft à celui des deux que la nature a chargé du dépôt des enfans , d'en répondre à l'autre. Sans doute il n'eft permis à perfonne de violer fa foi ; & tout mari infidéle qui prive fa femme du feul prix des aufteres devoirs de fon fexe , eft un homme injuſte & barbare : mais la femme infidéle fait plus ; elle diſſout la famille , & briſe tous les liens de la nature. En donnant à l'homme des enfans qui ne ſont pas à lui, elle trahit les uns & les autres ; elle joint la perfidie à l'infidélité. J'ai peine à voir quel déſordre & quel crime ne tient pas à celui-là. S'il eſt un état affreux au monde, c'eſt celui d'un malheureux pere , qui, ſans confiance en ſa femme , n'oſe ſe livrer aux plus doux ſentimens de ſon cœur ; qui doute, en embraſſant ſon enfant, s'il n'embraſſe point l'enfant d'un autre , le gage de ſon deshonneur , le raviſſeur des biens de ſes propres enfans. Qu'eſt - ce alors que la famille , ſi ce n'eſt une ſociété d'ennemis ſecrets qu'une femme coupable arme l'un contre l'autre , en les forçant de feindre de s'entr'aimer ?

Il n'importe donc pas ſeulement que la femme ſoit fidéle , mais qu'elle ſoit jugée telle par ſon mari , par ſes proches, par tout le monde ; il importe qu'elle ſoit modeſte , attentive , reſervée , & qu'elle porte aux yeux d'autrui , comme en ſa propre conſcience , le témoignage de ſa vertu. S'il importe qu'un pere aime ſes enfans, il importe qu'il eftime leur mere. Telles font les raifons qui mettent l'apparence même au nombre des devoirs des femmes, & leur rendent l'honneur & la réputation non moins indifpenfables que la chafteté. De ces principes dérive, avec la différence morale des fexes, un motif nouveau de devoir & de convenance, qui prefcrit fpécialement aux femmes l'attention la plus fcrupuleufe fur leur conduite, fur leurs manieres, fur leur maintien. Soutenir vaguement que les deux fexes font égaux, & que leurs devoirs font les mêmes, c'eft fe perdre en déclamations vaines, c'eft ne rien dire, tant qu'on ne répondra pas à cela. «

PAGE 75.

(d) *Elle réprouve toute union clandeftine; toute liqifon paffagere, tout engagement irrégulier.* » Je ne mettrai pas ici en queftion, dit l'Auteur des *Mœurs* dans un article de l'Encyclopédie, fi l'adultere eft un crime, & s'il défigure la fociété. Il n'y a perfonne qui ne fente en fa confcience que ce n'eft pas là une queftion à faire, s'il n'affecte de s'étourdir par des raifonnemens qui ne font autres que les fubtilités de l'amour-propre. Mais une autre queftion bien digne d'être diſcutée, & dont la ſolution emporte auſſi celle de la précédente, ſeroit de ſavoir lequel des deux fait le plus de tort à la ſociété, ou de celui qui débauche la femme d'autrui, ou de celui qui voit une perſonne libre, & qui évite d'aſſurer l'état des enfans par un engagement régulier ?

Nous jugeons avec raiſon, & conformément au ſentiment de toutes les Nations, que l'adultere eſt, après l'homicide, le plus puniſſable de tous les crimes, parce qu'il eſt de tous les vols le plus cruel, & un outrage capable d'occaſionner les meurtres & les excès les plus déplorables.

L'autre eſpece de conjonction illégitime ne donne pas lieu communément aux mêmes éclats que l'adultere. Les maux qu'elle fait à la ſociété ne ſont pas ſi apparens, mais ils ne ſont pas moins réels ; & quoique dans un moindre degré d'énormité, ils ſont peut-être beaucoup plus grands par leurs ſuites.

L'adultere, il eſt vrai, eſt l'union de deux cœurs corrompus & pleins d'injuſtice, qui devroient être un objet d'horreur l'un pour l'autre, par la raiſon que deux voleurs s'eſtiment d'autant moins qu'ils ſe connoiſſent mieux. L'adultere peut extrêmement nuire aux enfans qui en proviennent, parce qu'il ne faut attendre pour eux, ni les effets de la tendresse maternelle de la part d'une femme qui ne voit en eux que des sujets d'inquiétude ou des reproches d'infidélité, ni aucune vigilance sur leurs mœurs de la part d'une mere qui n'a plus de mœurs, & qui a perdu le goût de l'innocence. Mais quoique ce soient là de grands désordres, tant que le mal est secret la société en souffre peu en apparence : les enfans sont nourris, & reçoivent même une sorte d'éducation honnête. Il n'en est pas de même de l'union passagere des personnes qui sont sans engagement.

Les plaisirs que Dieu a voulu attacher à la société conjugale, tendent à faire croître le genre-humain, & l'effet suit l'institution de la providence, quand les plaisirs sont assujettis à une regle ; mais la ruine de la fécondité & l'opprobre de la société sont les suites infaillibles des liaisons irrégulieres.

D'abord elles sont la ruine de la fécondité : les femmes qui ne connoissent point de devoirs, aiment peu la qualité de mere, & s'y trouvent trop exposées ; ou si elles le deviennent, elles ne redoutent rien tant que le fruit de leur commerce. On ne voit qu'a-

vec dépit ces malheureux enfans arriver à
la lumiere ; il semble qu'ils n'y aient point
de droit , & l'on prévient leur naissance par
des remedes meurtriers ; ou on les tue après
qu'il ont vu le jour , ou l'on s'en délivre
en les exposant. Il se forme de cet amas
d'enfans dispersés à l'avanture une vile po-
pulace , sans éducation , sans biens , sans
profession. L'extrême liberté dans laquelle
ils ont toujours vécu , les laisse nécessairement sans principes , sans regle & sans retenue. Souvent le dépit & la rage les sai-
sissent ; & , pour se venger de l'abandon où
ils se voient , ils se portent aux excès les
plus funestes.

Le moindre des maux que puissent causer
les amours illégitimes , c'est de couvrir la
terre de citoyens infortunés , qui périssent
sans pouvoir s'allier , & qui n'ont causé que
du mal à cette société , où on ne les a vus
qu'avec mépris.

Rien n'est donc plus contraire à l'accroîs-
sement & au repos de la société , que la
doctrine & le célibat infâme de ces faux Philosophes , qu'on écoute dans le monde , &
qui ne nous parlent que du bien de la société , pendant qu'ils en ruinent en effet

les véritables fondemens. D'une autre part, rien de si salutaire à un Etat que la doctrine & le zele de l'Eglise, puisqu'elle n'honore le célibat que dans l'intention de voir ceux qui l'embrassent en devenir plus parfaits & plus utiles aux autres ; qu'elle s'applique à inculquer aux Grands comme aux Petits la dignité du mariage, pour les fixer tous dans une sainte & honorable société ; & qu'enfin c'est elle qui travaille avec inquiétude à recouvrer, à nourrir & à instruire ces enfans, qu'une philosophie toute bestiale avoit abandonnés. «

PAGE 78.

(e) *Il ne va pas jusqu'à autoriser la persécution.* Le zele amer & l'esprit de persécution ont fait dans presque tous les temps bien du mal aux hommes. Ils sont contraires à *l'humanité* ; par elle nous sommes tous freres, nous sommes tous susceptibles d'erreur, & nous devons nous supporter : à la *religion* ; elle est une loi de douceur, de persuasion, de charité, & non de violence & de barbarie ; elle a horreur du fanatique cruel & insensé, qui plonge le poignard dans le sein de ses semblables, en l'honneur de ce Dieu de bonté qui est venu pour les

sauver : à la *raison* ; car si le droit de per-
sécuter ceux qui ne pensent pas comme nous
est une fois admis , que n'auront pas à
craindre ceux qui pensent bien , par-tout
où ils seront les plus foibles ? Aussi les
anciens Peres de l'Eglise se plaignoient-ils
de cette intolérance des Payens , qui alloit
jusqu'à vouloir contraindre les Fideles à sa-
crifier à leurs fausses Divinités. Notre sainte
religion , disoient-ils , bien différente de la
vôtre , persuade & ne contraint personne *.

Plût à Dieu qu'on n'eût pas si aisément
oublié ce langage ! Mais il ne s'ensuit pas
de ces réflexions ni que Dieu tolere les faux
cultes , ni que les hommes doivent permettre qu'on attaque un culte solidement
établi , raisonnablement prouvé par les autorités les plus respectables , convenable à
l'ordre & à la félicité publique , pour mettre
à la place des systêmes impies & des maximes licentieuses & perverses. Restreindre
alors & punir , dans les principes même de
bien des mécréans de nos jours , n'est pas
proprement ce que l'on peut appeler per-
sécuter.

---

* *Piæ religionis est proprium non cogere , sed suadere.* S. Athan,
in Apol. 2,

PAGE 81.

(f) *Une sorte de tolérance fût-elle né-cessaire au repos des Etats, ce qui.... souffre bien des difficultés,* &c. » Dans toute République bien ordonnée, le premier soin doit être d'y établir la vraie religion, non une fausse ou fabuleuse, & de ne choisir pour chef que celui qui y aura été élevé dès l'enfance. Le vrai culte est l'appui de la République. « (Platon, *lib.* 2, *de Republ.* & *lib.* 4, *de Legibus.*)

» Il ne doit être permis à personne, selon le même Philosophe, d'avoir des Dieux particuliers, d'adorer le vrai Dieu suivant son caprice, ou de se faire une religion à part. «

En effet, l'unité de culte dans un Etat, dit l'Auteur des *Pensées Théologiques*, est un centre où viennent se réunir tous ses membres; mais la variété de culte est un germe de discorde, qui la produit tôt ou tard.

Comme l'observe l'Auteur des *Trois Siecles*, &c. » Il y a bien de la différence entre les sentimens que la charité impose à tous les chrétiens à l'égard de ceux qui sont dans l'erreur, & les précautions que l'autorité doit prendre pour prévenir les troubles. Toute secte qui est foible, réclame la tolérance, & devient intolérante quand elle a pris le dessus. C'est la chienne de la Fable qui demande en suppliante un logement pour mettre bas ses petits, & chasse le propriétaire dès que ses petits sont devenus assez forts pour soutenir son usurpation. Telle est la marche des passions humaines. Timides & artificieuses dans leur naissance, elles sont bientôt injustes & tyranniques pour peu qu'elles trouvent de l'appui.

Il faut donc regarder comme des inconséquences les déclamations de nos Philosophes qui veulent qu'on tolere toutes les façons de penser, parce que leur premier intérêt est d'être tolérés. On peut juger cependant de leur tolérance-pratique par les manœuvres qu'ils mettent en usage contre ceux qui les attaquent ou ne les estiment pas. Que seroit-ce s'ils étoient les plus forts !.. Rien de plus naturel, après cela, que de conclure qu'une tolérance indiscrette, telle qu'ils font semblant de la solliciter pour toutes les sectes, est aussi chimérique en exécution, que la Paix universelle de l'Abbé de *Saint-Pierre*. Qu'on examine les Gouvernemens

vernemens les plus tolérans de l'Europe, on verra si la maniere dont ils en usent à l'égard de ceux qu'ils tolerent, peut s'appeller véritablement une tolérance. En Hollande, en Angleterre, en Prusse, les religions tolérées sont dans un abaissement & dans une servitude qui ne differe pas beaucoup de l'oppression. « *t. 1*, au mot *Basnage de Beauval.*

LETTRE XXIX.

Du Marquis de Valmont à la Comtesse.

JE suis enchanté, ma fille, de la naïveté qui regne dans le caractere de ta jeune amie. Ses sentimens pour toi m'intéressent plus que jamais en sa faveur. Son amitié, il est vrai, est une passion, comme elle le dit elle-même ; mais cette passion est l'enthousiasme de la vertu, dans un cœur tendre & sensible. Elle ne t'aime avec tant d'ardeur que parce qu'elle te voit sous des traits qui flattent son amour pour le bien ; & son penchant fait honneur à sa raison. Il est juste qu'elle te soit chere, & tu ne dois que la plaindre de l'effet qu'elle a produit sur Valmont.

Que la surprise qu'il vous a faite à toutes deux a donné lieu à une scene bien touchante ! Que j'eusse aimé à être le secret témoin de vos épanchemens réciproques ! Ils eussent été à mes yeux l'expression la plus vraie de la bonté du cœur,

& le triomphe du fentiment. Pourquoi faut-il que le tableau qu'ils nous offrent ne foit plus de ce fiecle , & qu'il contrafte fi fort avec nos mœurs !

Je ne fuis point étonné que les jours qui ont fuivi cette efpece de réunion aient été pour vous tous des jours plus fereins & plus purs : mais prends garde , ma fille, c'eft un calme trompeur , qui peut être fuivi de bien des orages. Avec un cœur excellent, vous êtes tous trois jeunes encore , & fans expérience : croyez-en la mienne ; elle eft le fruit des années , & fon langage, dicté feulement par mon amitié pour vous, n'emprunte rien des idées fombres d'une trifte & craintive vieilleffe. La paffion de Valmont eft pour quelque temps refferrée , comprimée au-dedans par la fageffe & les leçons de Senneville, par celles qu'il s'eft faites à lui-même , par une tendre pitié pour les maux d'une époufe qui a fi peu mérité fon in-différence , par les principes d'équité, de vertu, qui revivent au fond de fon ame, & y font renaître le cri de la confcience

E ij

& la voix des remords. Mais cette paſſion
n'eſt pas éteinte, & la violence qu'il ſe
fait ne peut pas durer long-temps. Le feu
couve & s'allume ſous la cendre qui le
dérobe à vos yeux ; bientôt il ſe fera jour,
& ſe montrera plus ardent qu'il ne l'a
jamais été. Pour l'éteindre entiérement,
il faut éloigner l'objet qui ſerviroit de
nouveau à l'enflammer. Tant que Senneville ſera au milieu de vous, malgré
elle, malgré mon fils, les paſſions, les
dangers, le trouble & les allarmes y ha-
biteront avec elle. La ſéparation ſera
cruelle pour vous tous ; mais elle eſt devenue néceſſaire. Ce ſera le mal d'un moment ; ſans lui, vous vous expoſeriez tous
trois à des maux dont vous ne verriez pas
la fin.

C'eſt donc à toi, ma fille, quoi qu'il
en coûte à ton attachement pour ta jeune
amie, quelques regrets qu'il puiſſe lui en
coûter à elle-même, c'eſt à toi à la préparer à un ſacrifice, que la raiſon, que
la religion exigent également. Je ſais les
moyens de le faire agréer à Valmont, en

le rendant souverainement avantageux à
Senneville ; & j'ai déja tout disposé avec
M. Dorval pour un si grand dessein. Cet
ami, bien moins vénérable par son âge
que par ses vertus, m'a fait naître des
espérances que je t'ai laissé entrevoir,
mais auxquelles tu n'as pas fait assez d'attention : il s'apprête à les réaliser ; & quelque obscurité que tu puisses y trouver
encore, souffre que je te la laisse toute
entiere, pour te ménager, quand il en
sera temps, le plaisir de la surprise. Il
servira alors à tempérer le sentiment trop
vif que te causera l'éloignement de Mademoiselle de Senneville, & à te le rendre
moins pénible.

Maintenant, ma chere Emilie, je ne
veux plus m'occuper dans cette lettre que
du soin que tu m'imposes de t'éclairer,
ainsi que ton amie, sur un article plus
intéressant que tu ne le crois, celui des
spectacles. Je suis charmé que tu m'aies
fourni toi-même l'occasion de joindre sur
cette matiere quelques réflexions à celles
que je t'ai fait faire sur les lectures. Sou-

E iij

viens-toi que , t'écrivant en pere & en
ami, dans les penſées comme dans la maniere de les rendre , ce n'eſt point à tes
yeux le mérite de la nouveauté que j'am-
bitionne ; je n'en veux point d'autre que
celui de t'être utile.

Mais avant tout , dis-moi, ma fille ;
eſt-ce à Emilie , ſage & raiſonnable ſeulement, ou à Emilie chrétienne & ſage tout
enſemble, que je vais parler. Heureuſement pour ton pere & pour toi, la queſtion n'eſt pas difficile à réſoudre : j'écris
à cette ſage & fidelle Emilie, qui bien loin
de ſéparer ces deux titres , ne croit pas
pouvoir trouver de véritable ſageſſe ailleurs que dans la religion. Eh bien , je
vais donc te parler d'abord le langage du
chriſtianiſme. Mais je ferai plus ; je t'ai-
derai enſuite à parler aux autres le langage
de la ſeule raiſon.

Comme chrétienne, ma fille , croirois-
tu pouvoir allier l'école du monde avec
celle de J. C. , & les maximes du théâtre
avec la morale évangélique ? Autant il y
a de différence entre la lumiere & les téne-

bres, autant il y en a entre l'esprit qui
regne sur la scène & celui qui éclaire &
qui anime le vrai fidele. Faire mourir en
nous tout ce qui tient au monde & à ses
folles paffions, c'est-à-dire, comme parle
le disciple chéri du plus saint & du plus
aimable de tous les maîtres, tout ce qui
flatte dans l'homme la concupiscence
de la chair, celle des yeux, & l'orgueil
de la vie; voilà l'esprit du christianisme :
nourrir dans notre ame l'attachement au
monde, & ses penchans déréglés; voilà,
finon tout l'objet, au moins tout le fruit
de nos spectacles. Dans l'Evangile, Jesus-
Christ dit par-tout, anathême au monde : sur le théâtre, le monde est par-tout;
dans ce qu'on voit, dans ce qu'on entend, & au fond de notre cœur. C'est
lui qui sur la scène établit les usages,
détermine les bienséances, dicte les sentimens, dirige les affections, & peint de
ses couleurs les vices & les vertus : seul
il y fixe la regle de nos mœurs ; il y juge
en dernier ressort; & en Monarque suprême, il y dicte des loix. Est-ce aux pieds

de la croix, dans l'Evangile de Jefus cru-
cifié. pour les hommes, que tu prétends
te former & t'inftruire, ou bien, eft-ce à
l'école du monde & des paffions ? & de
ces deux maîtres entiérement oppofés,
Jefus-Chrift & le monde, lequel choifis-
tu ? Si c'étoit le dernier, ô ma fille ! que
me refteroit-il à te dire ? Je frémirois ; &
l'anathême prononcé par ton Dieu retom-
beroit tout entier fur toi *. Eh, de quel
front, fous quels prétextes, irois-tu voir
au fpectacle des intrigues d'amour, d'ambition, de vengeance ou de haine, qu'a-
vec tout l'art dangereux qui les accompagne, tu n'oferois lire dans les Romans;
y entendre des maximes de galanterie, de
faux principes d'honneur, des leçons de
plaifir & de volupté qui t'effrayeroient
dans des entretiens, & que nulle part,

---

* Il ne faut pas oublier que dans prefque
toute cette Lettre M. de Valmont écrit encore
plus pour Mademoifelle de Senneville que
pour Emilie, dont il connoît affez la façon
de penfer.

avec de la religion, tu ne pourrois entendre de fang-froid ? Ah ! quel fupplice le fpectacle ne feroit-il pas pour une ame qui y entreroit vraiment chrétienne, qui en fortiroit également fidele, fi une telle ame, forcée d'y entrer, pouvoit y donner quelque attention ?

Mais on peut, me diras-tu, ne choifir que des pieces faintes, & alors qu'auront-elles d'incompatible avec l'efprit du chriftianifme ? Prefque tout encore, ma chere Emilie ; tout ce qui les accompagne du moins, & qui les dépare.

Je n'en connois que trois tout au plus, où pour la morale & les caracteres il n'y ait rien à reprendre ; & dans celles-là même, ce qu'il y a de plus pur fe trouve en contrafte avec les mœurs de ceux qui les repréfentent, s'altere en quelque forte par le jeu des Acteurs, & devient nuifible par les idées qu'ils font naître.

» De pareils fujets, dit Madame de » Sevigné, ne conviennent pas à de tels » Acteurs. Il faut des perfonnes innocen- » tes pour chanter les malheurs de Sion,

E v

» & des ames vertueuſes pour en voir
» avec fruit la repréſentation. « Au reſte,
ces pieces ſi ſaintes de quelles autres pieces ne ſont-elles pas ſuivies *; & par le

---

* » On vient de jouer *Polieuête*; le Théâ-
» tre change; on joue l'*Ecole des Maris*,
» en eſt-ce une d'amour conjugal ? Et cette
» ſatyre du mariage achevera-t-elle les beaux
» ſentimens que la vertu de Pauline avoit
» commencé d'inſpirer ? On vient de repré-
» ſenter *Athalie*. J'ai vu la Maiſon du Sei-
» gneur, les Livres de la Loi, les céré-
» monies du Sacre des Rois de Juda. J'ai
» la tête remplie de nouvelles Prophéties,
» des grandeurs & de la puiſſance de Dieu;
» tout cela m'a pénétré d'une terreur religieuſe
» & d'un reſpeê profond pour le Roi des
» Rois. Les violons jouent, George Dan-
» din paroît ; & dans le même lieu où étoit
» le Temple de Jéruſalem, je vois le rendez-
» vous noêturne d'un jeune homme avec une
» femme mariée. Je voudrois ſavoir ſi les
» effets de ces différens contraſtes peuvent
» jamais tourner au profit de la religion &
» des mœurs. « *M. le Franc*, *dans ſa Lettre*
à Louis Racine.

goût du spectacle qu'elles inspirent, à quels autres drames en tout genre ne conduiront-elles pas ?

D'ailleurs, ma fille sans autre discussion, tu es enfant de l'Eglise, & heureusement née dans son sein : si l'Eglise est ta mere, elle, qui t'a enfanté à Jesus-Christ ; si ce nom si tendre n'est point un vain nom ; s'il exige de toi le même respect & la même obéissance que tu auras droit d'exiger de tes propres enfans son langage sur les spectacles ne doit pas être pour toi un langage indifférent, & ton devoir est de consulter ce qu'elle te dicte sur un objet si intéressant. Que prononce-t-elle à cet égard ? Le même anathême que Jesus-Christ a prononcé contre le monde. Dans aucun siecle son langage n'a varié : dans ses conciles, par la voix de ses souverains Pontifes, par la bouche de ses Docteurs, par la prédication journaliere de ses Ministres, par les liens d'excommunications dans lesquels elle retient les Acteurs, par l'infamie dont les ont notés les loix des Princes animés du même esprit qu'elle, par la créance commune des peuples qu'elle instruit, ne te dit-elle pas, d'une voix assez haute pour être entendue, que c'est pécher contre son esprit & ses loix (*a*), contre les loix de la religion toute entiere, que d'assister à ces sortes de spectacles?

Si leurs défenseurs alléguent pour eux quelques exemples, s'ils citent quelques textes, qui ne sait que ces textes & ces exemples ne prouvent rien en leur faveur? Il y a des spectacles au centre de l'Eglise Romaine, il est vrai : mais la puissance temporelle toute seule les y tolere; & dans le même Prince, la puissance ecclésiastique les y restraint en les bornant à certains temps de l'année, en diminue le danger autant qu'elle le peut, les y réforme de jour en jour, & tous les jours les y condamne (*b*). Il y a à Rome des lieux affectés par autorité publique aux courtisanes, afin de les noter davantage, & de rendre moins communs les périls de la séduction : de ce que ces lieux de débauche y sont tolérés par une forte de néceffité (*c*), oferoit-on bien en conclure que le libertinage y eft permis ?

» Des hommes, qui par état devroïent » s'interdire les fpectacles, y affiftent. « Mais cela prouve feulement qu'ils désho-norent leur état par leur conduite, & que leurs mœurs font en contradiction avec leurs principes. *.

» Quelques Docteurs particuliers ont » laiffé échapper des expreffions favo-» rables au théâtre. « Mais comment ? en parlant des fpectables confidérés dans leur nature, & abftraction faite des abus qui s'y gliffent ; en permettant ceux où la pu-deur & la fageffe chrétienne ne peuvent rien entendre ni rien appercevoir qui les allarme, & en anathématifant par des textes formels tout théâtre, toute affem-

---

* Tout le monde fait la belle réponfe de M. Bouffuet à Louis XIV. Nous parlions des Spectacles, lui dit ce Prince en le voyant entrer ? qu'en penfez-vous ? » Sire, il y a de » grands exemples pour, répondit le Prélat, » mais il y a de grandes autorités contre. «

blée, qui, comme nos lieux de fpectacles ordinaires, peut donner atteinte aux bonnes mœurs *.

Il ne refte donc, ma chere fille, à une ame vraiment chrétienne aucun appui folide fur lequel elle puiffe fonder, dans les circonftances les plus communes, le droit & la liberté qu'elle fe donneroit d'y affifter : il ne lui eft donc pas plus permis d'y accompagner ou d'y conduire les autres : par fa feule préfence, elle concourt au mal qui s'y fait ; elle y fert d'exemple ; elle y tient lieu d'autorité ; & plus

---

* » Les fophifmes, dit M. Greffet, les
» noms facrés & vénérables dont on abufe
» pour juftifier la compofition des Ouvra-
» ges dramatiques & le danger des Specta-
» cles, les textes prétendus favorables, les
» anecdotes fabriquées, tout cela n'eft que
» du bruit, & un bruit bien foible pour ceux
» qui ne refufent point d'écouter les récla-
» mations de la religion, & qui reconnoif-
» fent que lorfqu'on eft réduit à difputer
» avec la confcience on a toujours tort. «

fes mœurs font pures, plus fa piété par-
tout ailleurs eft édifiante, plus auffi, dans
ces lieux dangereux & prophanes, elle
devient aux foibles un fujet de fcandale.
Eh, quand il ne feroit queftion que des
Comédiens tout feuls, ne compteroit-elle
pour rien d'être du nombre de ceux, qui,
en affiftant à leurs jeux, portent à leur
ame le coup mortel (*d*), qui doit la perdre
éternellement ? Y auroit-il des fpectacles
s'il n'y avoit point de fpectateurs ; & ce
qui fe fait pour tout un public, ne fe
fait-il pas en particulier pour chacun de
ceux qui le compofent ?

» Mais on ne prétend pas en faire un amu-
» fement de tous les jours ; on n'ira au fpec-
» tacle que de loin en loin, on n'ira même
» qu'une fois pour fatisfaire fa curiofité. «
Eh, ma fille, fi le fpectacle eft défendu à
celui qui fe fait gloire d'être enfant de
l'Eglife, il l'eft pour cette fois même que
tu voudrois en excepter. Si, pris dans fon
enfemble, il eft mauvais en foi, on ne doit
pas fe le permettre une feule fois par curiofité : & où en ferions - nous pour les

mœurs, fi fous ce prétexte il falloit tout
connoître & tout voir ? Qui peut d'ailleurs
fe répondre que ce qui eft attrayant de fa
nature ne fera pas naître en nous le defir
d'être vû plus fouvent ; & pourquoi fe
donner un defir de plus, pour avoir enfuite tant de peine à le réprimer, ou
pour s'expofer au danger d'y fuccomber
encore (e) ?

» Mais il faut des amufemens, & il eft
» bien permis de fe délaffer quelquefois. «
Oui, ma fille ; mais pour une ame vraiment chrétienne, il faut des délaffemens
conformes à l'efprit du chriftianifme. Ne
crains pas que, cenfeur auftere & réfor-
mateur indifcret, fous prétexte de te prê-
cher la mortification évangélique, j'ofe
bien t'interdire tous les plaifirs qui te font
permis : mais encore faut-il qu'ils le foient ?
encore faut-il qu'ils ne compromettent
point la piété & les mœurs, qu'ils n'aient
rien de contagieux, qu'ils n'infpirent point
le goût des faux plaifirs, l'amour de la
frivolité & l'efprit de diffipation, qu'ils
ne nous faffent pas trop fortir de nous;

mêmes pour nous attacher à de vaines
fictions, pour exciter en nous des paffions
turbulentes, & nous livrer à des tranfports que défavouent prefque toujours la
vertu & la raifon. Eh, ne peut-on pas fe
délaffer fans ces fortes de plaifirs ? Lorfque Saint Louis crut devoir bannir de fon
Royaume les fpectacles, ne reftoit-il plus
de délaffemens à ceux qui en avoient befoin ?

Mais fur-tout une ame belle & fenfible n'a-t-elle pas au fein de fa famille,
dans la fociété d'amis vertueux comme
elle, dans les tendres épanchemens de la
confiance, dans le goût même des lettres
& des arts, des plaifirs plus purs qu'elle
puiffe fe permettre ? Hélas ! fi elle eft plus
belle & plus vertueufe encore, n'a-t-elle
pas des fpectacles plus intéreffans qu'elle
puiffe fe procurer ? Celui des malheureux
qui fouffrent & qu'elle va confoler. Na-
t-elle pas des larmes plus douces à verfer ?
celles de la pitié pour des indigens qu'elle
va vifiter & foulager. N'a-t-elle pas un
emploi plus noble & plus touchant à faire

de ſes richeſſes, en les ménageant pour des œuvres qui honorent l'humanité & la charité ? Quel ſpectacle délicieux pour elle, lorſqu'elle voit un vieillard décrépit ranimer à ſa vue cette froide & tremblante vieilleſſe à laquelle elle vient ſervir d'appui; une veuve, deſtituée de tout conſeil & de toute reſſource, lui ouvrir ſon cœur avec toute la liberté qu'inſpire la confiance, & reſſentir à ſon aſpect les ſeuls tranſports de joie dont elle ſoit encore ſuſceptible; des orphelins abondonnés accourir au-devant d'elle, recevoir ſes tendres careſſes, les lui rendre avec uſure, & arroſer ſes mains de larmes, arrachées moins encore par le beſoin que par la reconnoiſſance? Ah ! ma fille, ce ſont là les plaiſirs vraiment dignes de toi !

Quiconque en cherche d'autres au ſein du monde & de la vanité, au ſein des plaiſirs bruyans & tumultueux, des jeux (f), des cercles, des danſes (g) & du théâtre, s'il ſe dit encore Chrétien, rappelle-le aux fonts ſacrés ſur leſquels il fut régénéré. C'eſt là qu'on promit en ſon nom le renoncement au monde & à ſes vains amuſemens : le ſceau de la Religion conꞏ firma ces vœux ſolemnels ; ils furent écrits dans le livre de vie. Au grand jour où ce livre s'ouvrira pour lui, où il ſera jugé ſur ce qu'il renferme, où l'arbitre de ſon ſort lui retracera ſes premiers engage- mens, oſera-t-il bien dire qu'en ſe per- mettant ces divertiſſemens profanes, il n'a point violé ſes promeſſes, & que tout ce qu'il a vu, tout ce qu'il a entendu dans ces aſſemblées & ſur nos théâtres, ne démentoit point en lui l'eſprit du chriſtianiſme ?

Mais nous vivons, ma fille, dans un ſiecle où ce langage a paſſé de mode, & où ſeulement on fait grace quelquefois à la ſeule raiſon. Hé, bien raiſonnons, puiſqu'il le faut, chere Emilie, & que par ta voix touchante & perſuaſive la ſa- geſſe humaine détrompe ceux que n'aura pu détromper la Religion. Et en premier lieu, ma fille, ſi l'on veut raiſonner d'après des principes, mêler l'utile à l'agréable, aſſaiſonner nos plaiſirs du ſel

de la fageffe , & joindre les bienféances
à nos amufemens , s'il eft queſtion de
mœurs enfin , on voudra bien fans doute
leur facrifier du moins la Comédie Ita-
lienne , l'Opéra , & mille autres ſpectacles moins honnêtes & plus dángereux
encore. Le premier que je viens de nommer eft trop rempli d'équivoques , de
fades jeux de mots , de lazis indécens ,
d'intrigues de valets , de baffes repréfentations des mœurs les plus viles , de paro-
dies honteufes de la raifon même & du
goût , pour en croire l'épigraphe fi connu
que Santeuil a fait pour lui.

Le théâtre lyrique , encore plus funefte , n'offre à l'ame que l'ivreffe des
vains plaifirs & les charmes de la féduction. C'eft là que la volupté entre par
tous les fens; que tous les arts concourent à l'embellir; que la Poéfie ne rime
prefque jamais que l'amour & fes douceurs ; que la Mufique ne fait entendre
que les accens des paffions les plus vives;
que la Danfe retrace aux yeux , ou rappelle à l'efprit les images qu'un cœur

chaste redoute le plus, que la Peinture ajoute à l'enchantement par ses décorations & ses prestiges ; qu'une espece de magie nous transporte dans les Pays des Fées, à Paphos, à Cythere, & fait éprouver insensiblement toute la contagion de l'air impur qu'on y respire. C'est là que tout nous ramene à cette seule maxime, à cette unique leçon : *Aux attraits du penchant cédez sans résistance.* C'est là que l'ame, amollie par degrés, perd toute sa force & tout son courage, qu'on languit, qu'on soupire, qu'un feu secret s'allume, & menace du plus terrible embrâsement ; que des larmes coulent pour le vice ; qu'on oublie ses vertus ; & que privé de toute réflexion, réduit à la faculté de sentir, lié par de honteuses chaînes, mais qui font pour nous des chaînes de fleurs, on ne fait plus même s'indigner de sa foiblesse. Quelle école pour tous les citoyens & pour tous les âges * !

---

* Ce n'est pas là l'Opéra peint en laid, & ridiculisé, d'ailleurs à si juste titre, par

Je ne parlerai point de ces autres fpectacles, qui, plus ou moins, participent à
la nature de celui que je viens de décrire.
Hélas! il en eft aujourd'hui de tout genre.
Les ris, les jeux naiffent en foule fous les

---

la plume ingénieufe d'un Auteur moderne;
mais c'eft l'Opéra tel qu'il eft vu & fenti
par la foule de ceux qui y affiftent.

Quelqu'un de ma connoiffance fe fouvien-
dra toujours que dans fa plus tendre jeuneffe, & prefque dans fon enfance, la récompenfe d'un *acceffit* fut pour lui d'être mené
à l'Opéra qu'il n'avoit jamais vu. Le premier
effai de ce fpectacle fur fon ame fut de lui
caufer une efpece de délire dont il ne revint
que long temps après. Jamais le fouper ne
lui parut fi long. Il n'afpiroit qu'au moment
où il pourroit, feul avec lui-même, faire
revivre toutes les images dont il s'étoit rempli, tous les fentimens qu'il avoit éprouvés.
Une partie de la nuit fe paffa dans ces agi-
tations; & rien, comme il l'a avoué depuis,
ne contribua davantage à développer de fi
bonne heure, & avec tant de force, les
paffions qui l'égarerent fi long-temps.

pas de la jeuneſſe ; par-tout , & de quelque côté qu'elle ſe tourne , on lui tend
des pieges ; on amorce ſa curioſité par les
coups d'œil les plus enchanteurs ; on tente
ſes goûts par les fêtes les plus brillantes ;
on trompe ſon innocence par tous les attraits de la volupté ; on la dégoûte des devoirs par les plaiſirs. Cette grande Ville
que j'ai quittée , & que tu habites, n'offre
plus que l'ancienne image des Sybarites ;
au milieu d'elle on peut dire , on peut
montrer à chaque inſtant où ſont les amuſemens , où ſont les vices : on auroit
peine à y dire où ſont les vertus & les
mœurs. Triſte fruit de tous nos ſpectacles !

Mais paſſons à celui qui eſt par excellence le ſpectacle de la nation , & que
d'ailleurs ſes apologiſtes conſiderent comme le ſpectacle des mœurs & de la vérité.
C'eſt à défendre celui-ci qu'ils s'obſtinent
le plus , parce qu'il eſt le ſeul qui puiſſe
prêter des armes à quiconque veut paroître allier les amuſemens & la décence,
l'utilité & l'agrément.

Deux genres, dont le dernier se divise maintenant en bien des especes différentes, partagent la Scene Françoise; la Tragédie, dont les effets sont d'inspirer la compassion & la terreur, & la Comédie, qui a pour objet d'amuser par la peinture des ridicules.

Considérons ces deux genres par ce qu'ils ont de commun: dans le peu que nous dirons, tu distingueras sans peine ce qui est propre à chacun d'eux.

Le but de ce spectacle, comme de tout autre proprement dit, est d'intéresser, non pas quelques personnes seulement, mais tous les hommes en général. C'est le goût public qu'il veut flatter, & il ne peut y parvenir qu'en intéressant les passions. Mais quelles passions! Celles que les hommes trouvent le plus universellement en eux, qui frappent, qui émeuvent davantage la multitude. Je veux bien que son second objet soit d'instruire; mais on ne me niera pas que son premier but ne soit de plaire; & malheureusement je crois pouvoir prouver que,

de

de la maniere dont on eft prefque forcé de s'y prendre, ce premier objet nuit à l'autre, & y fubftitue pour l'ordinaire un effet tout oppofé.

Quelle eft en effet cette multitude à laquelle on veut plaire, & qu'il s'agit d'intéreffer ? Ce font des hommes qui certainement, & quoi qu'ils en puiffent dire, ne vont au fpectacle que pour être amufés, & qui, dans la peinture qu'on y fait des mœurs, ne peuvent être affec-tés, comme ils defirent de l'être, qu'au tant qu'on aura foin de ne pas y contrarier jufqu'à un certain point leurs penchans, qu'on y ménagera, qu'on y flattera même leurs paffions favorites, qu'on y donnera aux vices qui leur font les plus naturels, un vernis d'héroïfme & de grandeur, qui adouciffe à leurs propres yeux ce qu'au-roient d'odieux des couleurs trop vraies & des images trop reffemblantes. Ce font des hommes pour la plupart vo-lages & diffipés ; bien plus fufceptibles d'impreffions nuifibles & dangereufes que d'impreffions bonnes & utiles ; des hom-

Tome I. F

mes qu'une morale exacte, qu'une raifon
févere ennuieroit, rebuteroit, & qui ne
peuvent fouffrir fon langage qu'autant
qu'il eft tempéré par un langage plus
doux, & racheté par des maximes qui s'ac-
commodent mieux à leur foibleffe (h).
Ce font des hommes qui veulent être re-
mués, agités, vivement excités ; à condition toutefois que ce ne fera pas en
leur infpirant des remords, en faifant
porter leur terreur & leur pitié fur leur
propre mifere ; mais feulement en les
attachant à de vaines fictions, où l'ombre qu'ils pourfuivent puiffe leur faire
oublier la réalité, où on les intéreffe par
le fpectacle de paffions & de malheurs,
qui ne foient ni trop loin d'eux, ni trop
près, & qu'ils puiffent envifager fans un
retour douloureux & pénible fur leur
propre cœur : à condition encore que fi
on veut les forcer à rire de leurs propres foibleffes, ce fera fans ôter à leurs
paffions les efpeces de dédommagement
qui leur importent le plus, fans faire
trop fouffrir leur orgueil, fi ce n'eft peut-

être dans la peinture de quelques vices que tout le monde abhorre, & qu'on charge si bien, que personne ne peut s'y reconnoître. Voilà, il faut en convenir, les hommes qu'on veut intéresser, qu'on veut amuser; &, pour la réduire aux termes les plus simples & les plus vrais, telle est la poëtique de nos théâtres.

Quels sont d'autre part ceux qui travaillent pour le spectacle? En général des hommes, trop peu occupés de choses essentielles & d'études vraiment utiles, trop livrés aux choses de pur agrément, trop nourris des pensées, des images, des lectures qui flattent le plus leurs passions, trop répandus au-dehors, trop avides de louanges, qu'on prodigue à des talens futiles, & qu'on ne devroit accorder qu'à un mérite réel, trop intéressés à se prêter au goût des spectateurs, pour qu'ils ne travaillent pas de la maniere la plus propre à se concilier leurs suffrages; pour qu'ils n'emploient pas toute leur imagination à séduire l'imagination des

F ij

autres hommes , au lieu de s'attacher à
éclairer leur raison ; pour que leur goût
le plus ordinaire, celui qu'ils font le plus
sentir dans leurs ouvrages , ne soit pas
le goût du vice , bien plus que celui de
la vertu.

Aussi voyons nous, dans la plupart des
pieces qu'on représente sur la scene, de
violentes passions ennoblies avec art; des
sottises héroïques , consacrées par de
vieilles erreurs de fable ou d'histoire *;
de beaux sentimens, qui ne font à bien
dire , que des saillies extravagantes d'ambition & de vengeance †; des phantômes
de vertu qui en imposent par un vain
coloris de grandeur; des personnages qui,
par leur caractere , leur rang, leurs sentimens & leurs exploits , réveillent au
fond de l'ame , ou flattent ces inclina-

* Ce sont les expressions de M. de Voltaire.
† La Motte. *Réflexions sur la Critique.*
Ces deux phrases ont été ajoutées au texte
par l'Editeur , ainsi que bien d'autres qu'on
n'a pas toujours pris le peine de noter.

tions vicieuses, d'où naissent en nous les révolutions les plus funestes. On y voit la passion la plus généralement répandue, & la plus à craindre, s'élever sur la ruine de toutes les vertus, dominer dans presque tous les cœurs, & fonder les principaux intérêts *; on y voit les foiblesses & les crimes qu'elle traîne à sa suite déguisés, palliés par le tour ingénieux d'une morale aussi fausse que fé-

---

* M. de Voltaire lui-même en parle ainsi dans la dissertation qui précede sa Sémiramis. » D'environ quatre cent Tragédies qu'on a » données au Théâtre depuis qu'il est en pos- » session de quelque gloire en France, il n'y » en a pas dix ou douze qui ne soient fon- » dées sur une intrigue d'amour. C'est pres- » que toujours la même piece, le même » nœud formé par une jalousie & une rup- » ture, & dénoué par un mariage ;.... » c'est une coquetterie perpétuelle. «

» Les femmes, dit-il ailleurs, qui pa- » rent nos Spectacles, ne veulent point souf- » frir qu'on leur parle d'autres choses que » d'amour. «

F iij

duifante, juftifiés, autorifés par de grands
exemples, préfentés du moins fous des
traits qui les font paroître plus dignes de
compaffion que de cenfure & de haine;
on y apprend à nouer les intrigues de
l'amour, à en parler le langage, à en
adopter les prétextes, à en répéter les
excufes *. On y voit les autres paffions
les plus ardentes & les plus dangereufes,
ces paffions qui font les fecrets mobiles
du cœur humain, & qui enfantent tous
nos malheurs, l'efprit de domination,
l'orgueil, le reffentiment des injures &
la foif de la vengeance, prendre un air
de nobleffe & d'élevation, qui femble les
rapprocher de la grandeur d'ame & du
vrai courage. Près d'elles, & à leur lumiere, la fourberie eft une politique fage

---

* „ Si les héros de quelques pieces fou-
„ mettent l'amour au devoir, en admirant
„ leur force, le cœur fe prête à leur foi-
„ bleffe : on apprend moins à fe donner leur
„ courage qu'à fe mettre dans le cas d'en
„ avoir befoin. « *M. Rouffeau.*

& l'art de gouverner ; l'efprit de faction,
le caractere d'une ame hardie, faite pour
régner fur fes femblables ; le duel, une
loi de l'honneur ; la vengeance, un devoir ; le fuicide, un droit à fa propre vie,
qui n'eft ignoré que des lâches & des
foibles. Les grandes fautes y font données
prefque toutes à la deftinée, & les Dieux
feuls y font coupables du crime des hommes. On y accoutume l'efprit à des horreurs auxquelles il n'auroit jamais dû
penfer, & je fuis perfuadé qu'un homme
fait à nos fpectacles fera moins étonné,
moins frappé d'un grand crime, qu'une
ame neuve qui n'a jamais vu que l'image
touchante de la vertu, ou l'empreinte
légere du ridicule.

On y voit les caracteres vicieux altérés
au gré de l'intérêt qu'on veut répandre
fur eux ; on les voit, rachetant de fcene
en fcene par des qualités brillantes leurs
grands vices, en devenir moins odieux.
On n'y fait ni qui perd, ni qui gagne du
vice ou de la vertu ; tout y eft facrifié au
jeu des paffions. On y voit régner une

enflure continuelle d'idées & de fentimens; on y entend après quelques maximes vraies des maximes fauffes *, &
chacun adopte felon fon goût & fon génie celle qui lui convient le mieux (*i*).
La Religion elle-même n'y eft traitée,
fur-tout aujourd'hui, qu'avec indécence;
les Dieux, les autels, les oracles, les prodiges, les Prêtres, n'y paroiffent que pour
être la matiere d'un indigne parallele: ils
n'y font offerts que pour nous engager
adroitement à confondre avec de faux
cultes le culte véritable, & n'y font marqués que du fceau de la haine & du mépris.

---

* » Je hais, a dit quelque part l'Auteur
» que nous venons de citer, les mauvaifes
» maximes encore plus que les mauvaifes ac-
» tions. « Et il donne enfuite la raifon de ce
fentiment. » Les paffions déréglées infpirent
» les mauvaifes actions; mais les mauvai-
» fes maximes corrompent la raifon même,
» & ne laiffent plus de reffource pour reve-
» nir au bien. «

Dans les Comédies, le valet apprend à tromper son maître, la soubrette à servir la passion de sa maîtresse, le fils de famille à se jouer de la confiance de son pere, la pupille à surprendre la vigilance de son tuteur, la femme à tirer parti de la crédulité de son mari. Tous y apprennent les expressions, les détours, les ruses de la galanterie, de la séduction, & les maneges de la coquetterie *. Là le plus honnête homme est presque toujours le plus ridicule, & tout l'avantage y est pour le plus fourbe & le plus adroit. Dans les pieces les plus honnêtes, mentir est compté pour rien: dans les plus utiles, dans les pieces de caractere, l'effet qu'on envisage est presque toujours man-

---

* Ce ne sont point là des imputations fausses & de vaines déclamations. Qu'on ouvre Moliere, Dancourt, Regnard, &c. qu'y trouve-t-on presque par tout que de pareilles leçons ? Tout au plus ils corrigent en nous un foible peut-être, & ils y développent le germe de tous les vices.

F v

qué par la néceffité de charger le caractere principal, pour le faire reffortir &
le rendre plus intéreffant. Souvent auffi
on le revêt, malgré fes foibleffes, de tant
d'agrémens, on lui laiffe tant de reffources, qu'il eft encore le beau rôle, le rôle
qu'on voudroit jouer préférablement à
ceux qu'on lui oppofe (k). Prefque toujours fi le fond de la piece eft bon, les
détails en font dangereux ; & les leçons
mêmes, qui feroient utiles aux uns, deviennent pernicieufes aux autres, felon
les circonftances, & les difpofitions de
ceux qui les reçoivent *.

Ajoute, ma fille, à tout ce que je viens
de dire, les preftiges de la déclamation,
ce langage muet fi éloquent, fi perfuafif,

---

* ,, En peignant le ridicule des Etats qui
,, fervent d'exemple aux autres, on le répand
,, plutôt que de l'éteindre ; & le peuple,
,, toujours finge & imitateur des riches, va
,, moins au Théâtre pour rire de leurs folies
,, que pour les étudier, & devenir encore
,, plus fou qu'eux en les imitant. Voilà de

fi féduifant, qui par un gefte parle aux yeux & pénetre le cœur, donne de la vivacité aux paffions, de la force au fentiment, & de la véhémence au difcours; qui exprime dans toute leur énergie les mouvemens de l'ame que le Poëte même n'a rendus que foiblement; qui fait illufion fur la vérité des penfées & des maximes, & fait applaudir au menfonge avec plus de chaleur & qu'on n'applaudiroit à la vérité. Ajoute le charme, l'enchantement du fpectacle tout entier, le cercle brillant d'une foule de perfonnes de l'un & l'autre fexe, qui étalent à l'envi tous les raffinemens de l'art & de la parure, qui affectent tous les agrémens de la mode & tout l'éclat du luxe, qui vont pour voir & pour être vues, qui dans leurs yeux portent tout le feu

---

" quoi fut caufe Moliere lui-même : il cor-
" rigea la Cour en infectant la Ville; & fes
" ridicules Marquis furent le premier mo-
" dele des Petits-Maîtres bourgeois qui leur
" fuccederent. " *M. Rouffeau.*

des paffions qu'on exprime fur la fcene.
Ajoute les idées que font naître les Acteurs, les Actrices, malheureufement trop
connus pour la plupart par la licence
de leurs mœurs ; avilis, quoi qu'on en
puiffe diré, par un préjugé raifonnable (*l*), par une conduite, qui fans doute
eft bien plus le vice de leur état que celui de leur efprit & de leur cœur; invi-
tant, irritant les paffions par leur feule
préfence, & ôtant à l'imagination & aux
fens le frein puiffant, que du moins y
met prefque toujours l'augufte caractere
de la retenue & de la pudeur, qui brille
dans les ames honnêtes *.

Réunis tous ces principes de corruption, & d'après eux, ma fille, juge des

---

* Riccoboni, Auteur & Acteur tout-à-la
fois, cet homme fi expert & fi diftingué
dans fon Art, nous affure que les fentimens
qui feroient les plus corrects fur le papier,
changent de nature en paffant par la bouche des Acteurs, & deviennent criminels par
les idées qu'ils font naître dans l'efprit du
Spectateur, même le plus indifférent.

effets que le spectacle doit produire.
Quels effets ? On y altere les premieres
idées de vérité, d'innocence & de vertu
que l'éducation avoit pu donner. On y
renforce les préjugés qu'on avoit puisés
dans le commerce du monde. On y
échange des manieres décentes & naturelles contre des affectations ridicules.
On s'y forme à un esprit romanesque,
à un jargon de théâtre, ou bien encore à
ce ton de fatuité & d'impertinence qui
rend nos jeunes gens insupportables à
leurs propres concitoyens, & en fait pour
les étrangers des objets de haine ou de
mépris. On y apprend à dédaigner les
mœurs anciennes, à méprifer les occupations férieufes, à négliger les devoirs
domeftiques, à se laiffer gagner par la
fureur du chant, de la danfe & des vers,
& à étouffer l'heureux germe des talens
précieux par des goûts frivoles & des talens futiles. On y fubftitue l'efprit de
diffipation, de luxe & de galanterie à
l'amour de la retraite, de la fimplicité
& de la fageffe. On y contracte l'habi-

tude des penfées fauffes & libertines ; on y attife le feu des paffions ; on y reçoit les premieres impreffions de l'amour ; ou on les augmente. La force de l'inté-rêt, la chaleur du fentiment, le feu de l'action, les ornemens de la poéfie, tout l'enfemble du fpectacle nous émeut & nous tranfporte. On eft tout entier à ce qu'on voit, à ce qu'on fent. On fe rem-plit, on fe pénetre à loifir des mêmes vues, des mêmes penchans que les per-fonnages qu'on nous préfente. On fe fent attendrir ; on verfe des pleurs en dépit de foi ; on oublie tout ; on oublie fa raifon & fon propre cœur. On eft déçu, on eft féduit, fans avoir la force de re-venir contre de fi douces & fi fortes im-preffions ; tout fait illufion, & tout con-court à la maintenir.

Les effets du théâtre ne font pas tou-jours fi fenfibles : mais dans qui ? Dans ceux que rien n'émeut, que rien n'af-fecte, dont l'efprit lent & pareffeux ne faifit les objets qu'à demi, dont la raifon l'emporte fur l'imagination & l'amortit ;

mais ceux-là s'ennuient au spectacle : car
il n'amorce que ceux qu'il intéresse &
qu'il passionne. Pour qui ces effets sont-
ils moins sensibles encore ? Pour ceux
dont les passions sont déja accoutumées
aux émotions les plus vives ; qui sont
blasés sur les plaisirs ; qui ne sentent plus
rien pour avoir trop épuisé toute espece
de sentiment & de volupté ; qui ne s'ap-
perçoivent plus des écarts de leur esprit
& de leur cœur , par le trop d'habitude
qu'ils ont contractée à les laisser s'égarer
impunément ; & qui se croient toujours
innocens , parce qu'ils ne savent plus
distinguer ce qui les rend coupables :
pour ceux , en un mot , qui consentent
à tout , qui s'amusent de tout sans scrupule , & qui , entraînés par tout ce qui
leur paroît agréable , se livrent à toutes
les impressions qu'ils en reçoivent , sans
s'inquiéter de ce qu'elles peuvent avoir
de criminel. Voilà ceux qui ne sentent
pas les effets & les dangers du spectacle :
car , hélas ! sent-on toute l'impétuosité
d'un torrent , quand on se laisse aller à

fon cours. Retranchez du fpectacle tout
ce qui en fait le péril, tout ce que la
véritable fageffe y réprouve, & bientôt
il ceffera d'avoir pour eux les mêmes
charmes.

D'ailleurs, ma fille, je conviendrai, fi
l'on veut, que le fpectacle ne produit pas
fes plus pernicieux effets tout-à-coup;
mais il les prépare : il ne porte pas à
nouer fur le champ des intrigues ; mais
il les amene : il n'occafionne pas fur le
champ des défaites & des chûtes; mais
il met dans le cœur la difpofition fe-
crette, qui en fera un jour la trop funefte caufe.

Eh, dans combien de fpectateurs le
théâtre n'opere-t-il pas des effets plus
prompts & plus funeftes ? Quelle plus
grande preuve nous faut-il de fon influence fur les mœurs ? C'eft à la fortie de
la Comédie, de l'Opéra, qu'on va tendre
des pieges à la jeuneffe; c'eft fur-tout
aux environs de nos fpectacles que fe lo-
gent les courtifanes. Elles comptent donc
bien, ou fur les effets qu'ils produifent,

ou sur le peu dé sagesse de ceux qui y vont chercher leur délassement & leurs plaisirs.

A des raisons si pressantes, faut-il joindre des autorités ? Celle des Législateurs, des anciens Sages de la Grece & de Rome (m), qui presque tous ont regardé les spectacles comme la source de mille désordres ; celle de nos hommes de Cour qui ont le mieux connu le jeu des passions & le cœur humain, de la Rochefoucault *, de Bussi-Rabutin, du Prince de Conti, qui a fait un Traité

---

* « Tous les grands divertissemens, dit M. le Duc de la Rochefoucault, sont dangereux : on sort du Spectacle le cœur si rempli de toutes les douceurs de l'amour, & l'esprit si persuadé de son innocence, qu'on est tout préparé à recevoir ses premieres impressions, ou plutôt à chercher l'occasion de les faire naître dans le cœur de quelqu'un, pour recevoir les mêmes plaisirs & les mêmes sacrifices qu'on a vus si bien représentés sur le Théâtre. «

exprès contre les spectacles, d'un Ma-
giſtrat auſſi éclairé que l'étoit le Chan-
celier d'Agueſſeau, qui a fait ſur eux des
Remarques ſi intéreſſantes; celle de nos
génies les plus diſtingués, de nos Poëtes
eux-mêmes, des Corneilles, des Racines,
des Quinauts, des la Motte *, qui ſe ſont
repentis d'avoir travaillé pour le théâtre,
& qui après en avoir ſi bien étudié toute
la ſcience, ont été les premiers à en
avouer les dangers & la ſéduction; tant
d'autorités en tout genre donneront ſans
doute un nouveau poids à la raiſon. Eh,
qui ſe flattera de mieux ſavoir que les
maîtres de l'art quels ſont les effets qu'il
peut produire (n)?

O ma fille! quels prétextes reſtent donc
à ſes partiſans? Qu'ils dénaturent tant
qu'ils voudront nos ſpectacles, qu'ils les
conſiderent d'une maniere abſtraite, tels
qu'ils devroient être, tels qu'il ſeroit à
ſouhaiter qu'ils fuſſent, ils ne perſuade-

---

* Voyez dans les notes leurs regrets &
ceux de MM. Lefranc, Greſſet, Riccoboni, &c.

ront pas à quiconque a de la fageffe &
des mœurs, qu'on peut, fans rifque &
fans crime, les voir & les fréquenter tels
qu'ils font.

Combien donc fe rendent coupables
des peres foibles, des meres impruden-
tes, des gouverneurs & des guides indignes de l'être, qui, en y conduifant leurs
enfans ou leurs éleves, leur préfentent
eux - mêmes la coupe empoifonnée du
plaifir & de la volupté ! Hélas ! n'y boi-
ront - ils pas affez tôt fans eux ? Leurs
paffions ne s'éveilleront - elles pas affez
d'elles - mêmes ? Faut - il encore les faire
naître d'avance ou les irriter ?

O toi, ma fille, plus éclairée fur tes
devoirs, & mieux difpofée à les remplir,
mieux inftruite des dangers du fpectacle,
tu n'iras point y chercher pour toi-même
un vain délaffement ; tu n'y conduiras
point Mademoifelle de Senneville, & tu
ne courras pas le rifque trop réel d'y égarer fa jeuneffe ; tu n'y meneras point un
jour tes enfans ; tu n'auras pas été leur
mere pour aider à les féduire ! Le théâtre

n'eſt pas l'école des mœurs ; & lors même
qu'il ſemble la devenir à certains égards,
les ſecours qu'il offre à la vertu ſont trop
inſuffiſans., & les motifs qu'il lui prête
ſont trop au-deſſous d'elle. S'il eſt l'école
du goût, c'eſt tout au plus d'un goût fri-
vole, qui amuſe l'eſprit, & qui fait tort
à la raiſon. Tu ne connoîtras de goût pur
& ſolide, de diſcernement exquis, que
celui qui tient à la ſageſſe, & tu croiras
toujours que l'art de bien penſer tient à
l'art de bien vivre.

N'oublie pas, ma fille, combien nos
idées prennent aiſément la teinte de tout
ce qui nous environne, & combien à
nos premieres idées ſont liés nos premiers
penchans. Fais donc en ſorte que tes enfans, que tous ceux qui dépendront de
toi, ſur-tout dans un âge encore tendre,
ne voient, n'entendent rien qui ne puiſſe
leur donner, ſans aucun mélange, l'idée
du vrai & l'amour du bien.

Par rapport à toi, ma chere Emilie,
ſi ton mari redouble par la ſuite ſes ſol-
licitations les plus vives en faveur des

fpectacles, oppofes-lui les armes fi puiſ-
fantes que la nature elle-même donne à
ton fexe, lorfqu'il veut bien en faire
ufage: redouble tes complaifances & les
marques de ton attachement : fais - lui
voir que ton cœur même ne fauroit confentir à être diftrait de fon amour pour
lui par des amufemens qui infenfiblement tendroient à l'altérer; & que s'il
s'y refufe fi conftamment, ce n'eft que
pour fe conferver toujours pur & fidele.

NOTES.

PAGE 108.

(a) *QUE c'eſt pécher contre fon eſprit &
fes loix*, &c. » La diftinction que quelques
perfonnes font entre les Comédiens Franç is
& les Italiens, eft regardée avec dérifion
parmi les gens fenfés & inftruits. Il faut,
au contraire, fe renfermer dans le principe
inconteftable, qu'où les loix du Royaume
& de l'Eglife ne diftinguent point, il ne
faut pas diftinguer. « *Collection de Décifions
de Jurifprudence par Denifart*, au mot *Comédien*.

On peut confulter fur tout ceci les Maximes & Réflexions fur la Comédie par M. Boffuet ; le Traité de· la Comédie au troifieme
tome des Effais de Morale de M. Nicole ,
& au cinquieme volume de fes Penfées fur
les Spectacles ; le Traité de la Comédie &
des Spectacles de M. le Prince de Conti ;
un excellent ouvrage de M. Defprés de
Boiffy , Avocat en l'arlement, qui a pour
titre , *Lettres fur les Spectacles* , & dont
on a fait un très-grand ufage dans ces notes *;
un Recueil de Differtations fur ce fujet, que
le Pape Benoît XIV. engagea le P. Concina
à compofer. Ce même Pontife donna, le
premier Janvier 1748 , une Déclaration authentique par laquelle il protefta qu'il ne
toléroit les Spectacles qu'à regret.

I B I D.

(b) *Et tous les jours les y condamne.*
» Ce n'eft point par négligence ni par relâ-
chement , difoit le Pape Gelafe , que mes
prédéceffeurs ont ufé de tolérance à l'égard
de ce fcandale que j'efpere abolir. Je fuis
perfuadé qu'ils ont fait les plus finceres ten-

---

* Voyez la cinquieme édition en deux volumes.

tatives pour le détruire, & que leurs bonnes intentions furent toujours traverſées. «

PAGE 109.

(c) *De ce que les lieux de débauche y ſont tolérés par une ſorte de néceſſité.* Néceſſité vraie ou prétendue : car quelles que ſoient les autorités qu'on peut faire valoir à ce ſujet, j'oſe croire que d'autres loix meilleures feroient d'autres mœurs ; & ce que dans les beaux jours de Rome payenne on ne connoiſſoit même pas, il feroit ſans doute poſſible à des Princes vertueux d'en purger les Etats où l'on fait profeſſion de Chriſtianiſme. Juſqu'en 1738 on n'avoit point encore vu de courtiſane dans une de nos Villes les plus diſtinguées par la population & par le commerce ? les honnêtes femmes n'y étoient pas moins en ſureté. Une malheureuſe venue d'Aix y a donné dans cette même année comme le ſignal de la proſtitution & du libertinage : maintenant cette Ville en eſt remplie.

PAGE 111.

(d) *Porte à leur ame le coup mortel,* &c. M. l'Abbé Clément rapporte ce beau trait de Madame Henriette de France. Elle difoit un jour à une perfonne qu'elle honoroit de quelque confiance, qu'elle ne concevoit pas comment on pouvoit goûter quelque plaifir aux repréfentations du Théâtre ; que pour elle c'étoit un vrai fupplice. La perfonne à qui elle parloit ainfi ne put s'empêcher d'en marquer de l'étonnement, & prit la liberté de lui en demander la raifon. Je vous avoue, répondit la Princeffe, que quelque gaie que je fois en allant à la Comédie , fitôt que je vois les premiers Acteurs paroître fur la fcene , je tombe tout à-coup dans la plus profonde trifteffe : Voilà , me dis-je à moi-même , des hommes qui fe damnent de pro-pos délibéré pour me divertir. Cette réfle-xion m'occupe & m'abforbe toute entiere pendant le Spectacle : Quel plaifir pourrois-je y goûter ? *Maximes pour fe conduire chré-tiennement dans le monde.*

Si la réflexion de Madame Henriette eft vraie, rien n'eft plus naturel & plus jufte que le fentiment dont elle étoit fi vivement affectée ; & cette réflexion eft de toute vé-rité aux yeux de quiconque a de la religion. Auffi, pour tant de gens, eft-il plus court de n'en point avoir.

PAGE.

PAGE 112.

(e) S'exposer au danger d'y succomber en-core. » Combien en est-il qui ont prétendu de même n'y aller qu'une fois, ou par cu-riosité, ou par complaisance, & que l'at-trait du Théâtre a tellement séduits tout-à-coup qu'ils en font devenus les partisans les plus zélés & les plus empressés spectateurs.

» Témoin Alype, disciple d'abord, & ensuite ami de S. Augustin. Etudiant le Droit à Rome, quelques-uns de ses condisciples lui proposerent un jour d'aller avec eux à l'Amphithéâtre. Alype autrefois avoit aimé passionnément les Spectacles, & S. Augustin, étant son Maître à Carthage, l'avoit guéri de cette passion. Alype s'en croyoit dégoûté pour toujours : il résiste aux invitations, aux prieres, aux pressantes sollicitations de ses amis ; mais ils l'entraînent de force. C'est en vain, leur dit-il, que vous me faites violence ; vous pouvez la faire à mon corps, mais vous ne pouvez rien sur mon esprit ; au milieu de vous, à l'Amphithéâtre, je serai dans mon cabinet avec mes livres. En effet, Alype ferma constamment les yeux pendant le Spectacle ; & au-lieu d'y

Tome II.   G

prendre aucune part , il ne s'occupa que de
ſes réflexions. Mais tout-à-coup un cri extraordinaire frappa ſes oreilles , & excita ſa
curioſité. Il ouvrit les yeux. A peine vit-il
le Spectacle , qu'il s'y ſentit intéreſſé : ravi,
tranſporté hors de lui - même , il mêle ſes
cris & ſes applaudiſſemens à ceux des autres
ſpectateurs. Enfin il ſort plus épris que jamais de l'amour du Théâtre. « M. l'Abbé
Clément. Ibid.

PAGE 114.

· (f) *Des jeux , des cercles* , &c. Puiſqu'il
eſt queſtion ici de toutes les ſortes de plaiſirs que la Religion condamne , que ne pourroit - on pas dire de cette manie du jeu ſi
commune de nos jours , qui fait aſſeoir in-
diſtinctement à la même table , & couper
enſemble , le Prince & l'Avanturier , la Du-
cheſſe & la Courtiſane , l'honnête homme
& le fripon ; qui fait riſquer à ceux - ci la
perte de l'honneur & de la probité , à celles-
là la perte de la pudeur & de l'innocence,
à tous la perte du temps & de la fortune ;
qui fait haſarder ſur une carte ce qui eût
ſuffi pour le bonheur de vingt familles , &
qui réduit quelquefois à la plus affreuſe in-

digence celles qui parmi nous étoient les plus distinguées & les plus opulentes ?

I B I D.

(g) *Des cercles, des danses, &c.* Ce qu'on dit ici des Spectacles, on doit le dire à plus forte raison des Bals, qui ne font pas moins dangereux. C'est à leur sujet que sur le Théâtre Italien un Auteur dramatique fort connu, (M. de Boissi ; *Talens à la mode*) fait dire à un de ses personnages, qui est d'ailleurs très-porté pour les plaisirs en tout genre :

> Des femmes, sans garder la moindre bienséance,
> Avec des hommes font assaut
> D'entrechats & de bonds, de gambade & de saut.
> O siecle ! ô temps ! ô mœurs ! quelle indécence.* !

C'est à ce même sujet que le célebre Bussy-Rabutin, de l'Académie Françoise, ce courtisan célebre, dont le témoignage ne sera

---

* L'indécence est plus grande aujourd'hui que jamais, par la nature de ces nouvelles danses, de ces Allemandes, qui, au jugement des hommes les moins prévenus, font rougir la pudeur, & devroient déconcerter la vertu la moins sévere. C'est à ces sortes de danses cependant qu'on forme l'âge le plus tendre ; & maintenant nous avons presque en tous lieux les *Bals d'Enfans*.

pas fufpect aux gens du monde , écrivoit à
M. *de la Roquette* , Evêque d'Autun , cette
Lettre qu'il ne fera pas hors de propos de
rapporter ici.

» J'ai lu l'Avis fur les Bals que vous m'a-
vez envoyé , Monfieur ; & puifque vous
fouhaitez de favoir ce que j'en penfe, je
vous dirai que je n'ai jamais douté qu'ils
ne fuffent très - dangereux. Ce n'a pas été
feulement ma raifon qui me l'a fait croire,
ç'a encore été mon expérience ; & quoique
le témoignage des Peres de l'Eglife foit bien
fort , je tiens que fur ce chapitre celui d'un
courtifan fincere doit être d'un plus grand
poids. Je fais bien qu'il y a des gens qui
courent moins de hafard en ces lieux-là que
d'autres ; cependant les tempéramens les plus
froids s'y réchauffent , & ceux qui font affez
glacés pour n'y être point émus , n'y ayant
aucun plaifir , n'y vont point. Ainfi il n'eft
pas néceffaire de les leur défendre ; ils fe
les défendent affez eux-mêmes. Quand on
n'y a point de plaifir , les foins de fa parure
& les veilles en rebutent ; & quand on y a
du plaifir , il eft certain qu'on court grand
hafard d'y offenfer Dieu. Ce ne font d'ordinaire que de jeunes gens qui compofent

ces assemblées, lesquels ont assez de peine
à résister aux tentations dans la solitude ; à
plus forte raison dans ces lieux-là, où les
beaux objets, les flambeaux, les violons &
l'agitation de la danse échaufferoient des
Anachoretes. Les vieilles gens, qui pourroient se trouver dans les Bals sans intéresser
leur conscience, seroient ridicules d'y aller ;
& les jeunes, à qui la bienséance le permet,
ne le pourroient sans s'exposer à de trop
grands périls. Ainsi je tiens qu'il ne faut
point aller au Bal quand on est Chrétien ;
& je crois que les Directeurs feroient leur
devoir, s'ils exigeoient de ceux dont ils gou-
vernent les consciences, qu'ils n'y allassent
jamais. « Voyez le quatrieme tome du *Recueil des Lettres de M. de Bussy*, *édition
d'Amsterdam*, 1738.

PAGE 122.

(h) *Racheté par des maximes qui s'ac-
commodent mieux à leur foiblesse.* » Aussi
l'habile Poëte, le Poëte qui sait l'art de
réussir, cherchant à plaire au peuple & aux
hommes vulgaires, se garde bien de leur offrir la sublime image d'un cœur maître de
lui, qui n'écoute que la voix de la sagesse ;

G iij

mais il charme les spectateurs par des caractéres toujours en contradiction, qui veulent & ne veulent pas, qui font retentir le Théâtre de cris & de gémissemens, qui nous forcent à les plaindre, lors même qu'ils font leur devoir, & à penser que c'est une triste chose que la vertu, puisqu'elle rend ses amis si misérables. C'est par ce moyen que par des imitations plus faciles & plus diverses, le Poëte émeut & flatte davantage les spectateurs.

» Cette habitude de soumettre à leurs passions les gens qu'on nous fait aimer, altere & change tellement nos jugemens sur les choses louables, que nous nous accoutumons à honorer la foiblesse d'ame sous le nom de sensibilité, & à traiter d'hommes durs & sans sentimens, ceux en qui la sévérité du devoir l'emporte en toutes occasions sur les affections naturelles. Au contraire, nous estimons comme gens d'un bon naturel ceux qui, vivement affectés de tout, font l'éternel jouet des événemens ; ceux qui pleurent comme des femmes la perte de ce qui leur fut cher ; ceux qu'une amitié désordonnée rend injustes pour servir leurs amis ; ceux qui ne connoissent d'autre regle que l'aveugle penchant de leur cœur ; ceux qui, toujours loués du fexe qui les fubjugue & qu'ils imitent, n'ont d'autres vertus que leurs paffions, & d'autre mérite que leur foibleffe. Ainfi l'égalité, la force, la conftance, l'amour de la juftice, l'empire de la raifon, deviennent infenfiblement des qualités haïffables, des vices que l'on décrie. Les hommes fe font honorer par tout ce qui les rend dignes de mépris ; & ce renverfement de faines opinions eft l'infaillible effet des leçons qu'on va prendre au Théâtre. « *M. Rouffeau.*

PAGE 128.

(i) *Et chacun adopte felon fon goût & fon génie celle qui lui convient le mieux.* Il s'en faut bien que nous ayons fur cela la même délicateffe qu'avoient les Athéniens du temps d'Euripide. Ce Poëte avoit mis dans la bouche de Bellérophon un éloge magnifique des richeffes, qu'il terminoit par ces paroles : » Les richeffes font le fouverain bien du » genre-humain ; & c'eft avec raifon qu'elles » excitent l'admiration des Dieux & des » hommes. « Tous les fpectateurs fe récrierent, & on auroit chaffé l'Acteur, fi

Euripide ne fût venu prier l'Affemblée d'attendre la fin de la Piece, où l'admirateur des richeffes recevoit le châtiment qu'il méritoit.

Euripide lui-même fut fur le point d'être cité devant les Magistrats, au fujet de cette réponfe qu'il fait faire à Hippolite : » Ma » langue a prononcé le ferment, mais mon » cœur n'y a point confenti. «

En général, il est bon d'obferver que les Anciens favoient bien mieux que nous tirer parti des Spectacles ; ils les lioient en quelque forte au fystême de la Légiflation ; ils les faifoient fervir pour l'ordinaire à renforcer les mœurs, l'efprit national & la religion : Les Poëtes & les Philofophes, dans le fiecle où nous fommes, les emploient le plus fouvent à les détruire.

M. d'Arnaud, dans fon Difcours préliminaire fur le Comte de Comminge, & à l'occafion d'un fpectacle plus dangereux encore & plus licentieux que tous les autres, fait une réflexion qui mérite bien toute l'attention du Miniftere public. » Des hommes éclairés qui connoiffent le pouvoir du phyfique, ne fauroient être trop attentifs fur le choix des objets qui les entourent, & dès

impreſſions qu'ils reçoivent. Des ames remuées
par des images nobles & attendriſſantes de
vertu, d'humanité, d'amour des devoirs,
feront aſſurément plus préparées aux bonnes
actions que des eſprits nourris de jeux inſi-
pides, & livrés à la frivolité & à de plates
bouffonneries. Quand les Athéniens réſiſte-
rent aux forces du *Grand Roi*, ils ne cou-
roient point entendre des Muſiciens (ou des
Poëtes) efféminés, ils alloient enflammer
leur courage aux repréſentations des Drames
immortels des Sophocles & des Euripides. «

PAGE 130.

(k) *Qu'il eſt encore le beau rôle, le rôle*
qu'on voudroit jouer préférablement à ceux
qu'on lui oppoſe. C'eſt ce qu'on éprouve en
quelque ſorte dans le Miſanthrope, & preſque autant dans le Glorieux, cette Piece de
caractere & de ſentiment pour laquelle, plus
que pour toute autre, on ſe ſentiroit porté
à faire grace au Spectacle, s'il ne renfermoit
pas tant d'inconvéniens à la fois ; on y fait
le Glorieux ſi grand à certains égards ; dès
qu'il paroît ſur la ſcène, il met dans ſon
rôle tant de nobleſſe & de majeſté, de cette
fauſſe majeſté cependant qui flatte notre fol

G v

orgueil ; il l'emporte fi fort fur fon douce-
reux rival ; il en triomphe fi parfaitement,
que pour peu qu'on foit entiché du même
vice, on aimeroit mieux, ce femble, refter
le Comte de Tuffiere, que d'être le très-
honnête, très-ridicule & très-malheureux
Philinte. Dans une fi belle Piece que d'autres chofes à reprendre par rapport aux
mœurs !

On auroit été tenté d'analyfer ici nos plus
belles Pieces, tant les Tragédies que les
Comédies, fi dans de fimples notes on pouvoit fe permettre de faire une differtation ;
& j'ofe croire que, fi l'on en excepte Efther
& Athalie, qui n'ont pas été compofées
pour notre Théâtre, il eût été facile de prouver qu'il n'y en a pas une peut-être, qui, du
côté de la morale, ne laifsât plus à perdre
qu'à gagner.

M. Rouffeau a relevé avec beaucoup de
jufteffe les inconvéniens qui fe rencontrent,
relativement aux mœurs, à mettre les Fables de la Fontaine entre les mains des enfans ; par une analyfe auffi exacte, combien
ne feroit-on pas obferver d'inconvéniens plus
fenfibles encore à mettre nos meilleures Pieces de Théâtre fous les yeux & entre les

mains de tous les hommes, & sur-tout des jeunes gens.

PAGE 132.

(1) *Avilis par un préjugé raisonnable.* Quoi qu'en puissent dire les passions, si portées à flatter ceux qui contribuent davantage à leurs plaisirs, le métier de Comédien sera toujours avilissant par sa nature ; parce qu'en soi il sera toujours vil de se donner soi-même en spectacle pour amuser les autres, & de s'y donner pour de l'argent ; de jouer par état des rôles qui nous sont étrangers ; de revêtir à commandement un personnage qui n'est pas le sien, tantôt Roi de Théâtre & tantôt Valet, tantôt un héros & plus souvent un fripon, tour-à-tour Alexandre & Crispin ; de faire acheter au Public le droit de censurer nos gestes, nos démarches, de nous siffler en face, & de nous insulter en personne.

« Quel est donc au fond, dit M. Rousseau, l'esprit que le Comédien reçoit de son état ? Un mélange de bassesse, de fausseté, de ridicule orgueil & d'indigne avilissement, qui le rend propre à toutes sortes de personnages, hors le plus noble de tous, celui

G vj

d'homme, qu'il abandonne...... C'eſt un grand mal ſans doute, ajoute-t-il encore, de voir tant de ſcélérats dans le monde faire des rôles d'honnêtes gens ; mais y a-t-il rien de plus odieux, de plus choquant', de plus lâche qu'un honnête homme à la Comédie faiſant le rôle d'un ſcélérat ', & déployant tout ſon talent pour faire valoir de criminelles maximes, dont lui-même eſt pénétré d'horreur ?

» Si l'on ne peut voir en tout ceci qu'une profeſſion peu honnête, on doit voir encore une ſource de mauvaiſes mœurs dans le déſordre des Actrices, qui force & entraîne celui des Acteurs. Mais pourquoi ce déſordre eſt-il inévitable ? Ah ! pourquoi ? Dans tout autre temps on n'auroit pas beſoin de le demander ; mais dans ce ſiecle, où regnent ſi fierement les préjugés & l'erreur ſous le nom de philoſophie, les hommes abrutis par leur vain ſavoir ont fermé leur eſprit à la voix de la raiſon, & leur cœur à celle de la nature.... Je demande donc comment un état, tel que celui de Comédienne, dont l'unique objet eſt de ſe montrer en public, & qui pis eſt de ſe montrer pour de l'argent, conviendroit à d'honnêtes femmes ;

& pourroit compatir en elles avec la modeftie & les bonnes mœurs ? A-t-on befoin
même de difputer fur les différences morales
des fexes, pour fentir combien il eft difficile
que celle qui fe met à prix en repréfentation, ne s'y mette bientôt en perfonne,
& ne fe laiffe jamais tenter de fatisfaire des
defirs qu'elle prend tant de foin d'exciter ?

» Quoi ! malgré mille timides précautions, une femme honnête & fage, expofée
au moindre danger, a bien de la peine
encore à fe conferver un cœur à l'épreuve;
& ces jeunes perfonnes audacieufes, fans
autre éducation qu'un fyftême de coquetterie
& des rôles amoureux, dans une parure très-
peu modefte, fans ceffe entourées d'une jeuneffe ardente & téméraire, au milieu des
douces voix de l'amour & du plaifir, réfif-
teront à leur âge, à leur cœur, aux objets
qui les environnent, aux difcours qu'on leur
tient, aux occafions toûjours renaiffantes,
& à l'or auquel elles font d'avance à demi-
vendues ! Il faudroit nous croire une fimplicité d'enfant pour vouloir nous en impofer
à ce point. « *Lettre fur les Spectacles.*

PAGE 137.

(m) *L'autorité des Légiflateurs, des au-*

ciens Sages de la Grece & de Rome. Solon s'opposa fortement à l'établissement des Spectacles ; il en prévoyoit les plus funestes suites , & l'effet ne prouva que trop qu'il avoit bien prévu. Plutarque attribue la corruption & la perte d'Athenes à la passion que le peuple eut pour eux. A Lacédémome on ne représentoit ni Tragédies ni Comédies. Platon les réprouvoit comme des amusemens qui tendoient à faire des hommes passionnés. Cicéron s'écrie à leur sujet dans les Tusculanes : O la belle école ! Si on en ôtoit tout ce qu'elle offre de vicieux , il n'y auroit plus de spectateurs. Le tendre & galant Ovide s'écrioit lui-même : Ne touchez pas à ces Poëtes qui ne respirent que la tendresse , *teneros ne tange Poetas ;* & tels sont du plus au moins tous nos Poëtes dramatiques.

» L'an 400 , après la fondation de Rome , les Censeurs proposerent au Sénat de faire construire un théâtre de pierre. Le Grand Scipion s'y opposa , & fit à ce sujet un discours si véhement pour prouver que les Spectacles corromproient infailliblement les Romains, que l'on vendit aussi tôt par ordre du Sénat , tout ce qui avoit été préparé pour la construction du Théâtre. La suite fit voir

que Scipion ne s'étoit point trompé ; l'établiffement des Spectacles à Rome fut l'é-
poque du luxe & de la molleffe , qui cor-
rompirent enfin cette fameufe République. «
Maximes , &c.

» On croit répondre à tout, dit M. l'Abbé
Clément, qui rapporte ce dernier trait, en
difant que les Spectacles aujourd'hui font
bien différens de ce qu'ils étoient autrefois.
A qui donc croit-on parler ainfi ? N'avons-
nous pas le Théâtre d'Euripide , de Sopho-
cle , de Ménandre , & celui de Séneque ,
de Plaute & de Térence ? Qu'on les compare
à ceux de Racine , des deux Corneille ,
de Moliere , & on verra lefquels font les
plus propres à corrompre le cœur. Et l'impiété que quelques Auteurs tragiques ont affecté de femer dans leurs Ouvrages, n'eft-
elle pas une des caufes de l'irréligion qui
fe répand & s'établit de jour en jour ? « *Ibid.*

PAGE 138.

(n) *Qui fe flattera de mieux favoir que
les Maîtres de l'art quels font les effets qu'il
peut produire.* Corneille ne fe raffura jamais
entierement fur l'abus qu'il avoit fait de fes
talens.

Voici ce que Racine écrivoit à son fils sur
les Spectacles : » Croyez - moi, mon fils,
quand vous saurez parler de Romans & de
Comédies, vous n'en serez guère plus avancé
pour le monde, & ce ne sera point par cet
endroit-là que vous serez plus estimé....•
Vous savez ce que je vous ai dit des Opéra
& des Comédies ; on doit en jouer à Marly.
Le Roi & la Cour savent le scrupule que
je me fais d'y aller ; & ils auroient une
mauvaise opinion de vous, si, à l'âge où
vous êtes, vous aviez si peu d'égards pour
moi & pour mes sentimens. «

Voyez les *Mémoires sur la Vie de Jean
Racine*, par *Louis Racine*, son fils, Auteur du *Poëme de la Religion*.

Quinaut s'est repenti, quoiqu'un peu
tard, d'un talent trop facile & trop mal employé.

La Motte a marqué les mêmes regrets ; &
travaillant encore pour la Scène Françoise,
voici l'aveu qu'il fait au Public dans son
Discours sur la Tragédie : » Nous ne nous
proposons pas d'éclairer l'esprit sur le vice &
la vertu, en les peignant de leurs vraies
couleurs. Nous ne songeons qu'à émouvoir
les passions par le mélange de l'un & de

l'autre ; & les hommages que nous rendons
quelquefois à la raifon, ne détruifent pas
l'effet des paffions que nous avons flattées.
Nous inftruifons un moment, mais nous
avons long-temps féduit ; & quelque forte
que foit la leçon de morale que puiffe pré-
fenter la cataftrophe qui termine la Piece,
le remede eft trop foible, & vient trop tard. «

A ces autorités on peut joindre celle des
Auteurs plus modernes encore.

M. Lefranc, de l'Académie Françoife, &
l'Auteur de Didon, parle ainfi contre les
Spectacles, en fe déclarant contre quelqu'un
qui en prenoit la défenfe : » On s'efforce
depuis long-temps de réduire en problême
théologique cette queftion : *Si c'eft un péché
d'aller à la Comédie.* On ne manque pas
d'appuyer la négative de toutes les diftinctions poffibles, de toutes les conditions capables de raffurer ; on exige qu'il n'y ait
rien de deshonnête ni de criminel dans la
Piece ; que celui qui va au Spectacle n'y
apporte point de penchant au vice, ni une
ame facile à émouvoir ; qu'il y foit maître
de fon cœur, de fes penfées, de fes regards ; que rien de ce qu'il entend, que
rien de ce qu'il voit, ne foit pour lui une

occaſiŏn de chûte ni de tentation. Cette théoriĕ eſt certainement admirable. Qui me répondra de la pratique ? Sera - ce notre Ca-ſuiſte ? Qu'il aille plutôt à la Comédie. Au retour je m'en rapporte à lui. «

M Greſſet, auſſi de l'Académie Françoiſe, après nous avoir fait obſerver que l'Hiſtoire de l'Art Dramatique eſt beaucoup plus la liſte des fautes célebres.& des regrets tardifs, que celle des ſuccès ſans honte, & de la gloire ſans remords , déclare lui-même ſon repentir des ſuccès qu'il a eus en parcourant la même carriere. Voici quelques - uns des motifs qu'il rapporte dans ſa lettre imprimée en 1759 , & qui l'ont porté à faire cette eſ-pece d'abjuration. » Je vous avouerai , dit-il , que depuis quelques années j'avois beau-coup à ſouffrir intérieurement d'avoir tra-vaillé pour le Théâtre , étant convaincu, comme je l'ai toujours été , des vérités lu-mineuſes de notre Religion , la ſeule divi-ne , la ſeule inconteſtable : il s'élevoit ſou-vent des nuages dans mon ame ſur un art ſi peu conforme à l'eſprit du Chriſtianiſme, & je me faiſois , ſans le vouloir , des repro-ches infructueux que j'évitois de démêler & d'approfondir. Toujours combattu & tou-

jours foible, je différois de me juger, par
la crainte de me rendre & par le defir de
me faire grace. Quelle force pouvoient
avoir des réflexions involontaires contre l'empire de l'imagination & l'enivrement de la
fauffe gloire ? Encouragé par l'indulgence
dont le Public a honoré *Sidney* & le *Mé-*
chant, ébloui par les follicitations les plus
puiffantes, féduit par mes amis, dupe d'autrui & de moi - même, rappellé en même-
temps par cette voix intérieure, toujours
févere & toujours jufte, je fouffrois & je n'en
travaillois pas moins dans le même genre. Il
n'eft guere de fituation plus pénible, quand on
penfe, que de voir fa conduite en contradiction avec fes principes, & de fe trouver
faux à foi-même & mal avec foi. Je cherchois à étouffer cette voix des remords à
laquelle on n'impofe point filence, ou je
croyois y répondre par de mauvaifes autorités
que je me donnois pour bonnes. ... J'aurois
dû reconnoître dès - lors, comme je le reconnois aujourd'hui, fans nuage & fans enthoufiafme, qu'on ne parviendra jamais à
juftifier la compofition des Ouvrages Dra-
màtiques & la fréquentation des Spectacles...
Tout fidéle, quel qu'il foit, quand fes éga-

remens ont eu quelque notoriété., doit en publier le défaveu, & laisser un monument de son repentir;. & quand on a quelques écrits à se reprocher, il faut s'exécuter sans réserve, dès que ce remords les condamne : il seroit trop incertain de compter que ses écrits soient brûlés au flambeau qui doit éclairer notre agonie.... Je retracte donc solemnellement tout ce que j'ai pu écrire d'un ton peu réfléchi dans mes bagatelles rimées..... L'unique regret qui me reste, c'est de ne pouvoir point assez effacer le scandale que j'ai pu donner à la Religion par ce genre d'Ouvrage, & de n'être point à portée de réparer le mal que j'ai pu causer sans le vouloir.... Les gens du bon air, les demi - raisonneurs, les pitoyables incrédules peuvent à leur aise se moquer de ma démarche ; je serai trop dédommagé de leur petite censure & de leurs froides plaisanteries, si les gens sensés & vertueux, si les ames honnêtes & pieuses voient mon humble défaveu avec cette satisfaction pure que fait naître la vérité, dès qu'elle se montre. «

Riccoboni s'exprime ainsi dans la Préface de son *Traité de la Réformation du Théâtre.* » Je crois que c'étoit précisément à un

homme tel que moi qu'il convenoit d'écrire
fur cette matiere, & cela par la même
raifon que celui qui s'eft trouvé au milieu
de la contagion, & qui a eu le bonheur
de s'en fauver, eft plus en état d'en faire
une defcription exacte.... Je l'avoue donc
avec fincérité, je fens dans toute fon étendue le grand bien que produiroit la fup-
preffion entiere du Théâtre, & je conviens
fans peine de tout ce que tant de perfonnes graves & d'un génie fupérieur ont écrit
fur cet objet. «

Le même Auteur fait envifager avec beaucoup de force & de vérité les effets du Spectacle par rapport à la jeuneffe. » Communément, dit-il, jufqu'à l'âge de dix ans, les
enfans font très-bien élevés ; depuis dix ans
jufqu'à quinze l'éducation foiblit, & les
enfans commencent à être gâtés ; fouvent
même par leur pere & par leur mere : enfin
depuis quinze ans jufqu'à vingt, les jeunes
gens, maîtres de leurs actions, achevent
eux-mêmes de fe corrompre.

» Les parens font pour l'ordinaire plus
occupés de l'apparence, de l'extérieur, que
du fond & de l'effentiel de l'éducation de
leurs enfans. On ne s'attache à leur appren-

dre que la politeſſe, les belles manieres &
l'uſage du monde, en ſorte qu'à dix ans ils
ſont en état de paroître dans ce qu'on appelle les meilleures compagnies, où l'on a
grand ſoin de les préſenter. C'eſt-là qu'ils
entendent parler de toutes ſortes de matieres, qui peuvent ou exciter leur curioſité,
ou développer les germes de leurs paſſions.
Et c'eſt-là que dans un âge encore tendre,
& ſi ſuſceptible des impreſſions du vice,
ils commencent à le connoître & à ſe fami-
liariſer avec lui.

» Ces principes de corruption reçoivent
une nouvelle force des Spectacles publics,
où les peres & les meres ont l'imprudence
de s'empreſſer de conduire leurs enfans de
l'un & l'autre ſexe. Or quelles atteintes mortelles ne doivent pas donner à leur innocence le nombre infini de maximes empeſ-
tées qui ſe débitent dans les Tragédies,
dans les Opéra, & les expreſſions & les images licentieuſes que préſentent les Comédies.
Ils ne les effacent jamais de leur mémoire....
Ils voient des Grands, des perſonnes élevées en dignité, des vieillards, &c. y applaudir. Ils s'imaginent que tout ce qu'on
leur expoſe eſt à retenir.... Ils agiſſent en

conséquence lorsqu'ils jouissent de leur liberté : & les voilà corrompus dans le cœur & dans l'esprit pour le reste de leur vie..... Mais, dit-on, quel inconvénient y a-t-il qu'ils entendent parler de la passion de l'amour ? Il faut bien qu'ils la connoissent tôt ou tard. C'est ce que je suis très-éloigné de croire. On doit toujours ignorer le libertinage. Mais quand cette passion seroit traitée avec plus de réserve sur le Théâtre, il n'y auroit pas moins d'inconvénient, &, si j'ose le dire, moins de cruauté à leur donner sur une matiere si délicate des leçons prématurées & infiniment dangereuses, & à leur faire courir le risque de perdre leur innocence avant même qu'ils sachent quel est son prix & combien cette perte est affreuse & irréparable. Mais les parens s'intéresseront-ils à leur conserver cette vertu, s'ils n'en connoissent pas eux - mêmes le prix ? Néanmoins ils sont ensuite au désespoir quand leurs enfans donnent dans des désordres préjudiciables à leur fortune. «

Enfin M. Rousseau, Auteur lui-même en ce genre, & qui, de son aveu, n'a jamais manqué volontairement une représentation de Moliere, a réuni & présenté dans tout

leur jour les dangers des fpectacles. Des
hommes célebres ont entrepris de répondre à la Lettre qu'il a écrite fur ce fujet ;
mais ils n'ont répondu , ce me femble ,
qu'à la moindre partie des raifons qu'il leur
oppofe ; & encore , avec tant d'efprit , tant
d'art & de talens , leur réponfe eût-elle été
fi foible , fi la caufe qu'ils s'étoient chargés
de défendre n'eût pas été la moins bonne ?

LETTRE

LETTRE XXX.

Du Comte de Valmont au Marquis.

DANS quel embarras, dans quelle triste
& cruelle perplexité vous me jettez ! Je
commençois à reprendre une sorte de
tranquillité, & vous me l'ôtez. Ah ! par
pitié pour moi, que ne me laissiez-vous
dans mon aveuglement ! Mais que dis-je !
& quelle pitié barbare, que celle qui
aideroit à me tromper ! Mon pere, vous
voulez mon bonheur plus que je ne le
veux moi-même : & pourquoi faut-il que
je ne me sente pas assez de force pour y
concourir avec vous ? Vous voulez que je
fuie l'objet qui m'est cher, . . . que je
l'éloigne . . . moi ! pour qui un jour d'ab-
sence est encore trop long. O Ciel ! qu'en
lisant cet avis que vous me donnez, je
me suis repenti de mon indiscrétion !
Eloigner l'infortunée Senneville, cette
amie de la Comtesse, ce dépôt précieux
qui lui a été confié ! Car enfin, c'est elle

Tome II. H

que j'aime; & voilà le reste de mon secret que je n'avois pas encore osé vous
dire tout entier. Mon épouse pourroit-
elle y consentir ? Son attachement égale
presque mon amour , & n'en diffère
qu'en ce qu'il est plus parfait & plus
pur. Elles sont devenues nécessaires l'une
à l'autre : nous nous le sommes en quelque sorte tous trois , & il n'y a plus entre
nous qu'un esprit & qu'un cœur. Que
diroit le monde lui-même ? si Senneville
s'éloignoit ; & sous quels prétextes pourroit se faire une séparation que les bienséances ont rendue comme impossible ? .
D'ailleurs ne puis-je pas aimer sans crime ? Ce que la loi naturelle me défend
n'est pas d'avoir un cœur sensible. Hélas!
pourquoi le Ciel me l'a-t-il fait si tendre,
s'il m'a défendu d'aimer ? .... Mais que
dis-je ! & voudrois-je toujours me tromper moi-même ! Ce cœur , n'étoit-ce pas
à moi de le mieux regler ? A qui devois-
je mon amour ? Qui l'a mieux mérité,
de Senneville , ou d'Emilie ? Qui des
deux avoit acquis sur lui de plus justes

droits ? . . . Ah ! le cœur connoit-il de
pareilles loix ; & eſt-ce bien celle du
devoir & de la reconnoiſſance, qu'il attend pour ſe donner ? Cependant la paſſion ne doit pas être mon guide ; je le
ſais : c'eſt à ma raiſon à la réprimer &
à la vaincre. Impuiſſante raiſon ! Elle eſt
auſſi foible pour triompher de mes penchans, qu'elle l'eût été, ſans vous, pour
diſſiper mes ténebres. Que ferai-je, ô
mon pere ? Combien vous affligez mon
ame en l'éclairant ; & falloit-il que la vérité, au lieu de m'apporter la paix, fût
pour moi la ſource d'un nouveau tourment ? Laiſſez-moi, quelque temps encore, emprunter de Senneville même les
ſecours dont j'ai beſoin, pour parvenir à
m'en ſéparer. Peut-être l'amitié . . . Inſenſé
que je ſuis ! Quel beau nom je profane !
C'eſt bien un ſentiment ſi ſaint, une affection ſi tranquille & ſi chaſte que je puis
eſpérer de mettre à la place d'une flamme
adultere ! Car enfin vous m'avez deſſillé
les yeux : oui, la loi naturelle toute ſeule,
la ſeule raiſon ſuffit pour me condamner ;

H ij

elle m'impofe un joug prefque auffi dur
que celui auquel je prétends me fouf-
traire. Par-tout, ah ! par-tout, je trouve
les entraves que je voulois éviter ! Qu'il
s'en faut peu que je ne rétracte tous les
aveux que vous m'avez forcé de faire,
que je ne reprenne mes premiers doutes,
que je ne me replonge pour toujours dans
une nuit plus profonde encore . . . Voilà
donc à quoi fe termineroient cette franchife & cette droiture, dont je me fuis
glorifié devant vous ; à devenir plus coupable & moins digne d'excufe ! Tout en moi
reclameroit contre de nouveaux égaremens. Vous m'avez trop éclairé, pour que
je puiffe douter quand je le voudrois ; &
mes paffions me font devenues trop fuf-
pectes, pour en mettre jamais le mur-
mure importun à la place de la vérité.

Achevez votre ouvrage ; foyez touché
plus que jamais du trouble que je reffens.
La loi naturelle, dites-vous, n'eft pas la
feule que je doive fuivre ; & quelques
argumens qu'on forme en fa faveur, fi
Dieu m'en a donné une autre, ce n'eft

point à moi à restreindre ses dons ? S'il a parlé, de quelque maniere qu'il s'explique, ce n'est point à moi à refuser de l'écouter. Par le fait même, la raison de l'homme est trop bornée ; ses lumieres sont insuffisantes ; abandonnée à ses propres forces, qu'a-t-elle produit, que des lumieres bien imparfaites dans quelques-uns seulement ; & dans presque tous que des égaremens monstrueux ? Que répondre ! c'est là, j'en conviens, l'histoire de l'univers ; c'est malheureusement la mienne ; & que peut, je le répete, ma foible raison, pour la vertu autant que pour la vérité ? Cependant quel autre appui me donnerez-vous ? Le Christianisme. Eh, quoi, le Christianisme avec tous ses mysteres ! Ah ! je ne prétends pas le blasphêmer ; votre exemple plus que jamais me le feroit respecter. Mais enfin, dans ses principaux dogmes, que d'étranges contradictions ne renferme-t-il pas ? Quelle opposition avec la raison, ce premier guide que vous m'avez appris à consulter ! Quelle foi aveugle n'exige-t-il pas de moi ?

Quels suffrages compte-t-il en sa faveur ?
Quelle philosophie a pu s'en accommoder ?
& n'est-ce pas au tribunal de la raison
même, des sciences, des arts & du génie
qu'il est le plus décrié ? Comment donc
croirai-je trouver en lui cet appui plus
solide, ce guide plus sûr que vous m'offrez ?

Ainsi de quelque côté que je tourne
mes regards, je ne vois rien qui puisse
me satisfaire ; & je suis encore plus mé-
content de moi-même. Toute ma lettre
vous le prouve assez. Je veux le bien ;
j'aime la vertu que vous m'avez fait connoître ; mais je ne me sens pas assez de
force pour la pratiquer. Je suis donc à
mes propres yeux une énigme ; je m'examine & ne me conçois pas : je me fais
honte ; je vous la fais encore plus . . . Hélas ! que les passions dégradent ce même
être, qu'élève & qu'ennoblit la raison !

LETTRE XXXI.

Du Marquis à son Fils.

Toujours des combats, mon fils ! mais ils menent à la victoire ; ils décelent au moins un cœur naturellement vertueux. Ce cœur est foible encore, il a peine à se faire violence : cependant il sent-assez qu'il le doit, qu'il le faut, & il craint seulement de ne le pouvoir pas. D'un côté la passion, les illusions qu'elle traîne à sa suite, & les prétextes dont elle se couvre ; de l'autre l'honneur, la raison, le devoir ; Quelle opposition ! quel contraste ! & qu'il est dur & pénible de combattre ainsi, & d'être à chaque instant combattu par soi-même ! Mais aussi qu'il est beau, qu'il est glorieux de se vaincre ! Qu'il est doux, qu'il est consolant de s'être vaincu ! O mon ami ! cette victoire est digne de toi, & j'ose bien la promettre à tes efforts. Celui qui préside à la vertu, ce Dieu, dont maintenant tu révères les loix & tu

reconnois la puiſſance, après t'avoir donné la liberté, ne te laiſſera pas ſans ſecours & ſans forces pour en faire un légitime uſage. La paix, que tu cherches envain dans tes paſſions, qu'inutilement tu
cherchois dans tes erreurs, ſera le fruit
de ton triomphe; & par le calme dont tu
jouiras, ta conſcience te rendra avec
uſure le prix des ſacrifices que tu lui auras faits.

Souffre donc, cher Valmont, que la
vérité, pour prendre plus d'empire ſur
ton ame, acheve d'éclairer ta raiſon. N'é-
lude point par des excuſes frivoles les loix
que le devoir t'impoſe, & pour être entiérement d'accord avec lui, commence
par être de bonne foi avec toi-même.
Alléguer la force de ton penchant, ce ſeroit, en vil eſclave, exagérer la peſanteur
de tes chaînes, pour te diſpenſer de les
rompre : enviſager comme un obſtacle
invincible à l'éloignement de Senneville
l'amitié que lui a voué la tendre & ver-
tueuſe Emilie, ce ſeroit la croire, dans
ſon attachement, auſſi foible que toi, ou

refuſer de te montrer, lorſqu'il en ſera temps, auſſi fort, auſſi généreux qu'elle : enfin à l'égard du monde & des bienſéances, à l'égard de Mademoiſelle de Senneville & de ſes véritables intérêts, que te reſtera-t-il à objecter, ſi par un de ces événemens heureux, qu'une providence attentive ſait ſi bien nous ménager dans nos beſoins & dans nos maux, le monde lui-même preſcrit à Emilie un ſacrifice qui doit faire le bonheur de celle qui lui eſt chere ?

Mais j'en ai dit aſſez. Ces amis que le Ciel m'a donnés pour prix de ma diſgrace, & que tu connoîtras dans peu, t'en diront davantage.

Cependant il faut, pour te réſoudre à des renoncemens ſi pénibles, quelque choſe de plus ſûr encore que le ſentiment, & de plus fort que la raiſon : il te faut, mon ami, le ſecours de la religion... Ce ſeul mot te révolte, & la religion telle que je te la préſente, la religion chrétienne, avec tous ſes myſteres, te paroît une foi trop aveugle, un amas trop

H v

abfurde de contradictions & d'erreurs.
Elle te paroît une invention humaine,
trop peu faite pour être la croyance des
vrais fages, trop décriée au tribunal de la
raifon, des fciences & du génie, pour
que tu puiffes feulement penfer à l'a-
dopter.

Quels préjugés tu t'es formés contre la
foi de tes peres! Travailler à les détruire,
c'eft de tous les moyens que peuvent me
fuggérer mon zele & mon amitié pour
toi, le premier que je doive mettre en
ufage pour te réconcilier avec elle.

Dèja je te l'ai dit, Valmont, & je n'ai
point eu de peine à en convenir, une foi
qui ne porteroit fur aucun fondement
folide, une foi évidemment contredite
par la raifon, feroit dès-lors indigne d'un
être raifonnable; elle feroit l'ouvrage de
la féduction, de l'erreur, & le fruit du
préjugé. L'adopter, feroit s'ôter toute reffource pour difcerner le menfonge, &
anéantir toute regle de vérité. Mais je le
dis avec autant d'affurance; c'eft calomnier
la religion, & la connoître bien mal, que

d'ofer prétendre qu'elle nous force à la croire, fans raifon, ou contre la raifon même. Non, mon fils, non, la fimpli-cité de la foi n'eft pas la crédulité d'une aveugle & ftupide ignorance : c'eft la fou-miffion éclairée d'un efprit humble & fage, qui plie fous l'autorité de Dieu, dès qu'il eft certain que Dieu a parlé.

La foi, il eft vrai, femblable à cette colonne de feu, qui guidoit les Ifraélites dans le défert, a fon côté obfcur, & fa nature l'exigeoit ; mais elle a auffi fon côté lumineux, & où brillent les plus purs rayons de la vérité.

La foi devoit avoir fon obfcurité. Elle a été donnée à l'homme, pour l'inftruire fur les objets que dans l'état préfent des chofes il lui importe le plus de connoître, mais qui n'ont pour la plupart aucune proportion naturelle avec fon entende-ment ; fur des objets qui n'entrent point par eux-mêmes dans la chaîne de fes idées, & dont il ne peut être inftruit que par voie d'autorité & de révélation. Elle lui a été donnée pour fuppléer d'une maniere tranfcendante, fi je puis m'exprimer ainfi, à fa foible raifon, à cette raifon bornée, qui auroit trop à faire, s'il falloit que de principes en principes, de raifonnement en raifonnement, elle parvînt à la connoiffance des fecrets que Dieu renferme dans fon effence, & que, proportionnément à nos befoins, lui-même nous a dévoilés. Mais il y a plus encore; elle a été donnée à l'homme, cette foi dont tu méconnois le prix, pour qu'il fît à l'auteur de fon être un facrifice, non de fa raifon même, mais du trop de confiance qu'il avoit en elle; confiance préfomptueufe & vaine, punie dans prefque tous les hommes, & fur-tout dans les faux fages, par de fi honteux écarts. Sous tous ces rapports, fans doute, la foi devoit être obfcure. Mais eu égard aux fondemens fur lefquels elle repofe, aux preuves qui établiffent fa certitude, aux motifs qui engagent à la recevoir, elle devoit être diftinguée de toute invention humaine, de toute croyance vaine & fuperftitieufe, de tout genre de fanatifme &

d'impofture ; & fous cet autre rapport, il falloit qu'elle portât avec elle fon genre de démonftration & fa lumiere.

Elle l'y porte, mon fils, comme j'ef-pere te le prouver bientôt ; & ce qu'elle craint de notre part, moins d'ailleurs pour elle que pour nous, ce n'eft pas l'examen févere & impartial d'une ame droite qui ne veut que connoître la vérité, & qui eft prête à lui tout facrifier, dès qu'elle l'aura trouvée : c'eft la froide & ftupide indolence de ces faux difciples, qui la fuivent fans difcernement & fans motifs, qui favent à peine ce qu'ils croyent, & qui s'inquietent encore moins du foin de le pratiquer : c'eft le coup d'œil fier & infultant que laiffent tomber fur elle ces efprits orgueilleux, qui, de la hauteur de leur prétendu génie, dédaignent fa tou-chante & noble fimplicité : ce font les phantômes qu'élevent contre elle ces hom-mes vains, enflés de leur favoir, qui ne veulent de lumieres que celles qui leur font propres, de fentimens que ceux qui les fingularifent, & de croyance que celle

qu'ils fe font faite * : c'eft l'examen critique, mais infidele, de ces mécréans de
nos jours, que la prévention, que la paffion rendent moins attentifs à l'enchaînement & à la force de fes preuves, qu'aux
difficultés qu'ils pourront lui oppofer, &
au ridicule qu'ils peuvent jetter fur elle:
c'eft encore l'examen fuperficiel de ces
efprits légers & diffipés, qu'une brochure
amufe, qu'une plaifanterie contre la religion fait rire & perfuade, que des ouvrages ingénieux & frivoles fixent pour un
temps; mais que rebutent à coup fûr des
ouvrages férieux, des raifonnemens profonds, & qui ont plutôt fait de ne rien
croire, que de travailler efficacement à
s'éclairer & à fe convaincre: ce font enfin,
parmi fes propres enfans, des recherches

---

* » L'abus du favoir produit l'incrédulité.
» Tout Savant dédaigne le fentiment vul-
» gaire; chacun en veut avoir un à foi.
» L'orgueilleufe Philofophie mene à l'efprit-
» fort, comme l'aveugle dévotion au fana-
» tifme. « M. Rouffeau.

curieufes & vaines, dans lefquelles, pour
vouloir trop fcruter la Majefté divine, on
eft opprimé par fa gloire ; & où l'on met
des opinions humaines à la place des lumieres de Dieu même : voilà, mon fils ,
ce que la religion craint pour nous.

Mais, fi c'eft au contraire avec des difpofitions convenables que nous voulons
l'étudier & la méditer ; ah ! elle nous y
invite, bien loin de nous le défendre ; &
elle fait de cette étude le principe de notre
fidélité, & la matiere de fon triomphe.
» O mon fils, te dit-elle aujourd'hui par
» ma voix, dépofe tes préjugés dange-
» reux : je ne te demande, pour être crue,
» que d'être approfondie ; & je n'ai befoin
» que d'être connue, pour être aimée.
» Dès que tu m'auras vue telle que je fuis,
» ton unique regret fera de m'avoir ou-
» tragée, & ton zele pour ma gloire fur-
» paffera la haine qui t'armoit contre moi.
» Dès que tu commenceras à m'aimer, je
» ferai ton bonheur. Alors je fixerai ton
» efprit, & je tranquilliferai ton cœur ;
» je fanctifierai tes actions ; je reglerai tes

» penchans ; je diminuerai tes befoins ; je
» foulagerai tes maux ; en les épurant,
» j'affurerai & j'éterniferai tes plaifirs. «
Ecoute, cher Valmont, ce langage fi doux,
ces promeffes fi flatteufes, dont j'ai moi-
même éprouvé la réalité ; & avant toutes
chofes, fais-moi la grace de penfer, que
fi je crois la religion chrétienne, ce n'eft
pas fans fondement & fans preuves.

    « Cependant la foi a fes myfteres ; &
» ces myfteres, dis-tu , font des contra-
» dictions & des abfurdités. « La foi a fes
myfteres ; je t'en ai dit les raifons : &
quand je ne te les aurois pas dites, elles
s'offrent affez d'elles-mêmes. Des myfteres ! eh, Valmont, où l'homme n'en ren-
contre-t-il pas ? De toute part, la raifon,
la nature ont les leurs (*a*).

    La méthaphyfique a fes profondeurs &
fes abîmes : la phyfique a fes phénomenes
inexplicables ; parmi les infectes, elle a
fes polypes : la matiere, comme on fe
plaît à le croire, & comme on prétend
le démontrer, a fa divifibilité à l'infini :
la géométrie a fes lignes afymptotes, qui

s'approcheront toujours, &, quoique prolongées à l'infini, ne se couperont jamais : la connoiſſance de Dieu par la ſeule raiſon, parmi bien d'autres difficultés, nous laiſſe à concilier dans ſes attributs la néceſſité d'être, & la liberté : l'homme tout ſeul, ſans le ſecours de la révélation, eſt à lui-même le plus grand des myſteres... & tu ne permettras pas qu'une religion, qui, bien au-deſſus des lumieres & des loix de la nature, nous découvre ce qu'il y a de plus profond, de plus caché dans la Divinité, renferme rien d'obſcur & de myſtérieux. Mortel audacieux ! ſi le vol hardi de ton orgueilleuſe raiſon doit trouver quelque part des limites, ne ſera-ce pas du moins au bord de l'infini * ?

» La foi a ſes myſteres, & ſes myſteres » ſont contraires à la raiſon. « Dis mieux, cher Valmont ; ils ſont au-deſſus de notre

---

* C'eſt ce que M. de Voltaire a ſi bien exprimé par ces vers :

La raiſon te conduit ; avance à ſa lumiere,
Marche encor quelque pas ; mais borne ta carriere ;

raifon, de la raifon humaine; mais ils ne font pas contre elle: & quoi qu'en ait dit un Sophifte ingénieux, la différence de l'un à l'autre eft immenfe.

Sans remonter jufqu'à des propofitions géométriques, fi certaines pour un Géo-metre, fi conformes à fes lumieres, & cependant fi fort au-deffus de l'entende-ment rude & groffier d'un Villageois & d'un fimple Artifan, combien d'autres vé-rités, fenfibles pour un homme dont la raifon eft exercée, & qui ceffent de l'être pour celui dont la raifon eft fans exercice & fans culture? Ce que l'homme ne peut comprendre, le crois-tu incompréhenfi-ble à un Ange, à Dieu même? Croirois-tu faux tout ce qui furpaffe ta foible in-

---

Au bord de l'infini ton cours doit s'arrêter;
Là commence un abîme, il le faut refpecter.
. . . .
Pourquoi donc m'affliger fi ma débile vue
Ne peut percer la nuit fur mes yeux répandue?
Je n'imiterai point ce malheureux Savant,
Qui, des feux de l'Etna fcrutateur imprudent,
Marchant fur des monceaux de bitume & de cendre,
Fut dévoré du feu qu'il cherchoit à comprendre.

telligence, & oferois-tu bien faire de ta raifon la mefure des poffibles * ? Qu'eft-ce donc aux yeux de la droite raifon qu'une abfurdité, qu'une contradiction ? C'eft ce qui préfente l'être & le non être dans un même objet & fous le même rapport, ce qui renferme tout à la fois & fous le même point de vue l'affirmation & la négation. Or les myfteres, qui au premier coup-d'œil effrayent l'imagination bien plus que la raifon, confidérés de près, n'offrent rien de femblable. La maniere d'être, le *comment* y eft inconcevable ; mais dans l'exacte vérité, rien n'y eft abfolument incompatible.

La Trinité, par exemple, offre des termes obfcurs à certains égards, mais elle ne renferme point d'idées contradictoires.

* * *

* Les Géometres démontrent que la diagonale d'un quarré eft incommenfurable avec les côtés du même quarré, & il leur eft impoffible d'expliquer comment il peut fe faire que cela foit ainfi.

On ne nous dit pas que ce qui eſt *un*, eſt
auſſi *triple* au même égard & dans le même
ſens ; que trois choſes d'une eſpece ne
font qu'une ſeule choſe de la même eſpece; ce qui ſeroit abſurde : on ne préſente point à ma foi un Dieu , & trois
Dieux; mais ſeulement trois perſonnes
en Dieu, qui ne font qu'un même Dieu.
La Trinité affecte les perſonnes , & non
pas la ſubſtance * : dans celle-ci point de
bornes, point de diviſion , point de partage; le Chrétien n'adore qu'un ſeul Etre
tout-puiſſant, éternel, immenſe, infini;
& ces attributs font communs, font tout
entiers à chaque perſonne, dans l'unité
& la ſimplicité parfaite d'une même eſſence (*b*). Eh comment expliquer cette
fécondité divine, cette union de trois perſonnes en une ſeule ſubſtance, toute l'é-
nergie de ce mot *perſonnes* , employé
pour exprimer, dit Saint Auguſtin †, ce

---

* *Neque confundentes perſonas , neque*
ſubſtantiam ſeparantes. Simbol. S. Athan.
† *De Trinit. lib.* 5 *, cap. 9.*

qui, à dire vrai, est au-dessus de toute expression ? Je n'en sais rien ; & de-là naît le mystere que la foi me propose : mais il me suffit, que quant aux idées qu'il renferme, on ne puisse y démontrer rien d'absurde (*c*).

De même aussi dans l'incarnation, la foi ne nous offre pas un Dieu, qui, en se faisant homme, ait altéré en lui cette nature divine, qui par son essence est inaltérable ; mais un Dieu, qui, sans ces-ser d'être tout ce qu'il est par lui-même, a daigné s'unir à la nature humaine. Les variations, les abaissemens, les souffran-ces ne tombent dans le Verbe fait chair que sur l'humanité ; & en Jesus-Christ, par l'union des deux natures, les mérites font d'un Dieu, les souffrances font d'un homme. Cette union est étonnante ; l'idée en est incompréhensible ; mais elle n'est pas contradictoire.

Dans l'Eucharistie, c'est le même corps immolé sur la croix, qui est au ciel & sur la terre ; mais suivant des Physiciens éclai-rés, & des Philosophes profonds, il n'est

pas néceſſaire que ce ſoit par-tout la même
quantité numérique de matiere , & en
total les mêmes particules, pour que ce
ſoit par-tout le même homme, & à proprement parler, le même corps *.

Je ne vois donc en tout ceci que des
effets dignes de leur cauſe , d'une cauſe
ſouverainement féconde au-dedans & au-
dehors, ſouverainement puiſſante, ſouverainement bonne. Je vois avec admiration, avec tranſport , dans la Divinité
une charité immenſe, qui, de même que
tous ſes autres attributs , participe à ſon
infinité ? & bien loin que ma foi ſoit
ébranlée par ces myſteres; dans le Dieu
des Chrétiens, à tant d'amour pour les
hommes, je reconnois mon Dieu.

Dans le péché originel , ce myſtere le
plus incompréhenſible de tous, & ſans lequel toutefois nous ſommes encore plus

---

* Pour un plus grand éclairciſſement, voyez
l'Ouvrage cité ci-après dans la note (*d*);
ſur le Myſtere de l'Euchariſtie.

incompréhenfibles à nous-mêmes, les enfans ont contracté la tache de leur premier
pere ; mais c'eft comme des ruiffeaux in-
fectés dans leur fource. Ils font dégradés,
il éft vrai ; ils naiffent enfans de colere ;
mais dans leur dégradation, Dieu leur laiffe plus qu'ils n'avoient droit de prétendre, & leur rend par la rédemption en
Jefus-Chrift bien au-delà de ce qu'ils pouvoient efpérer. Peut-être même te force-
rai-je de convenir un jour que, fans le
péché du premier homme, Jefus-Chrift,
fi je puis parler ainfi, eût manqué à l'univers *.

---

* Les Théologiens & les Philofophes ont
formé fur le péché originel différens fyftêmes.
Nous ne nous y arrêterons point ici ; mais
nous croyons pouvoir renvoyer à une differtation qui fe trouve à la fuite de l'*Avis
aux Religionnaires de France*, par M. de
Fonbonne, chez de Bure, l'aîné, Quai des
Auguftins : Et pour prévenir tout abus des
fyftêmes en ce genre, nous nous contente-
rons d'obferver que quand il eft queftion de
l'énonciation du dogme, on ne fauroit trop

Dans tous ces myſteres, je vois donc des choſes obſcures; je n'en vois point que la droite raiſon, que la ſaine philoſophie puiſſe nommer abſurdes, puiſqu'il n'en eſt point qui ſoient renfermées dans le principe de contradiction *.

Et en effet, cher Valmont, les choſes abſurdes en elles-mêmes, celles qui ſont oppoſées à des propoſitions évidentes, aux premieres notions du ſens commun, ſont abſurdes pour tous les hommes. Fais croire à une petite portion du genre humain que la partie eſt plus grande que le tout, que la même choſe peut être & ne pas être tout à la fois, que deux unités font trois : & cependant une partie du genre humain croit nos myſteres ; les plus

———————————

prendre garde de donner un ſentiment particulier pour le ſentiment de l'Egliſe univerſelle, la ſeule regle ſuffiſante de notre Foi.

* C'eſt ainſi que l'appelle Leibnitz, en le conſidérant comme la regle eſſentielle de ce qui eſt véritablement impoſſible.

grands

grands hommes les ont crus ; ils ont fait plus , ils ont travaillé à défendre fur ce point , & à juftifier leur croyance (d).

Eh quoi ! n'auroient ils pu y voir , après tant de réflexions , ce que l'incrédulité nous donne pour des contradictions fi palpables ? Quoi ! ils ont fi bien relevé toutes les abfurdités que renferment dans leur développement & leurs conféquences les fyftêmes de nos prétendus efprits-forts ; & avec tout leur génie , ils n'auroient pu faifir celles qui dans la religion fe feroient préfentées d'elles-mêmes ?

» Mais encore , me diras-tu fans doute , » ne pourroit-on pas féparer la religion , » de fes dogmes & de leur obfcurité ? « Séparer la religion de fes dogmes ! Eh , fi c'eft Dieu qui les y a unis , comment veux-tu les en féparer ? Eh , ce font les dogmes qui forment effentiellement l'efprit du chriftianifme ! Ils ne nous offrent point des fpéculations inutiles & frivoles. Ce font eux qui fondent toute la morale évangélique ; qui , après nous avoir fait connoître toute la bonté , tout

Tome II. I

l'amour de Dieu envers les hommes, fervent de plus puiſſans motifs à la reconnoiſſance & à l'amour de l'homme envers
ſon Dieu, de plus ferme appui à ſon
courage, de ſoutien à ſon eſpérance, &
de principe à ſes mérites. Ce ſont eux,
qui, en l'uniſſant plus intimement à l'auteur de ſon être, le lient plus étroitement
à ſes freres ; qui deviennent, pour le vrai
fidele, la ſource des joies & des conſo-
lations les plus pures ; qui ſont la baſe
de ſes vertus les plus ſublimes ; qui le
rendent capable des efforts les plus héroïques & de la conſtance la plus parfaite.
Ce ſont eux qui font de la religion chrétienne le corps de doctrine le plus ſuivi,
le ſyſtême le mieux lié dans toutes ſes
parties, l'enſemble le plus un, le plus
complet, & l'ouvrage le plus digne de la
Divinité. Séparer la religion de ſes dogmes, ô mon fils, ce ſeroit donc l'anéantir ! Laiſſe aux inventions de nos faux
ſages le triſte privilége de pouvoir être
altérées, modifiées, réformées, au gré
de leur caprice ; laiſſe à ces hommes vains

leurs fyftêmes fi peu liés, fi découfus, fi mal affortis, ces fyftêmes où l'erreur fe contredit à chaque inftant, & qui fe démentent par tant d'endroits : le plan de doctrine que la religion nous préfente ne peut perdre un de fes articles de foi, fans nous laiffer voir le majeftueux édifice qu'elle éleve, chanceler, s'écrouler, & fe renverfer tout entier fur lui-même.

Auffi, mon fils, c'eft avec fes dogmes & fes myfteres que l'univers a reçu la religion chrétienne. Tu demandes quels fuffrages elle peut compter en fa faveur? Demande plutôt, cher Valmont, dans prefque tous les fiecles qui ont été éclairés de fa lumiere, chez tous les peuples où elle a été portée, parmi tous les grands hommes qui ont brillé dans le monde par leur génie & leurs talens, & qui l'ont fi fcrupuleufement examinée, fi foigneufement difcutée, demande quels fuffrages elle ne compte pas.

L'Eglife ne faifoit que de naître, le chriftianifme étoit encore à fon berceau, & déjà fes apologies répandues de toute

I ij

part étoient l'ouvrage des philosophes les
plus vertueux & les plus éclairés. Tu
compterois bien plûtôt le petit nombre
de ceux, qui, au tribunal de la raison &
de la philosophie, ont prétendu combattre la religion & la détruire, les Celses,
les Juliens, les Porphyres, que la foule
de ceux, qui, à ce même tribunal, l'ont
si glorieusement défendue, & l'ont fait
triompher. Parcours, dans ces premiers
temps, les ouvrages des Justins, des Ar-
nobes, des Lactances, des Tertulliens,
des Origenes; parcours ceux de tous les
saints Docteurs que l'Eglise reconnoît
pour ses Peres, & qui, dans leurs écrits,
malgré les incorrections & les défauts de
leur siecle, sont encore, à tant d'égards
& à si juste titre, l'admiration du nôtre,
les Irénées, les Cypriens, les Athanases,
les Hilaires, les Basiles, les Cyrilles, les
Grégoires de Nazianze, les Ambroises,
les Jérômes, les Augustins, les Chrysos-
tômes; vois tant de génies divers, de tant
de nations différentes, sous tant d'époques remarquables, se soumettre au joug

de la foi : fouviens-toi que c'étoient des
hommes de lettres, des favans, des orateurs, des fages, imbus pour la plupart de
préjugés tout contraires, nourris dans les
idées & les maximes d'une orgueilleufe
philofophie ; & qui, par le caractere de
leur efprit, par le genre de leurs études,
par l'intérêt le plus preffant, par la réfif-
tance des paffions oppofées, par la crainte
des dangers, & la honte de croire, étoient
portés à l'examen le plus févere : fouviens-
toi qu'après la prédication de Jefus-Chrift
& de fes Apôtres, le chriftianifme a
commencé par tant d'hommes illuftres,
qui n'étoient rien moins que chrétiens,
avant qu'il fut queftion pour eux de le
devenir ; & demande encore quelle forte
d'examen, & quels fuffrages la religion
compte en fa faveur.

Mais peut-être, Valmont, tous ces
fiecles n'étoient-ils pas affez éclairés pour
toi. Tu ne trouveras fans doute de vraies
lumieres que dans le fiecle de Bayle, de
Spinofa, & dans des temps plus modernes encore, où par air, par goût, par

défaut de mœurs, par prévention, on fe rallie de toute part fous les drapeaux de l'irréligion. Eh bien, mon fils, choifis ce qu'il te plaira d'appeller, par préférence à tout autre, le fiecle des grands hommes; choifis celui d'un de nos plus grands Monarques, le fiecle de Louis XIV *, plus grand peut-être à nos yeux que le fiecle d'Augufte, s'il avoit pour lui la même antiquité: dans cette époque fi remarquable, & parmi toutes les nations éclairées, compte, pefe, difcute les autorités, puifque c'eft auffi à l'autorité que tu en appelles; & voyons qui l'emportera de la religion ou de l'incrédulité.

A cette petite poignée d'hommes, qui dans le dix-feptieme fiecle ont levé l'étendart de l'impiété, qui pour la plupart ont été célebres feulement par leur liberté de

---

* CE GRAND SIECLE, comme l'appelle M. de Voltaire dans fa Lettre à la fuite des *Remarques de M. l'Abbé d'Olivet fur la Langue Françoife.*

penſer , & qui tous ſe ſont tant de fois
démentis , contredits eux-mêmes , oppoſe,
ſans diſtinction de ſecte & de ce qu'a pu
mêler à la croyance générale l'eſprit particulier , oppoſe les Deſcartes (*e*) , les
Leibnitzs (*f*) , les Newtons (*g*) , ces trois
hommes , l'éternel honneur de l'eſprit
humain , qui s'élevent ſi haut au-deſſus
de la ſphere commune , qui dominent
avec tant d'éclat dans l'empire des ſciences & partagent entre eux les reſpects
de tous les Philoſophes modernes qui
ſe rangent à leur ſuite : oppoſe les
Mallebranches (*h*) , les Bernoullis (*i*),
les Wolfs (*k*) , les Wollaſtons , les Cum-
berlands , les le Clercs , les Grotius , (*l*) ,
les Clarkes , les Abadies , les Derhams ,
les Nieuwentyts , les Bacons (*m*) , les
Adiſſons (*n*) , les Paſcals , les Arnauds ,
les Nicoles , les Boſſuets , les Fénelons ,
qui ne ſe ſont pas contentés d'être chrétiens ou de le paroître , mais qui tous ont
ſi bien prouvé leur croyance ; quels noms !
& je te fais grace des autres ; quels hommes je t'ai cités , mon fils ! & que tu te

I iv

trouveras petit auprès d'eux, toi, & les partifans de tes erreurs : oppofe des fages que l'incrédule ignorant, ou de mauvaife foi, ofe citer pour lui, des fages quelquefois trop hardis dans leurs fyftêmes, peu mefurés dans leurs expref-fions, emportés par la fougue du génie au-delà des bornes que la religion lui prefcrit, peut-être auffi, féduits par un vain defir de gloire, (car hélas ! que de gloire a terni le trop grand defir de l'ac-croître ;) mais toutefois, au milieu même de leurs écarts, retenant dans leur cœur & dans leurs écrits la religion, que par quelques endroits ils fembloient aban-donner : tels ont été, par rapport au chriftianifme, un Loke (o), un Pope (p), un Hobbes peut-être, avec tous fes faux principes (q), & tant d'autres dans le même genre : car c'eft un grand & dange-reux abus, mon fils, que de crier trop aifé-ment à l'incrédulité, & de vouloir comp-ter malgré eux, parmi les ennemis de la religion, des hommes d'un certain nom, qui, jufques dans leurs vains fyftêmes, l'ont chérie, ou l'ont du moins respectée.

A ces Philosophes, à ces Sages, ajoute les Peres de notre belle littérature, les Corneilles (r), les Racines, un Despreaux, un Lamotte, un Rousseau (s), un la Fontaine (t), qui a déploré si amérement les déréglemens de son imagination, & les honteuses licences qu'il avoit permises à sa plume.

C'étoit là le siecle des grandes choses, le siecle des grands hommes ; & c'étoit aussi le siecle de la foi : & de nos jours, où tout devient si étroit, si petit, si stérile, si ce n'est peut-être en genre de futilité, on se fera gloire d'être incrédule ! Hélas ! lorsque nous nous piquons de mieux voir que ceux qui nous ont précedés, lorsque nous nous flattons de donner le ton à ceux qui viendront après nous, qu'est-ce donc qui fonde nos prétentions ? Où sont nos inventions ? Quelles sont nos découvertes, comparées à celles de ces hommes rares & sublimes qui nous ont éclairés ? Dans le dernier siecle, on a vu briller de toute part l'étincelle du génie ;

on a vu, fi je puis m'exprimer ainfi, les
efprits s'échauffer, fe preffer, faire effort,
pour enfanter des chefs-d'œuvre, & faire
jaillir en tous lieux l'éclat & la lumiere.
Aujourd'hui, plus occupés du defir de
paroître profonds que du foin de le devenir, mettant par-tout l'affiche de la fcience,
fans y mettre la fcience même, portant
jufques dans l'éloquence de grands mots
bifarrement placés *, froids, monotones,
triftement & follement raifonneurs, nous
ne favons, à le bien prendre, ni raifonner,

---

* » Le déplacé, le faux, le gigantefque,
» femblent vouloir dominer aujourd'hui. . .
» On appelle de tous côtés les paffans pour
» leur faire admirer des tours de force qu'on
» fubftitue à la démarche fimple, noble,
» aifée, des Péliffons, des Fénelons, des
» Boffuets, des Maffillons. « *M. de Vol-*
taire, Lettre à la fuite des *Remarques de*
M. l'Abbé d'Olivet.

   C'eft dans ce fiecle fur-tout que, felon
la penfée ingénieufe de M. Greffet,

» L'efprit qu'on veut avoir gâte celui qu'on a. «

ni fentir ; ou fi quelquefois encore nous montrons de l'efprit, du feu, du fentiment & de la chaleur, c'eft tout au plus dans les délires, qui font le fruit de l'irréligion & de la dépravation des mœurs. Nous vantons, il eft vrai, nos productions ; nous nous donnons pour des fages ; nous appellons notre fiecle, le fiecle de

---

C'eft de nos jours que l'on montre dans prefque tous les Ouvrages ,

 „ De l'efprit fi l'on veut, mais pas le fens commun. „

Et toutefois , comme l'a fi bien dit un Homme de Lettres , » avoir beaucoup d'efprit & point de jugement , c'eft , avec le fuperflu, manquer du néceffaire. « *L'Abbé Trublet.*

Ah ! pourquoi faut-il que cette manie du bel efprit , des faux brillans & des amphigouris philofophiques fe foit gliffée jufques dans nos Chaires chrétiennes , & que , faute d'enfeignemens fimples & à la portée de tous , d'inftructions folides, touchantes & pathétiques , elle n'ait que trop favorifé peut-être le progrès du libertinage & de l'irréligion

la philofophie : pauvres Philofophes! c'eft
la montagne en travail : & qu'enfante-t-
elle ?

O mon fils! je m'imagine quelquefois
voir ces génies fameux des derniers fiecles, ces hommes vraiment grands, à qui
l'orgueil philofophique eft forcé de rendre
hommage (*u*), renaître de leurs cendres,
& reparoître au milieu de nous. Je crois
les entendre élever la voix dans nos plus
célebres Académies, s'adreffer à leurs difciples, & leur dire : » reconnoiffez-vous
» vos inftitateurs & vos maîtres, vos gui-
» des & vos modeles ? Eft-ce donc leur
» gloire que vous prétendez flétrir, en
» flétriffant la religion qu'ils ont fi fincé-
» rement honorée, qu'ils ont défendue fi
» conftamment ? Quoi, n'étions nous donc
» des efprits foibles & de petits génies,
» que lorfque nous combattions pour elle ?
» Quoi, l'attachement qu'elle nous infpi-
» roit, le refpect dont elle nous pénétroit,
» les éloges qu'elle nous dictoit en fa fa-
» veur, n'étoient-ils donc qu'un vain pré-
» jugé ? Et lorfque nous détruifions avec

» tant'de foin toutes les erreurs, lorfqu'en
» tout genre nous renverfions avec tant
» de force & de courage les autels élevés
» à la crédulité, lorfque nous cherchions
» avec tant de zele & de fuccès la vérité,
» ne nous étions-nous mépris que fur
» l'objet que nous difcutions avec le plus
» d'attention, & qui nous intéreffoit da-
» vantage ? Eh, qui êtes-vous pour traiter
» notre croyance de fuperftition, de fana-
» tifme & d'imbécillité, lorfque nous
» vous affurons d'un commun accord
» qu'elle avoit à nos yeux tout le poids
» de l'examen & toute l'autorité de la
» raifon ? Qui êtes-vous, & de quel droit
» vous donnez-vous pour nos cenfeurs &
» nos juges, vous que fous aucun titre
» nous n'euffions admis pour nos égaux,
» & que notre unique étonnement peut-
» être eft de voir affis maintenant à la
» même place que nous ? «

Cette apoftrophe un peu vive, mais fi
bien fondée, ce femble, n'eft point ici,
cher Valmont, une déclamation outrée
qui n'excepte rien, qui ne trouve de gé-

nie, de connoiſſances & de talens que
dans ceux qui penſent comme nous pen-
ſons nous-mêmes. Il en eſt ſans doute
qui, avec un grand nom juſtement mérité, ſoit faute d'examen, ſoit par d'autres
cauſes que je ne prétends pas approfondir, ont pu s'égarer : mais ceux-là ſeront-
ils les ſeuls qui doivent faire autorité pour
toi ? Mais parmi eux en eſt-il beaucoup
dont l'incrédulité ſoit abſolument décidée, & qui, lors même qu'ils font les
forts contre Dieu & contre ſon Chriſt,
ne mentent pas à leur propre cœur (x)?
Mais combien de témoignages favorables
à la Religion n'ont-ils pas laiſſé échapper ?
Que d'aveux, qui valent mieux peut-être
que des éloges ! Que de converſions,
même éclatantes, & qui dépoſent en faveur de la Foi qu'ils avoient abandonnée !
Que de variations, qui prouvent aſſez
qu'en genre de doctrine on ne ſait plus
à quoi s'en tenir, ou l'on ne tient plus
à rien, lorſqu'on ne tient pas de toutes
ſes forces à la révélation ! Le Fidele ſage
& vertueux ne change point ſa croyance ;

l'incrédule, jufqu'à ce qu'il foit redevenu
Chrétien, en change à chaque inftant.
Mais dans ces efprits fi forts, quelle différence du langage qu'ils tiennent pendant la vie à celui qu'ils tiennent à la
mort ! Mais encore, ce qui fait nombre
parmi les incrédules, & le plus de bruit
peut-être, ne font-ce pas ces efprits légers
& fuperficiels qui, incapables de penfer
par eux-mêmes, fe font l'écho des autres, & ne répétent que ce qu'ils ont
entendu dire * ; qui plaifantent, parce
qu'il leur coûteroit trop d'approfondir &
de raifonner ; & qu'à leur tour le fifflet
tout feul épouvante & réduit au filence?
Ne font-ce pas ces petits maîtres, ces
agréables de nos jours, femblables aux
foldats de Pompée, poudrés, mufqués,

_____

* « L'autorité eft le plus grand argument
» de la multitude ; & l'incrédulité, difoit
» un homme d'efprit, eft une efpece de foi
» pour la plupart des impies. « *M. d'Alem-*
bert, de l'Abus de la Critique en matiere
de Religion.

peu faits pour la guerre, & cependant
hardis à défier au combat, s'avançant fierement, faisant briller leurs armes, mais
qu'il suffit de frapper au visage pour les
déconcerter & les mettre en fuite? Ne
sont-ce pas ces hommes singuliers qu'on
a peine à définir, qui refusent de passer
pour Chrétiens, parce que trop de gens
le sont encore; & qui, voulant marcher
seuls, n'attendroient qu'un renversement
total d'idées & de sentimens pour se
rendre les hérauts du Christianisme? Ne
sont-ce pas sur-tout ces hommes aussi
libertins de mœurs que de croyance, ces
jeunes gens déja perdus de débauche à
vingt ans, & qui mettent par-tout, dans
leurs écrits comme dans leurs propos, le
poison de l'impureté & tous les excès de
la licence à côté de l'irréligion? Eh, mon
ami, en considérant la marche ordinaire
de la plupart des incrédules, ce n'est pas
leur nombre qui m'étonne : c'est au contraire qu'il y en ait si peu. Avec un cœur
dépravé, il est si commode de ne rien
croire! Mais enfin, malgré la dépravation

du siecle & la manie de l'*esprit-fort*, la
Religion ne trouve-t-elle pas aujourd'hui
même, parmi les hommes les plus célé-
bres, des défenseurs ou des disciples?
Elle n'est donc pas si décriée que tu le
disois au tribunal de la science, du génie,
& de la philosophie, & depuis qu'elle
s'est fait connoître elle ne l'a jamais été.
Malgré ton mépris apparent pour les
suffrages & les opinions des hommes,
tu me rappellois à l'autorité, Valmont,
& je t'ai répondu par des autorités.

Mais faut-il répondre à tout? Est-il vrai
encore, par exemple, que les arts soient
opposés au Christianisme? & ne peut-on
en même temps embrasser l'un & culti-
ver les autres avec succès? De quels arts
parles-tu? De l'Eloquence, de la Peinture, de la Sculpture, de l'Architecture,
de la Poésie, de la Musique? Mais dans
les genres les plus nobles, je t'ai déja cité
les plus grands noms. Hommes illustres
par vos talens, Orateurs sublimes, Poëtes célebres, Artistes fameux, c'est à vos
ouvrages que j'en appelle; qu'ils répon-

dent pour moi. Ah ! mon fils, que de
chefs-d'œuvre en tout genre la Religion
n'a-t-elle pas enfantés ! L'éloquence des
Chryfoftômes, des Boffuets, des Fénelons, des Bourdaloues, des Maffillons,
en s'exerçant fur des objets confacrés par
la Religion, a-t-elle dégénéré de celle
des Cicérons & des Démofthenes ? Nos
morceaux chrétiens des Raphaëls, des
Michel - Anges, des Bernins, répandus
fur-tout à Rome & dans toute l'Italie,
dont ils font l'ornement, n'égalent-ils
pas ceux qui nous reftent des Peintres
& des Sculpteurs les plus renommés de
l'antiquité payenne ? L'Eglife de S. Pierre
à Rome, celle de S. Paul de Londres,
feroient-elles indignes de figurer pour
l'architecture à côté du Panthéon & de
la Minerve ? Les plus belles pieces de
Corneille & de Racine ne font-elles pas
leurs tragédies faintes ? & nos plus belles
odes ne font-elles pas des odes facrées ?
La mufique a-t-elle rien perdu dans nos
temples de fa nobleffe & de fon harmonie ? & celle qui, dans les compofitions

de nos plus grands maîtres *, inſpire des ſentimens profonds de crainte, de reſpect & d'amour pour la Divinité, ne vaut-elle pas bien celle qui ſur des rimes impures & par des ſons dangereux nous invite aux plaiſirs ?

C'eſt trop m'arrêter peut-être à réfuter des objections frivoles : mais rien n'eſt à mépriſer pour moi de ce qui peut dé-truire dans Valmont des préjugés, qui, quoique légers en eux-mêmes, l'empê-cheroient de prêter l'oreille à ma voix ſur des choſes plus eſſentielles. Dépoſe toute prévention, mon fils, & tu m'entendras volontiers te prouver la Religion Chré-tienne.

---

* Et plus récemment encore dans les beaux morceaux des la Landes **, des Mondonvil-les, des Pergoleſes & de tant d'autres.

NOTES.

PAGE 184.

(a) *DES Myſteres !.... De toute part la raiſon, la nature ont les leurs.* Les choſes les plus communes qui ſe rencontrent ſur notre chemin, dit M. Locke, ont des côtés obſcurs, où la vue la plus perçante ne ſauroit ſe faire jour. »» Et la Théologie natuʀelle, dont les Déiſtes ſemblent faire leur fort, eſt-elle exempte de difficultés ? Conçoit-on facilement quel eſt le paſſage du néant à l'être ? Comment Dieu crée quelque choſe par ſa ſeule volonté ? Comment eſt-ce qu'étant ſpirituel, il peut agir ſur la matiere ? Comment il eſt préſent par-tout, ſans occuper un eſpace ? Comment il peut prévoir la détermination d'un être libre ? Et l'idée de l'éternité de combien d'abîmes n'eſt-elle pas environnée ? Cependant on paſſe par-deſſus ces difficultés, & il le faut bien, parce que dès qu'on voit clairement qu'une choſe doit être, on ne s'embarraſſe pas d'en comprendre la maniere. La vue de l'eſprit a une ſphere bornée auſſi-bien que celle du corps ; & comme tout ce qui eſt au-delà d'une certaine diſtance ne frappe nos yeux que confuſément, auſſi dans l'ordre des choſes ſpirituelles il ne faut pas croire que tout ſoit ſoumis à notre pénétration. Pendant que des eſprits vains & légers s'imaginent que rien n'eſt au-deſſus de leurs lumieres, on entend les vrais Philoſophes faire là-deſſus les aveux les plus modeſtes. Sur-tout dès qu'on s'éleve aux premiers principes, & qu'on veut toucher à l'infini, qui eſt-ce qui n'a pas éprouvé que l'eſprit ſe confond, & qu'il y a je ne ſais quelle obſcurité redoutable qui nous arrête, comme n'étant pas permis à un mortel de pénétrer dans l'eſſence & l'origine des choſes, qui eſt le ſanctuaire du Très-Haut ? Puis donc que la nature eſt pleine de *Myſteres*, puiſque toutes les ſciences ont les leurs, s'étonnera-t-on que la Théologie chrétienne ait les ſiens ? Et au milieu des obſcurités qui nous environnent trouvera-t-on étrange que la révélation diſe quelque choſe de l'eſſence divine, qui paſſe nos conceptions ? Il ſeroit bien plus étonnant que tout fût facile & de plein-pied dans un ſujet ſi myſtérieux & ſi ſublime. « *Turretin, de la Vérité de la Religion Chrétienne, ſect. 4, art. 1, chap. 7.*

PAGE 188.

(b) *Dans l'unité & la simplicité parfaite d'une même essence.* La simplicité n'exclut pas la diversité de rapports : notre ame est simple ; elle a cependant des rapports différens. L'infinité semble les exclure davantage; mais pourquoi n'y auroit-il pas dans l'infini des rapports, qui, sans se borner l'un l'autre, & sans altérer la substance, fussent susceptibles de distinction entre eux ? On conçoit assez que se sont là de ces choses cachées dans les profondeurs de la nature divine, & qui tiennent à des notions plus parfaites, à une connoissance plus intime que l'homme ne peut l'avoir ici-bas.

Il n'est pas hors de propos d'observer avec un célebre défenseur de la Religion chrétienne *, que » Philon, Ecrivain Juif, parlant de la *raison* ou de la *parole*, va jusqu'à l'appeller le *fils de Dieu*, son *premier né*, son *image*, le *souverain Pontife* & le *médiateur* entre Dieu & les hommes. Ces idées n'étoient pas même absolument étrangeres aux Payens ? Philon les y avoit puisées en

_____

Turretin, *ubi suprà*.

partie ; & l'on fait que Platon , qui en cela
pourroit bien n'être que l'écho des Sages
Orientaux , diftinguoit trois principes ; favoir,
le premier être ou le *bon* par excellence ,
qui avoit enfanté l'*idée* ou la *raifon*, & enfuite l'*action* ou l'*efprit* ; en forte pourtant
que ces trois principes ne conftituoient qu'une
feule & même effence, comme Porphyre &
les autres Platoniciens l'ont expliqué. Nous
n'alléguons pas ces exemples , comme ayant
un entier rapport avec la Théologie chrétienne , ni pour lui fervir de fondement ;
mais feulement pour montrer que l'on n'a
pas droit d'attaquer ce point de notre Foi,
comme s'il renverfoit tout ce qui a jamais
été reçu en matiere de Philofophie. «

PAGE 189.

(c) *Il me fuffit que quant aux idées qu'il*
renferme , &c. » Il ne faut pas demander
toujours ce que j'appelle des notions *adé-*
quates , & qui n'enveloppent rien qui ne foit
expliqué ; puifque même les qualités fenfibles, comme la chaleur, la lumiere, la dou-
cenr , ne nous fauroient donner de telles
notions. Ainfi nous convenons que les myfteres reçoivent une explication ; mais cette

explication est imparfaite. Il suffit que nous
ayons quelque intelligence analogique d'un
mystere, tel que la Trinité & que l'Incarnation, afin qu'en les recevant nous ne pro-
noncions pas des paroles entierement desti-
tuées de sens : mais il n'est point nécessaire
que l'explication aille aussi loin qu'on pourroit le souhaiter ; c'est-à-dire, qu'elle aille
jusqu'à la compréhension & au *comment*...
Le *comment* nous passe & ne nous est point
nécessaire. On peut dire des explications des
mysteres qui se débitent par-ci par-là, ce
que la Reine de Suede disoit dans une mé-
daille sur la Couronne qu'elle avoit quittée :
NON MI BISOGNA E NON MI BASTA, *Leib-*
nitz. Discours de la Conformité, &c.

PAGE 193.

(d) *Les plus grands hommes..... ont*
travaillé à défendre sur ce point & à justi-
fier leur croyance. Le Discours préliminaire
de la Théodicée de M. de Leibnitz, qui a
pour titre : *De la conformité de la Foi avec*
la Raison, & qui sert de réponse aux plus
ingénieux sophismes de Bayle, est dirigé presque tout entier vers cette fin, la défense de
la Religion & de ses Mysteres. Ce génie

si

fi vaſte & ſi ſublime, dans le temps de ſes plus grands travaux & de ſes plus hardies productions, compoſa en Latin un Traité intitulé : *Sacro-ſancta Trinitas per nova argumenta Logica defenſa ;* la ſainte Trinité défendue par de nouveaux raïſonnemens de Logique. Sans prétendre expliquer le Myſtere, ni le prouver par des raiſons philoſophiques, il s'attache ſeulement à montrer dans cet écrit que la ſaine logique eſt favorable à cet égard à la Foi des Orthodoxes. C'eſt encore ſur ce même objet que le ſavant & célebre Tillotſon diſoit qu'il ne craignoit pas la diſpute avec les Sociniens, & qu'il conſentoit volontiers que cette cauſe fût plaidée au tribunal de la raiſon, auſſi-bien qu'à celui de l'écriture expliquée par la tradition générale de l'Egliſe chrétienne. (Second Sermon de la Divinité de Jéſus-Chriſt.) Mais ſans parler de tous les Ouvrages par leſquels une foule de grands hommes, dans toutes les Communions chrétiennes, ont pris la défenſe de nos Myſteres, qu'il me ſoit permis d'en citer un ſur le Myſtere de l'Euchariſtie, qui m'a étonné, moins encore par ſon titre que par l'exactitude & la profondeur d'eſprit & de lumieres

Tome II.   K

avec lesquelles ce titre est rempli. C'est ainsi que ce Livre est intitulé : *Préfence corporelle de l'Homme en plufieurs lieux , prouvée poffible par les Principes de la bonne Philofophie* , en réponfe au défi d'un Journalifte Hollandois. Son Auteur, qui eft celui des *Lettres à un Américain* , dont on connoît affez le fuccès , commence par établir dans le fens le plus catholique & le plus rigoureux toutes les conditions du problême qu'il a à réfoudre. Il part enfuite de l'hypothèfe du corps prototype que Nieuwentyt avoit propofée pour prouver la poffibilité de la réfurrection des corps, malgré les objections que l'on forme contre elle. Il développe , il perfectionne cette hypothèfe ; il y joint fur l'identité perfonnelle , & les autres parties néceffaires à la folution du problême, des principes tirés tout-à-la-fois de la Métaphyfique la plus fimple & la plus vraie, & des obfervations les plus conftantes que la Phyfique puiffe nous fournir ; & il en déduit d'une maniere fenfible la vérité de fa propofition. Ce n'eft pas , comme il le dit luimême , qu'il ofe prétendre que fa folution, par rapport à l'Etre fuprême , foit la vraie, ni qu'elle nous dévoile tout le myftere ;

mais il lui suffit de faire voir que si la raison toute seule peut montrer une maniere
selon laquelle ce Mystere est possible ; à
plus forte raison l'entendement divin doit-il
avoir, dans les ressources de sa sagesse &
de sa fécondité, une infinité d'autres moyens
pour effectuer ce qui ne nous paroît au premier coup-d'œil comme impossible que faute
de connoissances & de lumieres. M. de Leibnitz, dans le Discours préliminaire dont j'ai
déja parlé, avoit entrevu la possibilité de
ce Mystere dans le sens Luthérien ; dans le sens
Catholique, & plus strict, M. l'Abbé de
Lignac la démontre.

Pour revenir entiérement des préjugés que
l'on auroit pu se former contre les Mysteres
de la Religion, on peut joindre à la lecture
de cet Ouvrage celle d'un autre Livre également intéressant, intitulé, *La Foi justifiée*
de tout reproche de contradiction avec la Rai-
son, & qui se vend, comme le premier,
chez *Rozet*, Libraire à Paris. Ces Ouvrages ne sont pas propres à orner une toi-
lette, j'en conviens ; aussi je ne les propose
pas à tout le monde ; mais seulement à ceux
qui, doués d'ailleurs d'un esprit vrai & d'un
cœur droit, & égarés plus par prévention

que par paffion , plus par un doute mal fondé que par libertinage ou par préfomption,
ne croiroient pas pouvoir acheter par trop
d'examen & trop d'étude la connoiffance de
la vérité.

(e) *Les Defcartes.* Il faudroit ne connoître ni fa vie ni fes œuvres pour fufpecter
feulement fa foi. Defcartes femble avoir eu
fur la Religion cette conviction de fentiment que font naître dans les ames droites
la fainteté de fes loix & la fublimité de fa
morale. C'eft ce qui étoit caufe qu'il n'ofoit
l'affervir à de vains raifonnemens , comme
il le répete en plufieurs endroits de fa méthode & dans fes autres Ouvrages: Il ne fe
bornoit pas toutefois à la refpecter ; mais il
la profeffoit , il la chériffoit , & apprenoit
aux autres à la chérir & à la profeffer comme
lui. On en a fur-tout un témoignage bien
éclatant dans le certificat par lequel la célebre Chriftine , Reine de Suede , avoue
qu'elle lui doit , après Dieu , ainfi qu'à fon
illuftre ami , M. Chanut , fa converfion à la
Foi catholique. On peut voir dans fa vie,
écrite par M. Baillet , d'autres preuves auffi
frappantes de fon zele pour la Religion , de

son exactitude à en remplir les devoirs, de
son assiduité à fréquenter les Sacremens au
sein de la Hollande & de la Suede, de sa
foi humble & soumise, lors même qu'il phi-
losophoit le plus librement ; & souvent alors
sa philosophie venoit à l'appui de la Foi,
& confirmoit son accord avec la raison,
comme il le témoigne lui-même dans plusieurs de ses Lettres, aussi conformes à la
Religion qu'à la saine Philosophie. C'est ce
qui l'autorisa à écrire à quelqu'un au sujet
de ses Ouvrages, » qu'il ne craignoit nullement au fond qu'il s'y trouvât quoi que ce
fût contre la Foi. Au contraire, ajoutoit-il,
jamais la Foi n'a été si fortement appuyée
par les raisons humaines qu'elle peut l'être,
si l'on suit mes principes : mais sur-tout la
transsubstantiation que les Calvinistes repren-
nent comme impossible à expliquer par la
Philosophie ordinaire, est très-facile par la
mienne. « *Tom.* 1 *des Lett. pag.* 518.

Il s'en expliqua en effet, pour répondre
à une objection de M. Arnaud, d'une maniere qui contenta un grand nombre de Ca-
tholiques, qui crurent y trouver moins d'embarras que dans celle des Ecoles. Mais on
lui a souvent entendu dire depuis : » que

ſi les hommes étoient encore un peu plus accoutumés à ſa maniere de philoſopher qu'ils ne l'étoient alors , il pourroit leur faire connoître un autre moyen d'expliquer ce Myſtere , qui fermeroit la bouche aux ennemis de notre Religion , & auquel ils ne pourroient contredire. « *Rel. mſſ. & t.* 1 *des Lettres , page* 525.

I B I D.

(f) *Les Leibnitz*. Voyez la note (d).

I B I D.

(g) *Les Newtons*. Cet homme d'un génie ſupérieur , & unique peut-être , a toujours été auſſi fortement convaincu de la vérité de la Religion chrétienne , que rempli d'attachement pour elle ; il en étoit ſi pénétré , qu'il la rappelle , & lui rend hommage dans preſque toutes ſes Œuvres & juſques dans ſon *Optique*. Son livre favori étoit la Bible ; mais il avoit fait ſa principale étude du nouveau Teſtament. On trouve à la fin de ſa Chronologie des réflexions ſur la concorde & l'enchaînement des faits contenus dans l'Evangile.

I B I D.

(h) *Les Mallebranches.* Le Pere Malle-
branche eſt peut-être celui de tous nos Ecri-
vains qui a le mieux vu la Religion en
grand , & le mieux compris , par les vues
mêmes philoſophiques , toute la dignité du
Verbe incarné , relativement à la gloire du
Créateur , & au ſyſtême complet de la création.

I B I D.

(i) *Les Bernoullis.* M. d'Alembert a fait
à ce ſujet cet aveu ſi remarquable & ſi honorable pour tous deux. ›› M. de Bernoulli
›› ne m'étoit connu que par ſes Ouvrages ;
›› je leur dois preſqu'entiérement le peu de
›› progrès que j'ai fait en Géométrie , & la
›› reconnoiſſance exige de moi l'hommage
›› que je vais rendre à ſa mémoire . . . . .
›› Sincerement attaché à la Religion , il la
›› reſpecta toute ſa vie ſans bruit & ſans
›› faſte. On a trouvé parmi ſes papiers des
›› preuves par écrit de ſes ſentimens pour
›› elle , & il faudra augmenter de ſon nom
›› la liſte des grands hommes qui l'ont re-
›› gardée comme l'ouvrage de Dieu : liſte
›› capable d'ébranler même avant l'examen.

K iv

» les meilleurs esprits, mais suffisante au
» moins pour imposer silence à une foule de
» conjurés, ennemis impuissans de quelques
» vérités nécessaires aux hommes, que Pas-
» cal a défendues, que Newton croyoit, &
» que Descartes a respectées. « *Eloge de Bernoulli.*

IBID.

(k) *Les Wolfs.* Voyez l'abrégé en trois
volumes qu'a donné M. Formey du grand
Ouvrage Latin de Wolf, du Droit de la
nature & des gens, & à la tête de cet abrégé
la Vie de cet homme illustre, l'un de nos
plus grands Philosophes & de nos plus savans Mathématiciens. Ses dernieres paroles,
en mourant, ont été celles-ci : *Jésus, mon
Rédempteur, fortifiez-moi dans ces momens !*

IBID.

(l) *Les Grotius.* Il n'est presque personne qui n'ait entendu parler de l'excellent
Ouvrage de Grotius sur la vérité de la Religion Chrétienne. Cet homme, l'un des plus
beaux esprits & des plus savans, est sur-
tout admirable dans ce petit Livre, où tous
les genres d'érudition sont employés, non
pour le faste & l'ostentation, mais pour ser-

vir de preuves effentielles fur les points de fait les plus intéreffans.

M. le Clerc a fait des notes fur cet Ouvrage; & cet habile critique a compofé lui-même un Traité fur l'Incrédulité, qui mérite d'être lu.

IBID.

(m) *Bâcon*, que tous les Hommes de Lettres & les Savans reconnoiffent pour l'auteur ou le reftaurateur de la faine Philofophie, fe faifoit gloire d'être le difciple de la Religion.

IBID.

(n) *Les Adiffons*. Le célebre Adiffon a fait un Traité de la Religion Chrétienne, dont nous avons une Traduction Françoife imprimée à Laufanne.

PAGE 200.

(o) *Un Locke*. Locke a eu, comme Philofophe, fes fyftêmes; comme Chrétien, il a eu par malheur fes opinions particulieres; mais fa liberté de penfer, fon efprit de tolérance fur des articles même fondamentaux de la Religion Chrétienne, ne l'ont pas empêché de reconnoître, premierement, qu'on ne doit pas compter parmi les erreurs que

K v

le juste Juge pardonnera , celles qui viennent d'indocilité ; & en second lieu, que
chacun est obligé à rechercher de bonne foi
& avec sincérité ce qu'enseigne Jésus-Christ,
à le croire, à le pratiquer, & à se repentir
de ses fautes pour être justifié par la foi en
Jésus-Christ. En un mot il croyoit à la nécessité de la révélation , à la rédemption ,
aux prophéties , à la mission divine de Jésus-
Christ , à ses principaux mysteres , à sa résurrection , à son dernier avénement , à ses
miracles & à ses œuvres. (Voyez son *Christianisme raisonnable.*)

I B I D.

(p) *Un Pope.* M. Pope quoique Anglois
& au sein de sa patrie , a toujours vécu dans
la profession publique de la Religion Catholique. Il en donne lui-même une preuve bien
authentique dans sa lettre à M. Racine le fils.

Le Chevalier de Ramsay , qui étoit lié avec
lui si étroitement, lui rend à ce sujet le plus
glorieux témoignage , celui de s'être montré ,
par rapport à sa croyance, supérieur aux tentations les plus séduisantes. Voyez les Lettres
à la suite du Poëme de la Religion. Je n'ignore
pas cependant qu'on a voulu faire passer pour

équivoques les affurances fi pofitives que cet
illuftre Poëte a données de fa foi ; mais j'aime
beaucoup mieux l'en croire fur fa parole, &
le juger tout à la fois Catholique & vrai, que
de le croire Déifte & impofteur. D'ailleurs on
n'a pas fait fans doute affez d'attention à cet
autre témoignage que lui a rendu M. War-
burton fon compatriote & fon ami, lorfqu'il
promit, en publiant la nouvelle édition de
fes Œuvres (Avertiffement, pages x & xj)
non-feulement de rendre compte avec étendue
des Ouvrages de Pope dans l'Hiftoire de fa
Vie, mais encore *de défendre fon caraĉtere
moral, par le détail de fes vertus, fa piété
filiale, . . . fon profond refpeĉt pour la Divinité, & fur-tout fon attachement fincere pour la
révélation.* Quelle autorité, après celle de Pope
lui-même, doit avoir ici plus de poids que celle
d'un homme qui l'aidoit fi fouvent de fa fcience
& de fes lumieres, & qui jufqu'à fa mort a vécu
avec lui dans l'union la plus tendre & la plus
intime ? On ne peut donc regarder les fujets
de doute que le Poëte Anglois a donnés de fa
foi, tout au plus, que comme une fuite des
contradiĉtions qui naiffent dans la plupart des
hommes de l'oppofition que la nature a mife
entre notre cœur & notre efprit, notre raifon

& nos fens; & qui, comme l'obferve M.
l'Abbé Yart, (*Idée de la Poéfie Angloife*, t. 3.)
fe rencontroient dans M. Pope autant & plus
que dans quelque homme que ce puiffe être.

IBID.

(q) *Un Hobbes peut-être*. Voyez à la fin
de fon Ouvrage Latin , *De Cive* , édition
d'*Amfterdam* , *année* 1696 , les chapitres fous
le titre *Religio* ; malgré les principes erronés
qu'ils renferment , on eft forcé de reconnoître
que Hobbes y rend un hommage fincere à la
Religion chrétienne , & que c'eft de très-bonne
foi qu'il y prouve fa divinité & celle de Jefus-
Chrift. Cet homme fi dangereux par fes écarts
étoit , ce me femble , un Philofophe plein de
grandes idées & de grandes vues , mais qui ,
égaré comme prefque tous les Philofophes par
l'efprit de fyftême , a cru pouvoir plier les
vérités de la religion & de la morale à celui
que malheureufement il s'étoit formé.

PAGE 101.

(r) *Les Corneilles*. Nous avons du grand
Corneille une traduction en vers de l'Imitation de Jefus-Chrift , moins recommandable
par la poëfie que par l'efprit de religion qui
l'a dictée.

I B I D.

(s) *Un Rousseau.* Voyez dans les Œuvres de Rousseau l'Epitre VII du second livre , adressée à M. Racine le fils, où on lit l'expression de son repentir , son retour à la Religion; & qui renferme de si beaux vers sur la foiblesse de nos prétendus esprits-forts.

I B I D.

(t) *Un là Fontaine.* Comme rien n'est plus licentieux que la plupart de ses ouvrages , rien aussi n'est plus édifiant que l'histoire de sa conversion. On peut en voir le détail dans la Lettre du Pere Poujet de l'Oratoire à M. l'Abbé d'Olivet de l'Académie Françoise. Elle se trouve à la tête du premier volume de ses Œuvres diverses. On lit avec autant d'édification ses dispositions chrétiennes dans une Lettre que son ami Maucroix lui écrivit peu de jours avant sa mort , arrivée en 1695 , quelques années après sa conversion. On le trouva couvert d'un cilice en le deshabillant.

P A G E 204.

(u) *Ces hommes vraiment grands, à qui tout l'orgueil philosophique est forcé de rendre*

hommage. Forcé de rendre hommage : hélas !
il commence à s'en difpenfer autant qu'il le
peut. Défefpérant de s'élever jufqu'à eux, on
a pris le plus court parti, celui de les rabaiffer
jufqu'à foi, pour tout mettre de niveau. Corneille eft un *déclamateur ;* Boileau *n'a ni verve
ni fécondité ;* la Fontaine ne mérite pas *d'être
compté parmi ceux qui ont fait honneur au
fiecle de Louis XIV ;* Racine *parloit plus en
Métaphyficien qu'en homme fenfible ;* fes Tragédies n'étoient *que des dialogues bien écrits
& bien rimés ;* & à trois ou quatre odes près,
& quelques épigrammes , Rouffeau *ne faifoit
que des vers.* Fénelon *a écrit d'une maniere
foible ;* Boffuet *a fait de fon génie un pitoyable
ufage , & fon Hiftoire univerfelle n'eft qu'une
maigre production.* Dans des fiecles plus reculés, Cicéron même *n'étoit qu'un rhéteur.*

Le fingulier fiecle que le nôtre ! Toutes les
idées y font renverfées ; les notions les plus
généralement reçues y font contredites ; le
vrai goût y eft méconnu , & fon fanctuaire
indignement profané ; fous le defpotime fier
& abfolu de nos fages Littérateurs , tous les
grands talens font déprimés ; difons mieux ,
fous leur compas prétendu géométrique le
bon fens eft morcelé , & le fentiment réduit

à rien. Tel est le digne ouvrage de la moderne Philosophie ! On ne pouvoit mieux en peindre les délires que dans ces vers de M. de Pompignan.

> Oui, nous verrons bientôt de petits conquérans,
> Du Parnasse François audacieux tyrans,
> De leurs Maîtres fameux proscrire les merveilles,
> Et leur orgueil briser le sceptre des *Corneilles*;
> Tels on vit les Romains, dans leurs jours lumineux,
> Du second des *Césars* dégrader l'âge heureux,
> Ensevelir *Horace* & déterrer *Lucile*,
> Préférer la pharsale aux beaux vers de *Virgile*,
> Vanter l'esprit guindé du Maître de *Néron*,
> Et bâiller sans pudeur en lisant *Cicéron*.
> Déja même la langue, & moins belle & moins pure,
> Rougit de se prêter à la simple nature.
> Cette heureuse clarté, son plus solide appui,
> Et que l'Etranger même admiroit malgré lui,
> Cet ordre lumineux, le nombre & la cadence,
> Semblent abandonner nos vers, notre éloquence.
> Le style devient sec, moins nerveux que tendu,
> Et pour vouloir trop dire on n'est plus entendu.
> Le Public désormais, fasciné par ses guides,
> Ne veut qu'être ébloui par des éclairs rapides;
> Amoureux du bisarre, avide du nouveau,
> Et pour comble d'erreur, ennemi du vrai beau.

Eh, faut-il s'étonner de nos écarts en tout genre ? » Aujourd'hui, comme dit très-bien M. Rousseau, on n'étudie plus, on n'observe plus, on rêve, & l'on nous donne gravement pour de la philosophie les rêves de quelques mauvaises nuits. «

PAGE 206.

(x) *En eſt-il beaucoup. . . . qui ne mentent pas à leur propre cœur?* Parmi nos Auteurs les plus modernes, on tait ici bien des noms fameux; parce que l'apologie de la Religion n'eſt pas une ſatyre, & que dans les notes qu'on a cru devoir ajouter au texte on s'eſt toujours propoſé de garder cette modération, qui ſied ſi bien à la vérité, & que la Religion elle-même preſcrit. Mais parmi les Auteurs qui ne ſont plus, ne nous ſera-t-il pas permis du moins de citer deux exemples frappans, qui, choiſis entre mille autres, ſont la preuve la plus ſenſible du peu de fonds qu'on doit faire ſur l'autorité de ces hommes, qui ſemblent combattre toute révélation.

M. de M***, (qui eût pu attendre une pareille foibleſſe d'un ſi grand homme !) cet illuſtre Auteur des Lettres Perſanes & de l'Eſprit des loix, qui a paru y donner des marques de ſon peu de ſoumiſſion à la Foi, en même temps qu'il en donnoit de la grandeur de ſon génie, cet homme fait pour donner le ton à ſon ſiecle, l'avoit malheureuſement reçu de lui. C'eſt de lui-même qu'on a ſu que, toujours chrétien dans le cœur, péné-

tré au fond de respect pour la Religion, le
goût du neuf & du singulier, le désir de
passer pour un génie supérieur aux préjugés
& aux maximes communes, l'envie de plaire
& de compter parmi ses admirateurs & ses
partisans ces hommes qui, après avoir secoué
le joug de toute dépendance, s'arrogent un
droit suprême à l'estime publique, & sem-
blent distribuer à leur gré la gloire & l'immortalité, l'avoient engagé à tenir le même
langage qu'eux : langage démenti tant de fois,
jusques dans ses écrits, par les aveux que son
propre cœur lui arrachoit en faveur de la Religion. On trouvera sur tous ces objets, à la
fin du Dictionnaire anti - philosophique, un
détail intéressant, & une Lettre dont j'ai cru
devoir constater dans le temps l'exactitude &
l'authenticité ; & l'on y reconnoîtra sans peine
que M. de M*** n'a pas seulement satisfait
à tous ses devoirs *avec décence* au lit de la
mort, mais même qu'il a donné pendant sa
vie, dans bien des circonstances, des preuves de sa foi, qui confirment assez tout ce
qu'ont montré de religion & de repentir ses
aveux & ses dernières dispositions. *La révéla-*
tion, disoit-il en particulier à Madame la
Duchesse d'Aiguillon avant sa mort, *est le plus*

beau préfent que Dieu ait pu faire aux hom-
mes *.

Le fecond exemple eft celui de M. Boulanger , l'Auteur du *Chriftianifme dévoilé* , du
Defpotifme Oriental , &c. Il tombe malade ,
& , malgré les témoignages fi fenfibles de fa
haine pour la Religion & de fon acharnement
à la combattre , il permet qu'on aille chercher le Vicaire de fa Paroiffe , M. L*** ,
actuellement Chanoine de S. Honoré. Il con-
fere avec lui à plufieurs reprifes ; il s'inftruit ,
il s'éclaire ; il avoue qu'il n'a jamais eu que
des doutes , des nuages , plutôt qu'une véritable incrédulité , & que les pompeux éloges
donnés à fes productions manufcrites , dans
fes fociétés philofophiques , l'ont plus enivré ,
plus féduit que tout le refte. Il fe confeffe

---

* Voyez l'éloge de M. de Montefquieu , par M. de
Maupertuis , imprimé à Hambourg en 1755. On pourroit
citer ici la mort de M. de Maupertuis lui-même , qui a
fait l'objet des plaifanteries de M. de Voltaire , s'il n'étoit
conftant que cet illuftre Académicien s'eft montré , dans bien
des circonftances de fa vie , fort au-deffus de la petite
manie de l'efprit-fort & des froides railleries des ennemis de
la Religion. Eh qui ne fait au refte combien au moindre
danger nos plus fiers incrédules voient la Religion Chrétienne d'un tout autre œil que celui dont ils l'ont vue
lorfqu'ils étoient en fanté.

avec les témoignages du plus vif repentir,
fait, en recevant les derniers Sacremens, une
réparation authentique des scandales de son
irréligion, & exprime de la maniere la plus
touchante & la plus persuasive ses remords,
ainsi que l'unique regret qu'il ressent en mourant de ne pouvoir assez réparer tout le mal
qu'il a pu faire.

Ce sont sans doute ces sortes d'exemples,
si communs dans tous les temps, qui ont fait
dire à Sainthibal, fameux esprit-fort, au rapport de Bayle : » Ils ne nous font point d'hon-
» neur quand ils se voient au lit de la mort ;
» ils se déshonorent, ils se démentent ; ils
» meurent tous comme les autres. «

LETTRE XXXII.

De la Comtesse de Valmont au Marquis.

ILs partent! ils emmenent Senneville! ils m'enlevent ce que j'ai de plus cher après vous, après mon mari.... Ils nous laissent tous deux dans l'admiration, le saisissement, les larmes, & un mêlange inconcevable de joie & de douleur, de contentement & de regrets. Quelle famille que celle de M. de Veymur! mais sur-tout quel ami que M. d'Orval! quel ami, quel ange tutélaire le Ciel nous a donné! Il déchire notre cœur par l'endroit le plus sensible; il nous arrache le plus grand de tous les sacrifices, & nous force encore à le bénir.

O vous, mon pere, qui avez préparé tous ces événemens, quelles actions de graces vous rendrons-nous? Que rendrons-nous au Ciel, qui le premier nous les a ménagés? & que ne lui devons-nous pas pour tout le bien qu'il nous fait?

Cependant Senneville eſt déja loin de
nous : vous la verrez preſque en même
temps que vous recevrez la Lettre que je
vous écris... Pour moi je ne la reverrai
de long-temps... Que dis-je ! peut-être ne
la reverrai-je plus. En nous quittant, elle
étoit comme nous partagée entre mille
mouvemens différens. Sa tendre amitié
pour moi combattoit le plaiſir qu'elle
reſſent d'aller s'établir près de vous, de
ſuivre une famille reſpectable, qui va
être la ſienne ; un homme tel que M.
d'Orval, qui devient, à bien des titres,
ſon pere & ſon ami ; un époux, ou du
moins un homme aimable, qui dans peu
va le devenir, & pour qui ſon penchant
ſera bientôt d'accord avec ſon devoir...
Ah ! comme ſes yeux mouillés de pleurs
ſe portoient tour - à - tour ſur Madame
de Veymur & ſur moi ! comme elle me
tenoit étroitement ſerrée dans ſes bras !
comme ſes larmes brûlantes ſe confon-
doient avec les miennes ! Enfin M. d'Orval nous a ſéparées ; il a fait céder la ten-
dreſſe à la raiſon & au devoir.

O mon pere ! que la vertu a de force
& d'empire ! & quels prodiges n'opere-t-
elle pas ! Celle de M. d'Orval a triomphé
de ma jeune amie , de moi , de mon mari;
& que bien peu d'inſtans ont ſuffi à ſon
triomphe ! Deux mots de votre part nous
avoient annoncé ſon arrivée *. Il s'eſt
préſenté avec Madame de Veymur & le
Chevalier †. Nous n'étions que nous
trois, le Comte, Senneville & moi. Après
quelques momens d'un entretien , déja
bien intéreſſant , puiſqu'il rouloit ſur
vous, M. d'Orval, paroiſſant entrer dans
la peine que je lui témoignois ſur votre
éloignement, me fit ſentir d'abord que
dans les événemens les plus fâcheux le
Ciel avoit ſes deſſeins , toujours plus admirables à nos yeux à meſure qu'ils ſe
laiſſoient plus aiſément pénétrer. La diſgrace de M. le Marquis, me dit-il en-

---

* Cette Lettre ne ſe trouve point ici.

† Le frere de M. de Veymur, dont il eſt
parlé dans les Lettres XII & XVII du Marquis de Valmont.

fuite, fembloit être pour lui, ainfi que
pour vous, Madame, le coup le plus
funefte; cependant le Ciel s'eft déja fuffifamment juftifié par rapport à lui: dans
fa retraite il a trouvé le repos, le bonheur, après lequel il foupiroit depuis fi
long-temps. Une famille refpectable par
mille endroits, ajouta-t-il, en fe tour-
nant du côté de Madame de Veymur &
du Chevalier, fembloit attendre fa préfence pour voir combler fa félicité. Il
s'eft formé entre elle & M. de Valmont
la fociété la plus douce: un lien plus
intime doit la refferrer & être le gage
de fa durée: ce gage précieux, nous
fommes venus de fi loin pour l'obtenir.
M. votre pere le demande avec inftance;
M. le Chevalier l'efpere, & tremble de
fe le voir refufer... Oui, Mademoifelle,
dit à-l'inftant le Chevalier, avec la plus
vive émotion & en portant un œil tremblant fur Senneville, un mot de votre
part va affurer la confolation de M. le
Marquis, mon bonheur & celui de toute
ma famille, ou changer la joie que nous

caufe le plus doux efpoir en une douleur mortelle. Déja le récit de vos vertus
m'avoit enflammé; je vous vois, & je
fens trop bien que je ne puis plus vivre
heureux, fi vous ne me permettez pas
de vivre pour vous. Senneville décon-
certée rougit, baiffa les yeux, puis me
jetta un regard tendre, qui, fans donner
aucun efpoir, ne tenoit rien cependant
de la rigueur du refus. J'étois auffi-bien
qu'elle dans le trouble le plus grand.
Mon mari, pâle, tremblant, & dont
l'agitation violente ne put m'échapper,
prit la parole, & dit d'une voix entre-
coupée : Votre alliance, Monfieur, honore Mademoifelle de Senneville ; elle
nous honore; mais Mademoifelle de Senneville n'a point de fortune ; je fais que
vous n'en avez point une à lui offrir, &
vous ne voudriez pas la condamner à
une vie peu aifée, qui par la fuite pourroit faire fon malheur & le vôtre. Tout
eft prévu, reprit auffi-tôt M. d'Orval.
Ma fortune a commencé par la famille
de M. de Veymur, qui maintenant fe

trouve

Pl. VI.

2.ᵉ Vol. Pag. 241

Les charmes de la Bienfaisance.

trouve affez riche pour lui & pour fes enfans; les événemens les plus favorables l'ont portée bien au—delà de mes efpérances: mon unique objet étoit d'en faire hommage à cette même famille, à qui je la dois dans fon principe : c'eft combler fes vœux & les miens que d'en faire part à M. le Chevalier dans les circonftances heureufes que le Ciel a fait naître; qu'elle foit fon bien, & la dot de Mademoifelle de Senneville ; cette fortune n'eft plus à moi. A ces mots un tranfport d'admiration nous faifit. Mon mari, plus interdit que jamais, bégaya ainfi que moi quelques mots de reconnoiffance. Son vifage s'étoit animé par degrés ; des larmes rouloient dans fes yeux; c'étoit le moment du combat entre la vertu & l'amour : l'exemple de M. d'Orval , ce trait héroïque de fentiment l'emporta dans fon cœur. Si Mademoifelle de Senneville y confent, dit-il , & elle doit y confentir, vous nous aurez fait faire, Monfieur, à ma femme & à moi, par le confentement que nous

Tome II   L

y donnons nous-mêmes, le sacrifice le
plus pénible. Senneville se leva à l'instant, & se jettant dans mes bras : O ma
bonne amie! me dit-elle, en me bai-
gnant de pleurs, qu'il m'en coûtera de
me séparer de vous! Mais, reprit-elle
d'un ton plus bas, je le dois en effet, &
serois-je ici la moins généreuse? Oui,
Monsieur, dit-elle ensuite à M. d'Orval d'une voix plus haute & plus ferme,
je me croirois ingrate envers vous, envers
Madame & toute la famille de M. de
Veymur, envers M. le Marquis lui-même,
qui nous procure l'avantage de vous connoître, si je ne répondois à tant de grandeur d'ame que par un refus ; & je sens
trop bien que consentir à l'union que
vous m'offrez, est l'unique moyen qui
me reste de m'acquitter envers vous. La
force avec laquelle mon amie prononça
ces paroles, dont je pénétrois assez les
motifs les plus secrets, sembla nous en
donner à nous-mêmes. Une douce confiance & une sorte de contentement &
de gaieté vinrent se placer au milieu de

nous. Depuis ce moment, & dans le peu
de jours que nous avons passés ensemble,
les sentimens d'estime & d'affection réciproque se sont accrus à mesure que
nous nous sommes connus davantage.
Senneville elle-même m'a paru s'attacher
autant par goût que par raison à celui que
le Ciel lui a destiné pour époux. Ce digne
éleve de M. de Veymur, & l'heureux
fruit de sa tendresse & de ses vertus, n'a
pas craint de nous faire part de ses anciens égaremens, de son retour, & de
ce qu'il devoit à son généreux frere. Le
sentiment qu'il mettoit dans ce noble
aveu de ses fautes nous attendrissoit autant que nous étions touchés des vives
expressions de sa reconnoissance. Son
âge, quoiqu'un peu mûr pour Senneville,
ne lui a point déplu ; elle le préfere, dit-
elle, dans un époux, à celui où les passions font sentir toute leur violence, &
où le caractere n'est pas encore formé.

A l'égard de Madame de Veymur, je
ne puis vous exprimer jusqu'à quel point
ses manieres douces & insinuantes, son

caractere de bonté, fes fentimens nobles
& purs, fon efprit toujours égal, fon
aimable franchife lui ont concilié notre
refpect & notre amour. Ma bonne amie
n'aura pas de peine à fe confoler de ma
perte par ce tréfor bien plus réel qu'elle
vient d'acquérir : elle aura en elle non-
feulement une amie, mais du côté des
lumieres & de l'expérience un guide fidele, du côté de l'âge & des fentimens,
la plus tendre & la plus refpectable de
toutes les meres.

Mais ce qui va vous furprendre bien
agréablement, c'eft que parmi ces événemens fi inattendus, avant même que de
perdre Senneville, j'ai retrouvé dans
Valmont un époux. En peu de jours, &
par un changement qu'avoit accéléré peut-
être la perte de tout autre efpoir, fa tendreffe pour moi s'eft ranimée avec plus
de force que jamais; fes yeux ne fe font
plus portés fur Senneville; fes regards,
fes foins ont été tout entiers pour moi.
Il fembloit vouloir, par fon repentir &
fon amour, me dédommager de ce qu'il

m'avoit fait perdre ; & fon retour eft fi
fincére, que fouvent j'ai peine à contenir
toute la joie que j'en reffens.

Cependant ce qui en tempere l'ivreffe ,
& qui la mêle d'une forte d'amertume ,
c'eft la crainte de l'avenir, c'eft le départ
de Senneville. Je viens de remettre entre
les mains de Madame de Veymur ce dépôt fi cher ; M. d'Orval & le Chevalier
l'accompagnent ; vous allez la recevoir.
Les accords de fon mariage fe font faits
fous nos yeux, & il eft bien jufte que
fous les vôtres elle contracte cette union
qui va faire fon bonheur. C'eft à vous
qu'elle le devra ; c'eft à vous que je dois
le retour de mon mari.... Mais permet-
tez-moi de pleurer encore Senneville. Son
amitié pour moi étoit fi tendre ! fes fentimens étoient fi purs ! elle partageoit fi
bien tous les miens ! fon ame étoit fi
naïve & fi belle ! Quelle compagne j'ai
perdue !.... Ah ! du moins puiffe le cœur
de Valmont me refter toujours !

Mais quelle eft mon inquiétude ? hélas !
je crains encore, je crains de nouvelles

peines. Suis-je trop ingénieuse à m'alarmer? Mes craintes sont-elles sans fondement? La fougue de la jeuneſſe, l'indiſcrétion de l'âge, l'impétuoſité du caractere, le peu d'expérience, les faux amis, le manque de principes & l'irréligion, tout m'épouvante dans Valmont; & ſi j'ajoutois foi aux preſſentimens, du ſein de mon bonheur actuel je croirois toucher aux plus grands des malheurs. L'amour même que mon mari me témoigne reprend un caractere de jalouſie qui m'effraye; & le croiriez-vous? Lauſane en devient l'objet. Il l'obſerve quelquefois d'un œil ſombre; le moment d'après il ſourit aux agaceries qu'il me fait: mais ſon regard eſt inquiet, & ſon rire eſt forcé. Lauſane s'en apperçoit, s'en amuſe, & par un raffinement de méchanceté ſe fait un jeu d'irriter ſes inquiétudes & ſes craintes. Il ſemble triompher & reprendre à ſon tour l'aſcendant que mon mari paroiſſoit avoir pris ſur lui; il redouble ſes empreſſemens; il met dans les ſoins qu'il me rend plus d'affec-

tation qu'il n'en mit jamais. Tout ce
manege me déconcerte; & je ne puis ou
n'ose en profiter pour mettre fin à des
assiduités qui me font à charge, & que
je redoute bien davantage depuis que j'y
démêle encore plus de vanité que de
passion. Le plus court parti seroit de porter Valmont à rompre entierement avec
lui: mais une rupture entre eux feroit
un éclat réel, & dans les circonstances
présentes cet éclat devient dangereux.
Les nouvelles graces que le Roi vient
de faire à Lausane prouvent assez qu'il est
dans la plus haute faveur, & me forcent
encore à le ménager. Toutefois le Comte
devroit-il m'estimer assez peu pour être
jaloux. Mais que dis-je? Peut-on demander aux passions l'équité, le coup d'œil
& le sang-froid de la raison?

Je viens de vous tracer mes plaisirs,
mes peines, mes perplexités & mes
craintes: soyez toujours mon guide &
celui de mon mari. Daignez me parler
de ma jeune amie: ah! que je l'eusse
accompagnée avec joie, si mon devoir,

L iv

si ma grossesse même , déja avancée ,
quoiqu'elle le paroisse si peu, ne m'eussent arrêtée malgré moi ! Soutenez-moi
par vos Lettres ; tranquillisez-moi, di-
rigez-moi par les sages conseils qu'elles
renferment. Daignez aussi m'en écrire
une que je puisse montrer à Valmont. Il
s'agit d'un objet important sur lequel
j'aurai paru vous consulter. Valmont,
autant par un effet de son amour pour
moi , que par un goût naturel pour l'éclat
& la magnificence , veut m'engager à des
dépenses qui seroient considérables, &
que je crois peu nécessaires. Le luxe qui
regne à la Cour , & qui gagne même
tous les états , force, il est vrai, les
femmes de mon rang à donner beaucoup
plus à l'extérieur que je ne voudrois y
donner par goût & par sentiment ; mais
quelle que soit la mode, quelque chose
même qu'exige la bienséance, il est, je
crois , une certaine mesure au-delà de
laquelle la raison, d'accord avec la religion, ne trouve que vanité & qu'abus.
Mon mari n'en connoît guere dans ce

genre : il trouve toujours jusques dans le bien général de spécieux prétextes pour porter le luxe aussi loin qu'il peut aller, & ne met à le satisfaire d'autres bornes que l'impuissance. Je voudrois le persuader, le ramener, mais non pas le heurter de front, & paroître vouloir le réformer. Vos leçons à cet égard lui feront plus utiles que les miennes, & me serviront pour tous les temps de regle à moi-même.

LETTRE XXXIII.

Du Comte de Valmont à son Pere.

J'AI vu des ames vraiment belles. ... J'ai
vu une famille qui mérite tout mon respect. ... un vieillard. .. Ah ! est - ce un
homme ? est-ce un Dieu, sous la forme
d'un mortel ? Quel saisissement j'ai éprouvé à son aspect ! quels sentimens ses discours impriment ! de quels efforts ne
rend - il pas capable celui qui le voit &
qui l'entend ! Ah ! mon pere, de grands
exemples sont venus à l'appui de vos leçons, & la vertu me devient plus chere
qu'elle ne me l'a jamais été.

Etes-vous content de nous ? Mademoiselle de Senneville s'éloigne & sacrifie les
douceurs de l'amitié aux loix de l'amitié
même : comme elle, Madame de Valmont en sacrifie les liaisons & les charmes à l'amour conjugal ; & à cet amour
j'immole une passion qui étoit si vive, &
qui me rendoit si criminel. Qu'il a fallu
peu de jours pour opérer en moi une si

étrange révolution ! & que la fociété des hommes vertueux produit d'heureux changemens dans un cœur qui étoit fait pour le devenir ! Enfin le voile eft tombé, & je retrouve Emilie avec tous les attraits de la conftance & de la vertu.

Peut-être auffi un Dieu propice a aidé à fon triomphe ; le dirai-je ? ce Dieu de vérité que j'implore a femblé difpofer mon cœur & le rendre plus docile. Depuis votre derniere Lettre, pénétré d'un refpect plus fincere pour la Religion Chrétienne, & la jugeant plus digne de ma raifon, afin de me mieux préparer à l'étudier & à la connoître, je méditois ce facrifice, dont peu de temps auparavant la feule idée me faifoit frémir, & dont l'exécution me fembloit impoffible. Je me difois à moi même, » diffipons tout » le preftige des paffions qui m'enchan- » tent ; levons tous les obftacles qu'elles » peuvent apporter à la connoiffance de » la vérité ; cherchons-la fans oppofition, » fans prévention ; offrons aux foins d'un » pere tendre un efprit libre & un cœur

» maître de foi. Si la Religion eſt vraie ;
» ſi c'eſt moi qui ſuis dans l'erreur, j'aurai
» moins de peine à en convenir ; & ſi je
» ſuis fondé dans mon incrédulité, j'aurai
» du moins l'avantage de ne plus en ſuſ-
» pecter la cauſe. « C'eſt dans ces momens
que M. d'Orval eſt ſurvenu, & ſa préſence m'élevant au-deſſus de moi-même,
m'a donné une force que je ne me con-
noiſſois pas.

Pourſuivez donc, ô mon pere ! l'ouvrage que vous avez ſi heureuſement
commencé ; & ſouffrez que ma circonſ-
pection augmente à meſure que la vérité
me devient plus chere, & qu'il eſt queſtion pour moi d'une détermination plus
préciſe ſur des objets ſi importans. Je vous
promets de ne point oppoſer à des preuves ſolides des difficultés minutieuſes,
des doutes mal fondés, & de vains ſo-
phiſmes ; mais auſſi je ne veux me rendre
qu'à la ſeule raiſon ; & ſi les autorités les
plus reſpectables ſont pour vous, ne trou-
vez pas mauvais que, déterminé comme
je le ſuis à ne jurer ſur la parole d'aucun
maître, je ne céde point à l'autorité.

LETTRE XXXIV.

Du Marquis au Comte & à la Comtesse de Valmont.

PARTAGEZ ma joie, mes chers enfans; comme je partage la vôtre; mettons en commun les doux sentimens qu'éprouvent nos ames, pour les rendre plus doux encore. Vous vous aimez, vous êtes heureux; tout est heureux autour de moi; que manqueroit-il à mon bonheur? Jugez par la Lettre * de nos deux époux des ravissemens de leur cœur. Jamais, pour le caractere & la façon de penser, pour les agrémens de l'esprit & les qualités de l'ame, non jamais on ne vit d'union mieux assortie, comme on en voit peu qui aient été faites sous de meilleurs auspices. Cette heureuse al-

---

* Cette Lettre a été supprimée, ainsi que plusieurs autres.

liance vous rend la paix & l'amour mutuel ; elle fait ici l'enchantement de toute
une famille ; elle me fait éprouver à
moi - même un contentement que j'ai
peine à bien rendre. Ah ! je ne croyois
pas qu'éloigné de vous , mon cœur fût
encore susceptible d'impressions si vives
& de si agréables transports. C'est d'hier
que ces époux sont unis. M. de Veymur
& toute sa famille se sont réunis chez
moi à l'arrivée de Madame de Veymur
& de Mademoiselle de Senneville. Cette
aimable enfant que vous m'avez rendue
si chere , & qui me l'eût été sans vous,
m'a fait en votre nom les plus tendres
caresses : son attachement pour les amis
qu'elle vient de quitter ne contribue pas
peu à la lier plus fortement aux amis
qu'elle retrouve. M. & Madame de Veymur , M. d'Orval, son mari, ses sœurs,
tout ce qui l'environne l'intéresse, l'affecte vivement ; & cependant elle veut
bien , dans de certains momens, me
donner comme des marques de préférence dont ils ne sont point jaloux , &

dont il feroit difficile que je ne fuffe pas
flatté. Elle a choifi avec fon mari mon
château pour fon domicile, & veut, dit-
elle, partager mon exil auffi long-temps
qu'il pourra durer. Vous concevez, mes
chers enfans, combien ma retraite me
devient de jour en jour plus aimable :
elle eft mon Louvre : l'amitié, la confiance fe réuniffent pour m'y former une
forte d'empire, & c'eft fur des cœurs
que j'ai la douceur de régner. Cet empire n'eft pas tel cependant que je ne
veuille bien en faire hommage à M.
d'Orval. Il eft le patriarche, il eft le pere
de toute la famille. Ses fages confeils
vont cimenter dans nos deux époux la
durée de l'amour, de l'innocence & du
bonheur.

Je ne faurois me refufer à la douce fatisfaction de vous répéter, finon dans
les mêmes termes, du moins quant
au fonds, les leçons touchantes qu'il
leur a données. » Vos ames font trop
honnêtes & trop belles, leur difoit-il à
l'inftant même qui a précédé la célébra-

tion de leur mariage, pour que je doive insister sur la fidélité que vous devez l'un & l'autre à l'engagement que vous allez contracter. C'est d'ailleurs au Ministre des Autels à vous faire bien comprendre toute la sainteté & toute l'importance du nœud sacré qui va vous unir. Il vous dira à quel point de grandeur & de dignité la Religion élève ce lien, cette convention, déja si respectable par les seules loix de la nature, mais que, partout où s'introduit la dépravation des mœurs, la Religion seule a encore la force de faire respecter *. Il vous montrera la société toute entiere reposant tranquillement sur la foi d'une conven-

---

* Dans les beaux jours de Rome, où sans aucune loi écrite sur ce sujet on ne connut pas l'adultere, les mœurs suffisoient pour conserver aux saints nœuds du mariage toute leur force & leur pureté ; mais aujourd'hui que les mœurs sont dépravées, où trouvera-t-on, sans religion, une seule femme vraiment chaste, un seul mari vraiment fidele ?

tion si sainte, & l'oubli des devoirs
qu'elle impose entraînant après lui tous
les maux & l'oubli de tous les autres
devoirs †. Il vous montrera un Dieu, le
défenseur des droits de la nature & de
la Religion, également intéressé à venger
l'une & l'autre par les châtimens terribles,
réservés tôt ou tard à ceux qui les auront
violés. Il vous exposera ces grandes vérités, qu'heureusement votre cœur vous
aura dites avant lui; mais il y a des choses
bien intéressantes encore pour votre bonheur, que peut-être il ne vous dira pas.
Il y en a même que la sagesse ou que la
dignité de son ministere ne lui permet-
troit pas de vous dire aisément, & que
mon amitié plus libre, sans être moins
circonspecte, ne me permet pas de vous
taire. Mon âge, mon zele, votre amitié
pour moi ennobliront à vos yeux des détails qui paroîtróient minutieux peut-être
à tout autre que vous.

_____

† Voyez la note (c) de la XXVIIIe Lettre.

» Pour aſſurer votre bonheur mutuel,
vous vous devez avant toutes choſes une
indulgence réciproque. Doués tous deux
d'un eſprit juſte, d'une humeur douce
& prévenante, d'un caractere ſenſible &
tendre, d'un cœur excellent, tous deux
enjoués, tous deux aimables, vous vous
conveniez l'un à l'autre, & vous avez
en vous de grandes reſſources pour vous
plaire toujours également. Cependant
vous avez tous deux des défauts ; puiſque
telle eſt la condition humaine qu'il n'eſt
perſonne qui en ſoit parfaitement exempt.
De quelque œil que vous vous voyiez
maintenant, il viendra un jour, où le
charme de l'enchantement faiſant place
à la réflexion, vous vous verrez tels que
vous êtes ; & faits pour vivre enſemble,
ce jour ne peut pas être loin. Vous vous
verrez donc avec des taches & des imperfections. Vous y attendre, eſt le plus
ſûr moyen de n'en être pas ſurpris, & de
ne pas trouver dans votre union un mé-
compte, qui déja pourroit en altérer la
douceur. Vos défauts une fois connus, il

faut réciproquement les supporter. Cette
loi, qui est celle de toute société, l'est
encore plus d'une société indissoluble de
sa nature, & où il est d'autant plus nécessaire de savoir tirer parti de sa situation, qu'il n'est pas raisonnable, qu'il est
toujours peu honnête de penser à la
changer. La persuasion intime de cette
vérité, rendue sensible par l'expérience,
que tous les hommes ont leurs défauts,
que nous avons les nôtres, est ce qu'il y
a de plus propre à nous rendre indulgens. Supporter les autres pour mériter
qu'ils nous supportent, c'est le cri de
l'équité, c'est la loi de la nature, & celle
que nous impose l'intérêt de notre propre bonheur. La raison vous en fait une
regle de prudence ; la Religion vous en
fait un devoir; la raison, la Religion &
l'amour vous en feront un plaisir. Il faut
donc que sur chaque objet le moins affecté de vous deux, & pour le moment
le plus sage, céde en quelque sorte à
l'autre ; que celui-là n'irrite point, par
une résistance déplacée, par une opposi-

tion trop fenfible & faite à contre-temps, la vivacité de celui-ci ; qu'il n'entreprenne pas d'arrêter un torrent furieux , mais qu'il fe contente d'en détourner le cours. Le langage de la raifon eft trop foible quand la paffion s'explique , & ne fert fouvent qu'à l'enflammer. Aidez - la par de fages ménagemens & beaucoup de douceur à perdre infenfiblement de fa force ; & la raifon reprendra bientôt fon empire ; & celui d'entre vous qui aura été vaincu par un procédé fi noble, n'afpirera qu'à vaincre à fon tour.

» A cette regle de conduire , ajoutezen une autre qui rendra l'ufage de la premiere plus rare & fon befoin moins néceffaire. Faites - vous une loi de vous montrer toujours l'un à l'autre fous des dehors aimables , & comme s'il étoit queftion de vous plaire pour la premiere fois. Trop de contrainte , il eft vrai, rendroit votre union moins douce , mais trop de négligence détruiroit le bonheur. Une familiarité mal-entendue nuit à l'eftime ; trop d'aifance nuit à l'amour. On

perd aifément un cœur dont on fe croit
trop fûr, & il faut au moins autant de
foins pour le conferver qu'on en a pris
pour l'acquérir. Une jeune femme, déja
tendrement chérie, n'a pas befoin fans
doute de beaucoup de parure pour être
belle aux yeux de fon mari; mais pour
ne pas ceffer de l'être un jour, elle a befoin d'une certaine attention fur elle-
même, d'une forte d'étude fur les goûts
de celui à qui elle veut plaire, d'un foin
exact à fe parer en fa faveur de tous les
ornemens d'une belle & noble fimplicité & de tous les charmes de la décence *. De fon côté, un époux qui
veut être aimé, doit fe montrer toujours
aimable. Qu'il n'exige rien, s'il eft poffible, par autorité ; qu'il ne faffe rien
par humeur ; qu'il perfuade ce qu'il de-
fire ; qu'il faffe naître des difpofitions

---

* » La complaifance, dit Richardfon, l'éga-
» lité d'humeur & la propreté, font trois chaî-
» nes dont un cœur amoureux ne fort jamais.«

plus conformes à ses volontés, quand on les contrarie ; qu'il remette à des temps plus favorables ce qu'on lui refuse avec trop d'opiniâtreté ; & qu'il ménage un sexe foible, mais naturellement bon, dès qu'il nous trouve indulgens. Le respect, la soumission, l'amour sont au nombre de ses principaux devoirs ; mais c'est l'exposer à y manquer que de les exiger en maître. Une épouse est une compagne, une amie, & non pas une esclave ; & vivre toujours avec elle comme un amant fidele, est le plus sûr moyen d'être toujours heureux époux.

» Il faut donc aussi qu'il procure à cette compagne qui lui est chere des amusemens & des plaisirs ; mais, & c'est la troisieme regle, il faut qu'il sache les bien choisir. Une vie trop uniforme, une retraite continuelle, des occupations trop pénibles & trop peu variées, pourroient dans une jeune femme produire enfin la lassitude & l'ennui. C'est en l'arrachant quelquefois aux travaux & aux soins domestiques, qu'on les lui fait retrouver

avec plus d'agrément. Cependant il y a
un milieu à prendre pour elle entre une
vie trop sérieuse & des plaisirs trop dissi-
pans. Si au milieu de la Cour, si dans le
tumulte des Villes, vous la livrez à des
amusemens de toute espece, à des sociétés brillantes & frivoles, à l'enchantement des spectacles, aux bals, aux jeux,
aux ris & aux fêtes les plus galantes,
elle y prendra bientôt l'esprit d'un monde
dangereux & futile, l'amour du luxe &
de la mollesse, le ton du jour, les airs à
la mode, le sentiment & le jeu des passions ; elle y prendra le desir insatiable
de voir & d'être vue, la fureur des vains
amusemens, le mépris de ses devoirs,
l'éloignement pour sa maison, & au
moins l'indifférence pour son mari &
pour ses enfans. Vous serez étonné d'une
révolution si étrange ; elle s'en étonnera
elle - même dans quelques momens ; &
cependant liée, entrainée par ses goûts
dépravés, elle ne se sentira plus assez de
forces pour chercher dans l'accomplisse-
ment de ses premiers devoirs le senti-

ment de fon premier bonheur. Pour flatter fa curiofité, pour la fatisfaire, &
vous fatisfaire vous-même, vous l'aurez
promenée d'objets en objets, de cercle
en cercle, de plaifirs en plaifirs, & vous
y aurez laiffé évanouir fa tendreffe &
corrompre fes mœurs (*a*). Faités - lui
donc des amufemens dignes d'elle, &
qui la lient plus étroitement à vous, au
lieu de contribuer à l'en féparer. Com-
pofez-lui des fociétés également dignes
de tous deux, où l'on aime à vous voir
enfemble, où elle ne fe plaife jamais
mieux qu'avec vous, qu'elle quitte fans
humeur, qu'elle retrouve fans empreffement, qu'elle ne préfere point à fa propre maifon. Faites en forte que fa famille
foit pour elle le fpectacle le plus touchant, que fon époux foit toujours fa
fociété la plus douce, que fon féjour ne
ceffe point de lui paroître aimable. Réu-
niffez - y en fa faveur ce que les amufemens permis ont de plus touchant & de
plus vrai, ce que les vertus ont de plus
attrayant & de plus folide, ce qu'il y a de
moins

moins futile dans les arts & les talens.

» Ce n'est pas assez du choix de vos
plaisirs, il faut encore en prévenir l'abus.
Il ne se glisse que trop souvent dans l'usage
de ceux qui sont les plus légitimes, de
ceux mêmes qui naissent de l'union si
douce & si sainte que vous allez contracter. Pour ne pas les dégrader, enno-
blissez-en le principe, respectez-en la fin ;
sachez vous y respecter vous-même. En
les rendant plus purs, vous les rendrez
plus constans ; en en retranchant les excès, vous en bannirez les dégoûts ; en
les couvrant du voile de la sagesse, vous
n'émousserez pas la délicatesse si naturelle
aux ames bien nées ; vous augmenterez
dans le cœur d'une épouse toujours chaste
l'aimable sentiment de la pudeur, bien
loin de l'affoiblir * ; vous nourrirez en

---

* C'est la pensée de Plutarque : » ayez,
» dit-il , avec votre épouse la plus grande
» décence. Songez que le lit conjugal sera pour
» elle une école de vertu ou de libertinage. «

Tome II.   M

elle des penſées toujours honnêtes ; vous
lui laiſſerez au beſoin des armes toujours
prêtes contre les égaremens du cœur &
les dangers de la ſéduction ; & vous met-
trez pour vous-même à la place des honteux délires d'une paſſion déréglée , les
délices du ſentiment.

„ Pleins d'amour l'un pour l'autre ,
tendrement attachés à tout ce qui peut
naître d'une union ſi belle , vous ne
craindrez pas d'en voir multiplier les
fruits , ſous les auſpices d'une providence , qui , en vous les donnant, ſe
réſerve , pour prix de votre confiance,
de les faire ſervir à votre bonheur.
Vous ne ferez point injure à la ſociété ,
qui , devenue le garant de l'alliance que
vous formez au milieu d'elle , vous re-
demande dans d'autres vous-mêmes le
prix de ce qu'elle a fait pour vous. Vous
n'outragerez point la religion , l'amour
& la nature ; outrage le plus grand de
tous , & à la honte de notre ſiecle , de
tous peut-être le plus commun. Vous
ne riſquerez pas de manquer un jour d'hé-

ritiers de votre nom & de vos vertus par la crainte d'en trop avoir. Vous ferez vraiment heureux , & toujours dignes de l'être. «

Monfieur d'Orval fe tut à ces mots. De fi fages confeils convenoient dans fa bouche ; ils y acquéroient par fon âge, par fon caractere plus vénérable encore, par toutes les circonftances , une force que nul autre n'auroit pu leur donner ; & j'ofe bien affurer que ceux auxquels il les adreffoit ne les oublieront jamais.

Chaque jour je ferai témoin des fruits qu'ils porteront pour la félicité de tous deux. Puiffiez - vous bientôt en être té- moins vous-mêmes ! Puiffent les obfta- cles qui vous retiennent être levés à la fatisfaction de tous, & vous permettre de jouir quelque temps au milieu de nous de toutes les douceurs de la paix & de tous les charmes de l'amitié !

Je vous ai fait part, mes chers enfans, de ce qui excite les tranfports de ma joie : comme la fource vous en eft com-

mune, je n'ai pas voulu vous féparer
dans ma lettre. Dans les fuivantes, je
ne tarderai pas à m'entretenir avec chacun de vous de ce qui fait en particulier
le fujet de votre jufte impatience. Adieu,
mes enfans : aimez-moi; aimez-vous
toujours; un amour fi légitime & fi doux,
s'il eft bien reglé, peut vous fauver bien
des dangers & vous confoler de bien
des peines.

NOTE.

PAGE 264.

(a) *Vous y aurez laiffé évanouir fa ten-*
dreffe & corrompre fes mœurs. C'eft ce qui tarde
encore moins à fe vérifier, lorfqu'à ces premieres fources de corruption, déja fi efficaces
par elles - mêmes, fe joignent l'indifférence
pour le culte, & l'oubli du Chriftianifme. Un
homme de condition époufe une jeune perfonne honnête, bien élevée, formée à Saint-
Cyr fur les principes qui y font établis. A
peine font-ils mariés, qu'il interdit à fa femme
toute pratique de piété, ou que du moins il la

gêne fur fes exercices de religion. Il la lui fait
même en peu de temps regarder comme une
inftitution arbitraire, & une affaire de préjugé. Il la lance au milieu du monde le plus
dangereux, & l'affocie quelquefois avec la
plus mauvaife compagnie pour être plus libre
de s'amufer jufques chez lui. Il tient devant
elle les plus mauvais propos. Qu'en réfulte-
t-il ? La jeune femme oublie en effet tous
principes & toute pudeur ; elle a fon monde,
fes amis, fes convives, que le mari ne connoît feulement pas & qui le connoiffent
à peine, ou qui ne le voient que comme un
perfonnage ennuyeux & mauffade ; elle a fes
intrigues que tout le monde fait ; elle fe rend
la fable de toute une Ville. Le fcandale devient fi public, qu'enfin le mari lui-même en
eft inftruit. La divifion fe met entre les époux ;
la haine, les mauvais procédés, la féparation, les procès viennent enfemble ; mille
horreurs fe révelent au grand jour : les deux
époux fe font perdus & déshonorés. Mari,
remontez à la fource. Votre femme avoit de la
religion, & eût pu vous rendre heureux, quand
vous l'avez époufée : mais vous la lui avez
ravie ; & de-là votre propre honte & vos
malheurs.

M iij

LETTRE XXXV.

Du Marquis à son Fils.

JE m'empresse, mon fils, à m'acquitter envers toi. J'ai contracté à ta naissance une dette; (& qu'elle est douce à mon cœur!) celle de t'éclairer & de te rendre heureux. Que n'ai-je été assez libre, ou du moins que n'ai-je été assez fidele pour y satisfaire plus promptement, & quelle obligation si importante pouvoit ne pas s'allier avec celle-là!

Tu ajoutes encore au devoir que la nature & la religion m'imposent, en me ménageant les moyens de le bien remplir. O Valmont, que le sacrifice que tu viens de faire a de prix à mes yeux! Que tes dispositions m'encouragent! & que la préparation secrette de ton ame y donne un accès facile au Dieu de vérité! C'est lui, n'en doute pas, qui, t'inspirant des vues si droites, & suppléant à ta foiblesse, s'est ouvert dans ton cœur une route si

belle. Puisse-tu, mon fils, toujours docile
à sa voix, répondre jusqu'à la fin à ses
desseins sur toi !

Tu me promets donc qu'en traitant
avec toi des preuves de la Religion, je
n'aurai point à insister vainement sur ces
objections futiles que la mauvaise foi enfante, que les passions accréditent, que
l'ignorance répete, & que tant soit peu
de lumieres, avec plus de bonne foi,
suffisent pour détruire. Tu me promets
que tu ne joueras point sur les termes,
que tu ne t'amuseras point à incidenter
follement sur les faits, que tu ne t'arrê-
teras point à des difficultés qui ne portent
que sur de faux exposés, que tu ne com-
battras pas des certitudes par des conjec-
tures, & ce qui est avéré par ce qui est
incertain, que, te bornant à constater les
preuves, tu ne chercheras point à les infirmer par des suppositions. Que de circuits tu t'épargnes ! & que d'ennuyeuses
redites tu m'épargnes à moi-même ! Il est
un nombre infini de ces objections frivoles que cent fois on s'est plu à répéter,

qu'on a pulvérifées cent fois, & que tous les jours encore on reffaffe, on reproduit impunément. Nous amufer à les difcuter de nouveau, ce feroit confumer en propos inutiles un temps qu'on peut mieux employer, & fatiguer ton attention par des détails auxquels, pour un efprit vrai & fagement critique, le fond même des preuves répond fuffifamment *.

* Les défenfeurs de la Religion fe font multipliés à proportion des efforts & de la quantité de fes adverfaires. Dans ces derniers temps encore on a vu paroître d'excellens ouvrages en ce genre, tels que le *Déifme réfuté*, l'*Apologie de la Religion*, les *Lettres de quelques Juifs Portugais*, les *Réponfes critiques* du favant M. Bullet; qu'il nous foit permis d'y renvoyer comme à une fource de lumieres fur les vaines difficultés que l'on forme contre le Chriftianifme, & d'éviter ainfi de furcharger ces notes de reponfes, qui ne feroient au fond que d'éternelles répétitions. Je me bornerai feulement à remettre ici fous les yeux un précis de ces difficultés mêmes,

Tout tient, mon fils, à l'idée que nous devons nous former de la Religion Chrétienne. A-t-elle des caracteres vraiment divins, ou ne s'annonce-t-elle que comme une invention, une production toute humaine ? Est-elle marquée au sceau de la vérité, ou à celui du mensonge ? C'est à quoi se réduit l'importante question que je me propose d'examiner avec toi.

---

tiré d'un des ouvrages de M. l'ancien Evêque du Puy sur la Religion. » A quoi se réduisent-elles, dépouillées de toute plaisanterie, de toute satyre, de toute déclamation ? à des lieux communs, qui prouvent peu par eux-mêmes, & qui ne prouvent rien du tout, lorsqu'on ne peut les appliquer aux questions particulieres que l'on traite. » Il y a eu des » révélations controuvées ; donc celles de » Moïse & de Jesus-Christ le sont aussi. Il y a » eu des devins fourbes & mercenaires, des » oracles trompeurs ; donc nos Prophêtes » n'ont pas prédit l'avenir. Il y a eu des mi- » racles supposés, ou des faits purement na- » turels, jugés miraculeux par l'ignorance ; » donc les prodiges attribués à Moïse, à Jesus-

M v

Si ce font les hommes qui ont inventé
la Religion Chrétienne, c'eft dans la fuite
des fiecles qu'on doit en fixer l'époque;
elle doit être l'ouvrage du temps. Si elle
eft le fruit de l'impofture, des circonftances & du hafard, l'affemblage de fes
parties ne doit pas former un fyftême parfaitement lié, un tout complet, & comme
l'erreur, elle doit fe démentir par quelque

» Chrift, aux Apôtres, ne font ni véritables,
» ni divins. L'idolâtrie & le Mahométifme
» ont duré long-temps, ont occupé de vaftes
» contrées; donc le Chriftianifme a pu fe ré-
» pandre & s'accroître par des moyens hu-
» mains. L'erreur a eu fes martyrs; donc les
» nôtres ont été des impofteurs & des fana-
» tiques. Il y a eu quelques actes de martyrs
» ou douteux ou faux; donc ils le font tous.
» Il y a dans quelques-uns de ces actes les
» plus authentiques des circonftances moins
» certaines que tout le refte, ou qui ne qua-
» drent pas avec nos ufages & nos mœurs;
» donc les actes eux-mêmes font apocryphes.
» Des Bonzes, des Facquirs, des Derviches
» vivent en folitude, fe livrent à d'étonnantes

endroit. Si elle n'est appuyée que sur l'illusion & le mensonge, elle doit se détruire d'elle-même, se dissiper, se confondre au grand jour, s'affoiblir & périr en vieillissant. Que dirai-je de plus ? Si elle est uniquement produite par la raison humaine, foible comme elle, insuffisante comme elle, elle ne doit pourvoir suffisamment ni à la gloire de Dieu, ni au bonheur de l'homme.

» austérités ; donc la vie angélique, con-
» forme aux sublimes conseils de l'Evangile,
» est une illusion. Il y a eu dans les com-
» mencemens du Christianisme des Evangiles
» fabriqués ou falsifiés par des hérétiques ;
» donc il faut compter pour rien les quatre
» Evangiles que la tradition constante &
» unanime des Eglises chrétiennes nous a
» transmis. Les quatre Evangélistes ne ra-
» content pas toujours les mêmes choses dans
» le même ordre ; quelques-uns omettent
» des faits ou des circonstances que d'au-
» tres rapportent ; donc ils se contredisent
» mutuellement. Il y a eu de grands abus »

M vj

Mais ſi c'eſt Dieu qui s'eſt révélé aux hommes, ſi le Chriſtianiſme eſt ſon ouvrage, quel contraſte & quel tableau bien différent! La Religion, au lieu d'être jettée comme au haſard parmi les hommes & dans la ſuite des ſiecles, au lieu de former comme un œuvre à part, doit être liée en quelque ſorte aux premiers jours du monde, commencer avec les ouvrages de Dieu, & entrer dans le plan de la création: ſes parties, au lieu d'être diviſées,

---

» de grands crimes parmi les Chrétiens, » parmi même les Miniſtres du Sanctuaire; » donc la Religion elle - même eſt un tiſſu » de fables & de menſonges. « Quelles conſéquences! & quelle maniere de raiſonner! Voilà pourtant dans l'exacte vérité tout ce qu'objectent à nos preuves du Marſais, Boulanger, Fréret, le Lord Bollingbroke, l'Auteur du Dictionnaire Philoſophique & de la Philoſophie de l'Hiſtoire; & voilà comment ils ont *examiné, analyſé, dévoilé* le Chriſtianiſme. « *La Religion vengée de l'incrédulité par elle-même.*

décousues, sans suite & sans rapport entre elles, doivent être enchaînées l'une à
l'autre, se supposer mutuellement, tendre
vers un même centre, & avoir le rapport
le plus parfait : son œuvre doit être ferme,
inébranlable ; elle doit être à l'épreuve de
toutes les discussions, triompher de tous
les obstacles, surmonter toutes les résistan-
ces, se développer, se perpétuer de généra-
ration en génération, & assurer de plus en
plus sa consistance par sa durée : elle doit
enfin, dans ses rapports avec Dieu, avec
l'homme, & dans le lien sacré qu'elle
forme entre eux, par la justesse de ses proportions procurer abondamment la gloire
de l'un & suffire aux besoins de l'autre.

Ainsi l'ancienneté, l'unité, la perpétuité, l'excellence, c'est-à-dire, la perfection éminente, l'éminente sainteté de
cette Religion formeront ses principaux
caractères. Chacun d'eux se retrouvera
en quelque sorte dans l'autre ; on pourra
remonter, redescendre de l'un à l'autre
sur la même ligne & avec la même assurance ; ils seront liés entre eux d'une ma-

niere prefque indivifible, & fe prêteront
l'un à l'autre une force nouvelle : ainfi
la Religion nous offrira-t-elle comme un
édifice majeftueux, dont le fommet touche au Ciel, dont les fondemens repo-
fent au plus profond de la terre, dont
toutes les parties étroitement unies ont
entre elles, & avec le tout qu'elles compofent, le plus jufte rapport : ainfi encore la Religion nous fournira-t-elle des
preuves qui feront à la portée de tous.
Par fes trois premiers caracteres elle fe
prouvera à l'efprit ; & c'eft le genre de
démonftration qui convient à ceux qui
font fufceptibles de difcuffion & de recherche : par le dernier elle fe prouvera
au cœur ; & c'eft le genre de preuves qui
convient aux ames droites & fimples, à
celles qui jugeant plus par fentiment que
par raifonnement, par le cœur que par
l'efprit, ont befoin d'une voie plus abrégée & non moins fure, pour difcerner
la vérité.

D'après ces réflexions, commençons,
cher Valmont, l'examen des caracteres

de la Religion Chrétienne, & voyons si
elle a ceux que nous venons d'assigner,
ou si elle en est dépourvue, si elle porte
la triste empreinte des inventions humaines, ou si elle est scellée du sceau
respectable de la Divinité.

Cette Lettre va te paroître un peu sérieuse peut-être; mais, mon fils, ce n'est
pas maintenant le plaisir tout seul, c'est
la vérité que tu cherches, la vérité, qui
doit ensuite te mener au bonheur. Eh,
quelle que soit la route qui nous conduit
à elle, ne mérite-t-elle pas bien les soins
qu'on prend pour la trouver?

Si je ne m'arrête pas à l'examen des
autres Religions, du moins de celles qui
sont étrangeres à la Religion de Jesus-
Christ; c'est, mon fils, qu'il est évident,
pour peu de notions qu'on en ait, qu'elles
n'ont aucun des caracteres d'une révélation divine, pris dans toute l'étendue que
nous leur avons donnée. Il n'est pas une
seule de celles-là qui ait une antiquité
égale à celle du monde, & dont on n'en-
trevoie l'origine informe & grossiere dans

dès temps bien moins reculés; pas une,
dont toutes les parties liées entre elles
forment un fyftême complet de faits &
de doctrine, & prennent un caractere
d'unité; pas une qui fe perpétue toujours
la même, toujours uniforme & invaria-
ble, dans une fociété chargée d'en conferver le dépôt; pas une enfin, qui par
fa perfection éminente pourvoie fuffifamment à la gloire de Dieu & aux befoins
de l'homme.

C'eft donc fur la Religion Chrétienne
que va fe porter toute notre étude; &
pour nous inftruire à fond de ce qui la
concerne, j'intérroge le Chrétien lui-
même. Que me répond-il ? O mon fils!
quel premier fujet d'étonnement ! Il me
renvoie avant toute chofe à un peuple
ennemi, difperfé par toute la terre, par-
tout étranger, profcrit, errant, objet de
la haine & de la malédiction de tous les
peuples, en butte à tous les outrages, à
toutes les révolutions, à tous les revers;
& cependant toujours fubfiftant fans confufion, fans mêlange; toujours diftingué

des autres nations, sans avoir de chef,
sans pouvoir former un corps de nation
lui-même; & parmi tant de causes de
variation, de destruction, retenant toujours de sa Religion ce que sa situation
présente lui permet d'en retenir & d'en
observer. » Considere ce peuple, me dit
» le Chrétien fidele, ce peuple étrange,
» si digne de toute ton attention. C'est
» lui, tout mon ennemi qu'il est, qui
» t'offrira les titres de mon origine; c'est
» sur lui que je suis fondé; je ne fais
» qu'accomplir en moi les promesses qui
» lui ont été faites pour moi; la loi que
» je professe n'est que le développement
» & la perfection de celle qui lui a été
» donnée; ses livres sont les miens; &
» ma Religion ne forme avec la sienne
» qu'un tout parfait. «

Surpris de ce peu de mots, où j'en-
trevois deja l'heureux mélange de tous
les caracteres d'une révélation divine, je
m'arrête à ce peuple auquel on me renvoie, & il offre à mes recherches les
objets les plus intéressans. Si je l'en crois,

il eſt le plus ancien de tous les peuples connus ; les livres qui contiennent ſon hiſtoire , ſa religion & ſes loix , ſont les premiers , les plus anciens de tous les livres qui nous reſtent ; les faits qu'ils nous expoſent comme étant l'hiſtoire de ſes peres , ſont en même temps les plus anciens & les premiers événemens de la grande hiſtoire de l'Univers. Ce peuple, gouverné autrefois par la Divinité même, ſe regardoit comme le peuple de Dieu ; & s'il n'eſt que la premiere ébauche du Peuple Chrétien , quels premiers traits, mon fils , pour le tableau de la Religion!

Le Juif, répandu parmi toutes les nations, ſe dit le plus ancien de tous les peuples qui exiſtent maintenant ſur la terre. Diſcute ſans partialité, cher Valmont, une aſſertion ſi hardie ; emprunte les lumieres des critiques les plus judicieux, des ſavans les plus éclairés ; & de concert avec eux, balance les prétentions des autres peuples.

Dans des contrées nouvellement découvertes, des peuples moitié policés, moitié fauvages, ne nous vanteront pas fans doute leur antiquité : rien ne prouveroit en leur faveur. Difons mieux, leur population fi peu nombreufe relativement à ces vaftes contrées qu'ils occupent, leurs connoif-fances fi étroites encore & fi bornées, leurs mœurs, leur police, leurs loix fi imparfaites, eu égard au temps qu'ils au-roient mis à les perfectionner, prouvent affez leur nouveauté (a).

Dans l'Afie, un peuple plus favant, plus policé paroît, il eft vrai, fe glorifier avec affez de fondement de l'antiquité la plus reculée. Les annales de la Chine font remonter parmi cette nation l'invention des fciences & des arts à près de 3000 ans avant Jefus-Chrift. Des obfervations aftronomiques viennent à l'appui de ces calculs, & femblent en garantir l'exacti-tude. Cependant ces annales elles-mêmes nous apprennent que loin de remonter jufqu'à l'origine des faits par une tradi-tion conftante, fur des lignes fermes & fures, elles ne portent que fur des bruits confus, elles ne portent fur rien. Les supputations d'éclipses, quand bien même elles seroient justes, & il s'en faut qu'elles le soient, ne prouvent pas davantage en faveur des Annalistes Chinois, puisqu'il est démontré qu'on peut calculer les éclipses passées jusqu'à la création du monde, comme on calculeroit pour tous les siecles futurs celles qui doivent arriver. On peut dire la même chose de leur cycle solaire & de toutes leurs supputations chronologiques. Elles sont d'ailleurs si confuses, si embarrassées, & mêlées de tant de faits évidemment faux & ridicules, qu'il est aisé de sentir, sur-tout pour les siecles un peu reculés, le peu de fonds qu'on doit faire sur leur authenticité (*b*).

Aux Indes enfin (*c*), & par toute la Terre, je ne vois que des peuples entés sur des peuples ; je vois les nations, autrefois les plus célebres, mêlées & confondues ; je vois d'anciennes Religions défigurées & remplies de nouvelles superstitions. Parmi les Juifs, rien de semblable : c'est toujours le même peuple, &,

pour ainſi parler, la même famille. C'eſt
toujours entre eux la même langue, les
mêmes uſages, la même Religion; ce ſont
toujours pour le fonds les mêmes idées &
les mêmes eſpérances; ils remontent d'âge
en âge, de génération en génération à
leurs Patriarches; & par eux, à travers un
petit nombre d'hommes diſtingués par la
pureté de leur culte, à travers un petit
nombre de détails & de faits qui ſe répondent exactement, ils remontent aux premiers peres du genre humain. Ils laiſſent
ainſi bien loin derriere eux les Egyptiens
& leurs dynaſties confuſes (d), les Chal-
déens, ces premiers obſervateurs des aſtres, & leur véritable fondation ſous
Nemrod *, les Grecs & leur obſcure mythologie. L'époque de leur antiquité, priſe
dans toute ſon étendue, n'eſt plus celle

---

* C'eſt du moins, comme l'obſerve M.
Boſſuet, vers ce temps, & pas plus haut,
que commencent les obſervations qu'il don-
nerent dans Babylone à Calliſthene pour
Ariſtote

de trois ou quatre mille ans; c'eſt celle
de la création.

Les fondemens de leur hiſtoire ſe trouvent dans des livres qu'ils nous donnent
également pour les plus anciens livres du
monde , & ſont ſoutenus par une tradition conſtante , & par les plus anciens
monumens. Il n'eſt point d'annales, point
de livres dans l'univers auxquels on puiſſe
donner, avec une égale certitude , la même
antiquité. On parle ailleurs de quelques
anciens manuſcrits ; mais il s'en faut bien
ni qu'ils aient été auſſi authentiques , auſſi
publics , ni que de ſiecle en ſiecle on nous
ramene , comme pour l'hiſtoire du Peuple
Juif , à ceux qui les ont écrits.

J'examine ces livres que le Chrétien
révere , qu'un peuple , ſon plus grand
ennemi, me préſente , & qu'il ſemble
n'avoir conſervés que pour lui. J'y vois
renfermés les droits, les titres, les intérêts de toute la Nation Juive & de tout le
Monde Chrétien. Ce ne ſont point de ces
volumes myſtérieux que quelques Pontifes conſervent dans le ſecret; ils ont

toujours été expofés aux yeux du monde
entier. Je les vois foumis à l'attention &
à la critique de tous les efprits, de tous
les peuples, de tous les âges ; & dans le
petit nombre d'hommes qui ont révoqué
en doute leur authenticité, qui ont ha-
fardé de la combattre, je ne vois qu'une
critique foible & infuffifante, que de petites difficultés qu'ils n'euffent pas ofé
faire contre d'autres livres que ceux-là,
que des citations de contradictions apparentes & qu'avec plus de lumieres &
d'équité on concilie aifément, qu'une
ignorance réelle ou affectée des anciennes coutumes, des anciens ufages, que
bien de l'humeur, pour le dire en un
mot, & des efforts impuiffans.

Ces livres exiftoient certainement avant
Jefus-Chrift. C'eft des mains mêmes des
Juifs que le Chrétien les a reçus ; c'eft à
ces livres qu'il en appelloit contre eux
dès les premiers temps ; & le Juif qui en
conferve le dépôt ne les eût pas reçus de
la main du Chrétien. Ces livres, ou du
moins les livres de Moyfe, exiftoient du

temps de Ptolomée Philadelphe, 300 ans avant l'établissement du Christianisme, puisque c'est sous ce Prince & par ses ordres que s'en fit cette traduction célebre d'Hébreu en Grec qu'on nomme la version des Septante ; version authentique, l'ouvrage des plus savans Juifs, & qui suppose non - seulement l'original préexistant, mais l'aveu de toute la nation.

Ils existoient ces livres plus de 500 ans avant Jesus-Christ : puisqu'alors les Samaritains, entiérement divisés d'avec les Juifs, avoient retenu le Pantateuque avec la même vénération qu'ils avoient pour son Auteur * : ces deux peuples toujours opposés, toujours ennemis, ne s'accordent que sur l'origine & sur l'ancienneté

* Voyez les nouveaux Eclaircissemens sur l'origine & le Pentateuque des Samaritains, par un Religieux Bénédictin de la Congrégation de S. Maur, un volume in-8. A Paris, chez Nyon, 1760.

de

de ce livre. Encore aujourd'hui une fecte de Samaritains, toujours connus sous le même nom, le conserve religieusement avec les anciens caracteres Hébreux; & une secte si foible semble ne durer si long-temps que pour rendre témoignage à l'antiquité des livres de Moyse & à leur intégrité.

De l'an 536. avant l'Ere chrétienne, où fut commencé par Zorobabel le rétablissement du Temple, à l'occasion duquel éclata davantage l'inimitié des Juifs & des Samaritains, on peut remonter évidemment, pour l'authenticité du Pentateuque, près de 150 ans plus haut, c'est-à-dire, un peu moins de 700 ans avant Jesus-Christ; car c'est alors que les Cuthéens, peuple d'Asie, furent envoyés pour habiter Samarie, & qu'ayant obtenu d'Asaraddon un Prêtre Israélite, ils reçurent de lui les livres de Moyse, que les dix Tribus révoltées avoient retenus dans leur schisme, & firent du culte du Dieu d'Israël un mélange bisarre & sacrilége avec le culte des Idoles.

Tome II.   N

De cette derniere époque, on est encore forcé de remonter près de trois siecles au-delà, je veux dire, à la séparation des dix Tribus, environ 439 ans avant le rétablissement du Temple, & près de mille ans avant Jesus-Christ. En effet, le schisme qui sépara dès-lors sous Roboam, fils de Salomon, les deux portions d'Israël ne permettoit pas à l'une des deux de recevoir de l'autre l'invention, la supposition du Pentateuque. Que dis-je! il ne permettoit pas même de l'altérer; & Esdras, étant de beaucoup postérieur à la séparation des Juifs, & même, en tant qu'Ecrivain, à la premiere époque du rétablissement du Temple, étant d'ailleurs l'ennemi le plus déclaré des Samaritains, ne peut jamais être soupçonné avec fondement ni d'avoir composé, ni d'avoir altéré les livres de Moyse, également reçus, également connus & révérés par les deux nations.

De la date précise du schisme d'Israël, pour remonter jusqu'à Moyse, il ne reste plus qu'environ 500 ans. Mais dans cet

intervalle tout nous confirme l'authenticité des livres qui nous ont été transmis
sous son nom.

Elle se prouve cette authenticité par
la nature de ces livres, qui intéressent
dans les objets les plus essentiels tout un
peuple, qui lui imposent un joug insupportable de la part de toute autre qu'un
Législateur tel que Moyse, qui peignent
les Juifs avec un caractere d'aveuglement, d'ingratitude, de révolte, si dès-
honorant pour toute la nation.

Elle se prouve en second lieu, par le
concert des douze Tribus à les adopter,
concert qui ne se dément jamais, malgré
leurs querelles particulieres, leurs vues
souvent contraires, leurs passions & celles
de leurs chefs, leurs intérêts différens,
leurs prérogatives, leurs possessions,
leurs droits respectifs fondés, sur le Pentateuque. Quelle combinaison à faire en
faveur des livres de Moyse, & quelles
lignes traditionnelles nous sont offertes
pour en démontrer l'authenticité !

Elle se prouve en troisieme lieu, par

l'ordre fixe & immuable, qui avant les époques que nous avons citées ; se trouve établi pour le Sacerdoce dans une seule famille , pour les fonctions Lévitiques dans une seule Tribu ; par l'existence des loix , des cérémonies , des fêtes , des monumens , dont la date ne pouvoit être prise que de celle du Législateur même, qui remontoient en effet jusqu'à lui , qui supposoient & son existence , & l'authenticité de ses livres , & celle des faits qu'il y rapporte.

Ainsi , l'Arche , la manne , la verge d'Aaron , le serpent d'airain , les tables de l'alliance , le rit de l'agneau Pascal & les Azymes , la loi des prémices & le rachat des premiers nés , la consécration des Prêtres , les cérémonies des sacrifices , la fête de la Pentecôte & celle des Tabernacles , les généalogies des familles , l'habitation des Tribus de Ruben & de Gad & de la demi-Tribu de Manassé au-delà du Jourdain , la division de la terre de Canaan , les asyles , & les autres établissemens qui prenoient leur origine dans les premiers temps de la République, tout servoit à rappeller les événemens remarquables consignés dans le Pentateuque, à en confirmer l'histoire, & à lui concilier la plus grande autorité.

Ici les faits, les monumens, & les livres, tout se suit avec tant de justesse & de précision, tout s'accorde si bien qu'on ne peut s'empêcher de reconnoître que la loi écrite, & les usages établis, ont nécessairement & la même source & la même antiquité.

Elle se prouve encore cette ancienneté des annales du peuple Juif, par le concert merveilleux des autres livres de l'écriture. L'histoire des Rois est liée à celle des Juges, celle des Juges à celle de Josué, & celle-ci à tous les faits que contient le Pentateuque, ainsi qu'à Moyse auquel toute la Bible me rappelle. Les livres de Salomon, les pseaumes de David, les écrits des premiers Prophetes, les livres que nous venons de citer, il faut, en remontant de siecle en siecle, tout regarder comme supposé; il faut aller soi-

N iij

même de fuppofition en fuppofition ;
d'abfurdité en abfurdité , avant que de fe
croire autorifé à douter feulement de l'authenticité des livres de Moyfe.

Elle fe prouve enfin par tous les caracteres d'ancienneté qu'ils portent en eux-
mêmes. On y voit le plus naïvement &
le plus fidelement décrites les mœurs des
premiers temps ; on n'y remarque en ce
genre, pour les premiers âges , rien qui
fe reffente de fiecles plus récens ; de même
auffi, on n'y apperçoit aucune loi, aucune coutume qui fe foit introduite depuis Moyfe ; toutes les coutumes & toutes
les loix y font parfaitement conformes au
plan général du Légiflateur , aux circonftances dans lefquelles il fe trouvoit, aux
deffeins qu'il fe propofoit. Le ftyle , le
contexte de l'ouvrage , tout y eft de la plus
haute antiquité.

Les mêmes combinaifons , les mêmes
preuves, plus que fuffifantes pour fonder
une évidence morale , équivalente à toute
autre forte d'évidence, par l'impoffibilité
abfolue de la réunion & du concours de

toutes ces choses en faveur du menſonge ;
ces preuves, dis-je, & ces combinaiſons
ſe retrouvent par rapport à l'intégrité du
Pentateuque, comme par rapport à ſon
authenticité.

Le reſpect des Juifs pour ces livres
ſuffiſoit ſeul pour empêcher , ou pour
rendre du moins inutile la témérité de
ceux qui euſſent prétendu les détruire, ou
qui dans des points tant ſoit peu importans euſſent ſeulement prétendu les altérer. Ces livres étoient entre les mains de
tous ; on en donnoit un exemplaire aux
Princes & aux Pontifes auſſi-tôt après leur
inauguration ; on en faiſoit tous les ſept
ans à la fête des Tabernacles des lectures
publiques ; ils étoient pour tous les Juifs
le fondement de leur croyance, la regle
de leurs mœurs, l'unique objet de leur
étude ; ils étoient pour eux les ſeuls livres ; ils les portoient par-tout, & en
rendoient ainſi la perte ou l'altération
impoſſibles.

Qu'oppoſe-t-on, mon fils, à des preuves ſi convaincantes ? Rien de ſuivi, rien

de folide; on incidente fur de petites. difficultés, qui, par leur foibleffe même,
ne font que prêter un nouvel éclat à la
vérité.

Quelques endroits ajoutés au texte,
comme la mort & la fépulture de Moyfe,
rapportées dans le dernier chapitre du
Deutéronome, & qui d'ailleurs euffent
pu être prévues; écrites, & rapportées
par lui-même; quelques changemens faits
par des Copiftes fur des noms de villes
& dans des chofes peu effentielles (e);
quelque variantes, qui, par le peu d'importance des objets & des mots fur lefquels elles tombent, confirment davantage le concert admirable des différens
textes fur le fond même de la narration (f); quelques endroits obfcurs &
difficiles, qui naiffent du peu de connoiffance des arts & des ufages propres à ces
premiers temps; des calculs qu'on oppofe à des faits, & qui, peu exacts & peu
vrais, font démentis par les hommes les
plus éclairés; Moyfe fe donnant à lui-
même, quelques éloges, d'ailleurs nécef-

faites & suivis dans d'autres endroits de
l'humble aveu de ses fautes; cet Ecrivain
parlant toujours de lui en termes indi-
rects, comme ont parlé d'eux-mêmes César
dans ses Commentaires, Xénophon dans
sa Cyropédie, Joseph dans ses livres de la
guerre des Juifs, Procope dans son histoire; la prétendue perte des livres de
Moyse avant le Prêtre Helcias, qui, dit-
on, les ressuscita; l'oubli prétendu de
ces livres au temps de la captivité, de ces
livres dont Helcias retrouva l'original
sacré, mais dont les copies étoient entre
les mains de tout le peuple, de ces livres
cités & rappellés sans cesse aux Juifs captifs
par leurs Propheres, aux Juifs qui en faisoient leur unique consolation dans leur
exil & en observoient si scrupuleusement
la loi; mille autres traits d'une critique aussi
peu juste, aussi mal fondée, font la matiere du triomphe de l'incrédule : vain
triomphe, dont il est seul à s'applaudir, &
dont tous les jours sur les bancs de nos
écoles on rit à plus juste titre que lui.

Mais pourquoi donc, mon fils, des

objections si peu solides deviennent-elles
à ses yeux des argumens sans réplique ?
Ah ! pourquoi ? c'est qu'il est de son intérêt le plus pressant d'infirmer nos preuves sur l'autorité des premiers livres sacrés ; c'est qu'il conçoit sans peine que
leur ancienneté, leur authenticité donnent déja à la Religion un fondement
inébranlable. Et en effet, si c'est Moyse
qui a écrit ces livres, on ne peut plus
douter de la vérité des faits qu'ils contiennent. Car prends-y garde, cher Valmont, c'est dès-lors un Auteur contemporain qui parle à sa nation ; qui lui parle
de faits qui se sont passés, & qui se passent encore sous ses yeux ; c'est un Ecrivain qui ne peut la tromper, qui ne peut
se tromper lui-même sur la nature & la
vérité de ces faits, dès que ce sont pour
elle, comme pour lui, des faits publics,
sensibles & permanens. Ainsi, par exemple, sa sortie de l'Egypte au milieu de tant
de prodiges, dont l'Egypte seule est la
victime, dont tout l'art de ses Magiciens
ne peut la défendre, & auxquels même

toute la puissance des Démons est forcée
de rendre hommage; le passage de la Mer
rouge, non pas en cotoyant ses bords,
non pas sur la vase de ses flots retirés,
mais au milieu de son lit & à travers ses
flots divisés; le Mont Sinaï tout en feu;
la voix retentissante du Très-Haut; des
flammes, des éclairs & des foudres,
qu'on expliqueroit bien mal par des feux
d'artifice, par la poudre à canon, que
l'on ne connoissoit point alors, & qu'il
est absurde de supposer; la terre entr'ouverte sous les pieds de Dathan, de Coré
& d'Abiron; le rocher frappé de la verge
de Moyse, & offrant tout-à-coup une
source d'eau vive à un peuple toujours
prompt à se répandre en murmures, toujours prêt à se révolter; mieux que tout
cela encore, les prodiges du désert, d'autant moins susceptibles d'illusion qu'ils
étoient pour tous les Juifs, qu'ils se re-
nouvelloient tous les jours, qu'ils ont
duré quarante ans, tels que la manne
qui leur a servi si long-temps de nourriture, leurs vêtemens qui se sont conser-

N vj

vés pendant tant d'années, cette nuée qui
n'a ceſſé de les couvrir ; & cette colonne
de feû qui régloit leur marche ; ce ſont
là ſans doute de ces faits qu'on ne peut
raconter à une nation comme s'étant paſ-
ſés ſous ſes yeux & avec les circonſtances
les plus frappantes, ſi elle n'en a rien vû ;
qu'on ne peut lui faire croire comme les
ayant vus, s'ils ne ſont pas vrais ; & qui
ne peuvent être vrais, ſans prouver la
miſſion de celui qui les a opérés au nom
même du Dieu tout-puiſſant, du Dieu
de vérité.

Mais ces faits ne ſont pas les ſeuls que
racontent les livres de Moïſe. Ces livres
du plus ancien peuple, & qui ſont eux-
mêmes de la plus haute antiquité, nous
expoſent les premiers faits, les premiers
événemens de la grande hiſtoire de l'Univers.

Ils me rappellent à un Dieu qui a tout
fait, & ils me donnent de ſa puiſſance,
de ſa ſainteté, de ſa ſageſſe, les idées les
plus nobles & les plus dignes de lui. Le
Dieu des Hébreux n'a rien de commun

avec les Divinités que le reste du monde
adoroit. C'est l'Etre existant par lui-même ; c'est un Dieu unique dans sa substance, infini, parfait dans tous ses attributs. Il existoit, & rien n'existoit encore ;
à sa voix le monde sort du néant ; il dit
que la lumiere se fasse, & elle est faite ;
il appelle les astres, & ils commencent
leur course ; il orne les cieux ; il embellit
la terre, il la rend féconde, il la peuple
d'animaux divers ; & donne à l'Univers
un maître, un ministre à sa gloire, un
interprête à la nature, en créant l'homme
à son image. S'il met plusieurs jours à
achever le grand ouvrage de la création,
c'est pour nous apprendre qu'il fait tout,
non par une impétuosité aveugle & nécessaire, mais librement, sans contrainte,
comme il le veut, & au moment où il le
veut.

L'Univers est créé, le monde a pris sa
forme ; & en sortant des mains du Créateur tout est parfait. L'homme reçoit
l'hommage de tous les êtres pour le rapporter à son Dieu : un précepte léger lui

eft impofé pour lui faire fentir que, fi
tous les êtres lui font foumis, il eft affujetti, auffi-bien qu'eux, à l'empire de
l'Etre fuprême, & lui doit, comme fa
créature, le tribut de fa foumiffion & de
fa dépendance. Ce précepte, il l'a violé :
tout change de face ; la nature n'a plus
pour lui les mêmes charmes ; il y retrouve par-tout les funeftes fuites de fon
péché : il les trouve dans lui-même ; fon
entendement fe remplit de ténebres, fon
cœur s'incline vers la terre, fes fens fe
révoltent ; la poftérité d'un pere coupable
perd en lui fes privileges & fes droits.....
Triftes & étonnantes vérités ! mais que je
trouve gravées fur la face de la nature entiere ; que je trouve imprimées dans tout
mon être, dans ce mêlange de grandeur
& de baffeffe, de lumieres & de ténebres, de force & de foibleffe, qui nous
fait fi fouvent chercher l'homme dans
l'homme même, & qui dans lui annonce
à l'Univers un Roi, mais un Roi dégradé.
Ah ! du moins à la faveur de ces clartés
précieufes, & néceffaires à l'homme, je

ne fuis plus un myftere à moi-même ; la
nature n'eft plus une énigme dont l'obfcurité me faffe perdre de vue le Dieu qui
m'a créé ; je connois maintenant la fource
des contradictions qui me défolent ; j'ai
la clef de tout le fyftême de l'humanité ;
j'ai celle de l'état actuel des êtres qui
m'environnent ; & l'Univers entier s'explique à mes yeux.

Mais Dieu tourne mes regards vers un
objet plus confolant : Adam a péché, &
déja, dans une femence bénite qui naîtra
de la femme, il lui fait entrevoir un libérateur. Par lui l'homme pécheur rentrera
en grace avec fon Dieu ; par lui il hono-
rera la Divinité comme elle doit être honorée, & lui offrira un culte digne de
lui plaire.

Cependant la poftérité d'Adam fe multiplie, & le péché s'étend & fe multiplie
avec elle. Une famille plus fainte eft fé-
parée de la contagion univerfelle. Les
crimes des enfans des hommes, répandus
fur toute la terre, crient vengeance au
Seigneur ; fa juftice éclate par un déluge

univerfel. Sa bonté conferve le jufte &
fa famille : Sem., Cham & Japhet, dont
les noms fe font confervés parmi les anciens peuples, deviennent les chefs des
nations.

Après le déluge, la conftitution de
l'Univers fe trouve affoiblie; la vie humaine décroît infenfiblement; la confufion des Langues s'introduit parmi les
hommes; les premiers peuples fe forment; & les premieres conquêtes annoncent au genre humain de nouveaux crimes & de nouveaux malheurs.

Voilà les commencemens du monde,
tels que l'hiftoire de Moïfe nous les re-
préfente : commencemens heureux, dit
M. Boffuet, pleins enfuite de maux in-
finis; par rapport à Dieu, qui fait tout,
toujours admirables; tels enfin, que nous
apprenons, en les repaffant dans notre
efprit, à confidérer l'Univers & le genre
humain toujours fous la main du Créateur, tiré du néant par fa feule parole,
confervé par fa bonté, gouverné par fa
fageffe, puni par fa juftice, délivré par

fa miféricorde, & toujours affujetti à fa puiffance.

Moïfe, à ne l'envifager que comme Hiftorien, avoit fur ces premiers temps des mémoires affez fûrs pour nous garantir la fidélité de fon récit. La longue vie des Patriarches, en fimplifiant les générations, rapprochoit de cet Ecrivain les traditions les plus communes & les plus vraies, les monumens les plus authentiques, & par un très-petit nombre d'hommes le faifoit toucher à la naiffance du monde & à la création. Tu le fais, mon fils, ce n'eft pas le nombre des années, mais la multiplicité des générations qui rend les chofes obfcures; & dans l'exacte vérité, notre ignorance fur les temps qui nous ont précédés ne vient que du peu de temps que nous vivons avec nos ayeux. Si Moïfe n'avoit donc voulu que faire illufion à fes contemporains & leur en impofer, il fe feroit bien gardé de faire vivre fi long-temps des témoins, dont la mémoire encore récente n'eût fervi qu'à rendre fenfible l'erreur de fes dates, & à

déposer contre lui ; il se seroit mis en
sureté en éloignant l'origine du monde,
& en multipliant les générations. Mais
bien-loin de là il parle des choses arrivées
dans les premiers siecles comme de choses
constantes, dont il restoit encore un sou-
venir presque universel, & des monumens remarquables.

Et en effet, parmi toutes les fables
dont sont remplies les histoires des plus
anciens peuples, on entrevoit aisément
les faits les plus éloignés & les plus mé-
morables dont parle Moïse. L'œuvre des
six jours attestée par l'Historien du Peuple
de Dieu, l'est en même temps par l'ordre
de la semaine, cette coutume si arbitraire
& cependant si constamment observée
chez presque toutes les nations. Presque
toutes ont eu l'idée de la création du
monde, d'abord informe, ce qu'elles ont
appellé chaos, & ensuite réduit à l'ordre
que nous voyons. Elles ont toutes, ou
presque toutes, fait sortir l'homme de la
terre, & ensuite d'un premier homme (g).
L'état d'innocence leur a été connu sous

le nom de l'âge d'or, suivi bientôt après
d'un autre siecle, où les miseres ont été
la punition du crime. La longue vie des
premiers hommes se retrouvoit dans leurs
plus anciennes traditions. Celle du déluge
s'est conservée par-tout; & l'arche même
où se sauverent les restes du genre humain
a été de tout temps célebre en Orient.
Que dirai-je de plus ? La fable des géans,
qui entassoient montagnes sur montagnes
pour escalader le Ciel, est l'histoire défigurée de la Tour de Babel, que les hommes entreprirent d'élever jusqu'aux nues,
& qui fut suivie de leur dispersion. Après
ce fait, nous ne voyons plus rien de généralement reçu chez tous les peuples,
parce que la diversité du langage coupa
la communication qu'ils avoient eue jusqu'alors. Mais on retrouve encore dans
l'origine & la formation des premieres
sociétés, des premiers Etats, dans la position que Moïse a donnée aux premiers
peuples de la terre, dans leurs noms, &
ceux de leurs fondateurs, de nouvelles
preuves de son exactitude : ici, comme sur

tout le reste, les critiques les plus éclairés & les plus savans sont pour lui (*h*). Enfin dans les traditions particulieres, dans la mythologie des Payens & l'explication de leurs fables, on démêle avec un peu d'attention presque tous les autres faits de Moïse, quoique défigurés par la superstition.

Eh d'ailleurs, cher Valmont, indépendamment de l'histoire & de la tradition, la raison même & toute la nature déposent en faveur de cet Historien. Trois principaux articles de son histoire, la création du monde & du premier homme, la chûte de l'homme, & le déluge, une fois prouvés, garantissent, amenent & prouvent suffisamment tous les autres faits qu'il nous raconté.

La création du monde, incompréhensible à notre imagination, est sensible à la raison. Le monde n'est point éternel, incréé, existant par lui-même, les attributs de l'éternité, de la nécessité ne conviennent point à la matiere; elle porte au contraire tous les attributs d'un être

dépendant & dans son existence, & dans
sa maniere d'exister *. La matiere, le
monde, toutes les parties du monde ont
donc été créées (i). Il y a donc eu aussi
un premier homme. Eh, comment un
premier homme n'auroit-il pas été créé?
Supposeras-tu, mon fils, une succession
d'hommes à l'infini? Elle répugne; puisque dans toute la précision du terme elle
supposeroit une suite d'effets, sans aucune
cause suffisante de cette suite infinie : dans
cette progression tout seroit effet, & rien
ne seroit cause proprement dite. Supposeras-tu un premier homme formé du limon de la terre, & de la rencontre de
molécules organiques? Tu mets des mots
à la place des choses; tu expliques un
fait par l'hypothèse la plus insuffisante,
comme la plus obscure; tu donnes à un
ouvrage admirable & rempli d'intelligence la cause la plus aveugle; tu donnes
à l'esprit pour principe la matiere. La rai-

---

* Voyez tom. 1, pag. 34 & suiv. & la
note (b) pag. 58.

son toute seule nous rappelle donc à la création du monde, à la création du premier homme (*k*).

Mais dans quel temps le monde, le premier homme ont-ils été créés ? Est-ce dans des temps fort anciens ? L'affaissement continuel des montagnes, qui se prouve par mille expériences, & qui cependant n'a produit encore que des effets peu sensibles, l'état du monde civil & du monde moral, la moitié de la terre presque encore déserte ou peu habitée, les progrès si bornés de l'esprit humain, la nouveauté même des sciences & des arts, à considérer le nombre de siecles que nous avons parcourus, démontrent une origine, dont l'époque ne peut être plus ancienne que celle que Moïse donne à la terre & à ses premiers habitans.

Mais encore, de quelle manière a été créé celui qui l'a habitée le premier? Ici, mon fils, imagine, si tu le peux, soit pour l'âge, le temps de la vie, le point de force & de maturité auquel il a dû sortir des mains du Créateur, soit pour les lu-

mieres & les fecours néceffaires qu'il a
dû trouver en lui-même & autour de lui
en ouvrant les yeux à la lumière, foit
pour l'état du monde entier, & l'ordre
qui a dû régner dans toute la nature à la
création de l'homme innocent & jufte,
imagine quelque chofe de plus raifonnable, de plus fatisfaifant, & qui réponde
mieux à toutes les difficultés, que le récit
de Moïfe *.

---

* Un article qui devroit bien embarraffer
nos incrédules, fi quelque chofe de contraire
à leurs fyftêmes pouvoit les embarraffer, c'eft
la formation des Langues : M. Rouffeau,
dans fon Difcours fur l'origine & les fondemens de l'inégalité parmi les hommes, prouve
affez bien, ce femble, pour tout efprit raifonnable, qu'il eft impoffible de concevoir
comment d'eux-mêmes ils ont pu parvenir à
s'en former une. Refte à conclure, conformément à l'Hiftoire préfentée par Moyfe,
qu'une Langue primitive, modifiée & altérée
de bien des manieres par les événemens qui
ont fuivi, leur a été donnée par Dieu même
au temps de la création.

A l'égard du second article de son hiftoire, qui eft la chûte de l'homme & fa
dégradation, un fentiment intime auquel
je te rappellois il n'y a qu'un inftant,
femble nous l'annoncer malgré nous. Le
fonds de mifere & de corruption que
tout homme découvre en lui, lorfqu'il
veut être de bonne foi avec lui-même,
cet empire des fens auquel il céde & dont
il a honte, cette nudité qu'il couvre &
dont il rougit *, cette grandeur qui eft

_____

Je fais que de nos jours des hommes favans & dignes de toute notre eftime, ont
propofé des hypothèfes ingénieufes fur l'o-
rigine & la formation des Langues; mais je
ne crois pas que, malgré toutes les conditions avantageufes dont ils font environné leur fuppofition, ils aient prévenu
toutes les objections vraiment fondées qu'on
peut leur faire.

  * En effet cette forte de honte que l'on obferve prefque généralement, parmi les nations même les plus fauvages, par quelle tradition univerfelle, ou par quel fentiment na-

démentie

démentie par tant de bassesse , cette pente
au mal qui est démontrée par la corruption universelle & par la comparaison du
mal avec le bien , ces contradictions perpétuelles qu'il trouve dans le fond de son
être, ces deux hommes, si je puis parler
ainsi, qu'il porte dans un seul, cette révolte de toute la nature contre lui , lors
même qu'il paroît fait pour être le maître
& le Roi de toute la nature ; que de
preuves de sa dégradation & de sa chûte !

Le troisieme article essentiel du récit
de Moyse est le déluge. On y trouve des
difficultés dans la quantité d'eau nécessaire pour inonder la terre : mais sans
nous arrêter à la maniere dont s'est fait
le déluge , & à laquelle Moyse n'a pas
prétendu sans doute que des causes pu-

---

turel l'expliquerons-nous ? Qu'on y fasse attention ; l'une ou l'autre cause d'un effet aussi
singulier en apparence est également favorable au récit de Moyse. (Voyez toute l'Histoire générale des Voyages par l'Abbé Pre-
vost, & tous les Voyageurs les plus connus.)

rement naturelles duſſent ſuffire ; ſans
oſer déterminer les effets que produiſit
la main du Tout-Puiſſant , lorſqu'elle
inclina l'axe du monde , lorſqu'elle ouvrit les cataractes du Ciel , & qu'elle
épancha de cette urne immenſe cette
vaſte quantité d'eau auparavant inviſible
& ſuſpendue , ou continuellement atté-
nuée dans l'athmoſphere du globe ter-
reſtre * , lorſqu'enfin elle rompit le ré-
ſervoir du grand abyme , & fit ſortir la
mer de ſon lit pour en répandre les eaux
ſur toute la terre habitable ; du moins
pouvons-nous dire avec aſſurance que le
déluge nous eſt garanti par l'hiſtoire de

---

* L'azur que nous voyons dans l'étendue du
Ciel , n'eſt , comme toute autre couleur ,
qu'une lumiere réfléchie , & nous y décele la
préſence d'un *liquide* , aſſez tranſparent pour
admettre la lumiere qui vient du ſoleil , &
aſſez ſubſtantiel pour réverbérer celle qui re-
jaillit de deſſus la terre. M. *Pluche* , *Spectacle
de la Nature* , tom. 7. *La Préparation Evangélique* , *premiere partie.*

tous les peuples *. La tradition, non pas d'un déluge seulement local, mais du déluge universel, est répandue par-tout malgré la distance des lieux & la diversité des mœurs & du langage. Les Chinois même, à travers toutes leurs fables, en ont laissé subsister la mémoire dans leurs annales, comme on y retrouve aussi, dans le regne qu'on prête à leurs premiers Empereurs, la longue vie des

---

* Voyez pour les citations M. Bossuet, *Discours sur l'Histoire Universelle, pag.* 11. *édit. de* 1744; & pour les textes mêmes des Auteurs Payens de différentes Nations, voyez Grotius, *de Verit. Relig. Christ. liv.* 1. §. 16. Voy. aussi, pour des temps moins reculés l'*Histoire moderne, pour servir de suite à l'Histoire Ancienne de M. Rollin*, par M. de Marcy, qu'on n'accusera pas d'être trop favorable à la Religion Chrétienne : On est étonné d'y trouver si fréquemment parmi les Peuples les moins connus autrefois, ou même nouvellement découverts, les traditions les plus conformes à ce que nos Livres Saints nous apprennent.

O ij

premiers hommes. Jusques dans le Nouveau Monde, un événement si prodigieux, & si différent de toute autre révolution, a laissé parmi les nations les traces les plus profondes. A la tradition & à l'histoire se joignent en faveur du déluge les plus saines observations de la Physique, malgré toutes les explications contraires qu'on a voulu donner des monumens qu'elle nous en offre de toute part. Un déluge particulier n'explique point ces coquillages, ces poissons de mer pétrifiés, ces plantes étrangeres empreintes sur des pierres, médailles toujours subsistantes du déluge universel (*l*), dispersées dans tout le globe de la terre, & qui des contrées les plus éloignées ont été transportées sur les plus hautes montagnes, sur le penchant des collines, & dans le fond des vallées. La terre sortie du sein des eaux, la mer se creusant un lit au milieu d'elle & formant des montagnes, cet antique système (*m*), en flattant notre curiosité par une foule de suppositions ingénieuses, n'explique d'une

maniere satisfaisante pour la raison, ni
l'état du globe terrestre, ni la formation
de l'homme, ni son état actuel. A quoi
serviroit d'ailleurs d'élever des montagnes, de creuser des bassins, par le seul
mouvement des eaux ? On retrouveroit
toujours la même quantité d'eau, la
même quantité de terre ; celle - ci seroit
donc toujours couverte d'eau comme
dans l'origine du monde, & le niveau
de la mer n'auroit pas baissé d'une ligne *.
De quelque côté qu'on se tourne, il est
donc plus naturel, plus raisonnable d'en
revenir au récit de Moyse (n). Il ne nous
offre pas, il est vrai, des systêmes hardis,
mais sans fondement, des hypothèses
brillantes, mais que l'imagination seule
a enfantées ; ce sont, je le répete, les

---

* C'est ce que l'Auteur des *Lettres à un
Américain* a si bien démontré. Voyez la troisieme Lettre & les suivantes qui embrassent
tout le systême, ainsi que les preuves du déluge par les monumens physiques.

faits les plus conformes à la raison qu'il nous présente; ils sont exprimés dans un style simple, mais grand dans sa simplicité; & ce que je remarque dans toute l'écriture, c'est cette élevation, jointe à une onction douce & tendre qui ne se trouve qu'en elle (*o*).

Eh, mon fils, si Moyse n'eût été qu'un inventeur, où eût-il pris, dans les anciens temps, toutes ces idées nettes & précises sur les objets les plus intéressans, tout ce tissu de faits si bien liés, tout ces détails immenses & si suivis, tous ces calculs si difficiles, si nombreux, & au fond si justes & si vrais, toutes ces notions si grandes, si lumineuses, si sublimes sur la nature de Dieu, de l'Etre existant par lui-même, *je suis celui qui suis;* sur les caracteres de sa puissance, *il dit que la lumiere se fasse, & elle a été faite;* sur tous ses attributs de sainteté, d'amour pour l'ordre & pour le bien, qui éclatent de toute part dans les livres de cet homme si hautement inspiré? Où eût-il pris tous ces rapports avec l'histoire des autres peuples & la fondation des premiers Empires ; tous ces détails de géographie , de chronologie , disons-le même, d'histoire naturelle, que les plus profondes recherches & les plus savantes difcuffions n'ont pu encore parvenir à démentir d'une maniere folide & raifonnable, mais au contraire, confirment plus fortement de jour en jour * ? Où eût-il pris les promeffes fi importantes faites à Abraham, fi bien vérifiées dans toutes leurs parties, & fi hautement atteftées par la féparation & par la confervation des deux familles d'Ifaac & d'If-

---

* A l'égard de l'Aftronomie , on trouve fingulier que Moïfe ne parle pas de la difpofition du ciel & du cours des aftres comme Copernic & Galilée, mais comme on en parle communément ; & on ne voit pas que , l'Aftronomie étant abfolument étrangere à fon objet, la raifon même demandoit qu'il conformât fon langage fur ce point aux idées reçues , & qu'il parlât du cours du foleil comme les autres hommes.

maël depuis plus de 3500 ans * ? Où cet
Ecrivain eût-il pris la naïveté de ses récits, & tous les caracteres de vérité qui
les accompagnent ?

C'en est assez, sans doute, pour te forcer de reconnoître l'authenticité, comme
l'intégrité, de nos premiers livres sacrés.
C'est assez de tout ce que nous venons
de dire pour te faire avouer que la religion chrétienne, en la considérant, comme nous le ferons bientôt, dans sa liaison
nécessaire avec l'ancien Testament, renferme déja le premier caractere de vérité
que nous avons assigné. En effet, le plus
ancien de tous les peuples me présente
un livre, qui a pour lui des preuves ma-
nifestes de la plus haute antiquité, & qui
renferme les faits les plus anciens ; ce
peuple, ce livre & ces faits éclatans me
ramenent à la plus ancienne religion ; &

---

* Voyez le développement & l'accomplisse-
ment admirable de ces promesses dans M.
Pluche. *Préparation Evangélique, premiere
partie, pag.* 150 & *suivantes.*

cette religion , selon le langage du peuple
chrétien , ne fait qu'un corps avec la
sienne. A ce premier titre , mon fils,
qu'elle doit déja ce paroître respectable !
Mais pour lui confirmer ce titre & lui
assurer ton respect, examinons si la liaison de l'ancienne alliance avec la nouvelle , de la religion des Hébreux avec
celle des Disciples de J. C. , est telle que
le Chrétien le prétend ; si elle donne au
christianisme le caractere de l'unité, le
caractere de la perpétuité ; après quoi nous
finirons par l'examen de son excellence
ou de sa sainteté : & si elle réunit ces
trois caracteres au premier , ô mon fils ,
que lui manquera-t-il pour être à tes yeux
une religion toute divine , & pour mériter de ta part le plus humble & le plus
fidele hommage ?

Mais souffre, Valmont, que, me partageant entre toi & Emilie, je m'interrompe
en sa faveur. Je lui dois une réponse ,
& je m'empresse à la lui faire. Nos
deux époux t'écrivent , ainsi qu'à leur

O v

tendre amie, par le même courier que
moi *.

---

* Leurs Lettres, comme plufieurs autres
dont il a été fait mention, ne fe font point
trouvées avec celles du Marquis.

NOTES.
PAGE 283.

(a) PROUVENT affez leur nouveauté.
» Les Américains font des peuples nouveaux :
Il me femble qu'on ne peut pas en douter,
lorfqu'on fait attention à leur petit nombre,
à leur ignorance, & au peu de progrès que
les plus civilifés d'entre eux avoient fait dans
les arts : car quoique les premieres relations
de la découverte & des conquêtes de l'Amérique nous parlent du Mexique, du Pérou,
de S. Domingue, &c. comme de pays très-
peuplés, qu'elles nous difent que les Ef-
pagnols ont eu à combattre par-tout des armées très-nombreufes, il eft aifé de voir
que les faits font fort exagérés ; premierement par le peu de monumens qui reftent
de la prétendue grandeur de ces Peuples ;

secondement par la nature même de leur
pays, qui, quoique peuplé d'Européens,
plus industrieux sans doute que ne l'étoient
les Naturels, est cependant encore sauvage,
inculte, couvert de bois, & n'est d'ailleurs
qu'un grouppe de montagnes inaccessibles,
inhabitables, qui ne laissent par conséquent
que de petits espaces propres à être cultivés
& habités; troisiemement par la tradition même de ces peuples sur le temps qu'ils se sont
réunis en société : les Péruviens ne comp-
toient que douze Rois, dont le premier
avoit commencé à les civiliser. (Voyez l'*Histoire des Incas par Garcillasso*, &c. *Paris*,
1744.) Ainsi il n'y avoit pas 300 ans qu'ils
avoient cessé d'être, comme les autres, entiérement sauvages; quatriémement par le
petit nombre d'hommes qui ont été employés à faire la conquête de ces vastes
Contrées : quelque avantage que la poudre
à canon pût leur donner, ils n'auroient jamais subjugué ces peuples, s'ils eussent été
nombreux; une preuve de ce que j'avance,
c'est qu'on n'a jamais pu conquérir le pays
des Nègres, ni les assujettir, quoique les
effets de la poudre fussent aussi nouveaux &
aussi terribles pour eux que pour les Améri-

cains. La facilité avec laquelle on s'eſt emparé de l'Amérique me paroît prouver qu'elle étoit très-peu peuplée, & par conſéquent nouvellement habitée. « M. de Buffon, Hiſt. Nat. tom. 5. Diſcours ſur les Variétés de l'Eſpece humaine.

PAGE 284.

(b) *Le peu de fonds qu'on doit faire ſur leur authenticité.* Les Annaliſtes mêmes de la Chine ne conviennent pas entre eux. Sumaquam, un des plus célebres, ne fait commencer leur Empire qu'à Hoang-ti, 250 ans plus tard que Fo-hi, qui, ſelon beaucoup d'autres, eſt leur premier Empereur, & dont les temps concourent avec celui de Noé.

La durée de cette rapſodie Chinoiſe, qu'on peut auſſi-bien, dit M. Pluche, ſe diſpenſer d'examiner que l'époque d'Oſiris & de Ménès, ſe trouve avoir ſon commencement en-deça du déluge, &, a été raccourcie de plus de ſix cens ans par M. Caſſini, qui a démontré cette mépriſe par la comparaiſon des éclipſes que les Chinois caractériſent, avec celles que nos Aſtronomes ont ſuivies.

Ceux, dit un des Auteurs du Journal des Savans, (Mars 1758) qui s'appuient ſur la

Chronologie Chinoise, ne la connoissent point encore, & ils ne peuvent juger de l'authenticité des anciens monumens sur lesquels elle est fondée : ces monumens, dont nous pouvons parler avec certitude, puisque nous les avons examinés, ne nous présentent qu'une chronologie remplie de contradictions. Les observations astronomiques dont elle est accompagnée paroissent être empruntées des Grecs. Il est singulier que ce peuple, si attentif à les communiquer, les ait omises, ou au moins ne parle que d'un très-petit nombre, depuis l'établissement de la Nation, jusques vers l'an 700, & que tout-à-coup, après l'époque de Nabonassar, il en cite une foule. On est porté à croire qu'il y a ici un Plagiat, comme on en apperçoit dans quelques autres circonstances.

» D'ailleurs, quel fonds peut-on faire, dit M. Goguet, sur la certitude de la Chronologie Chinoise pour les premiers temps, lorsqu'on voit ces Peuples avouer unanimement qu'un de leurs plus grands Monarques, ennemi par intérêt des traditions anciennes & de ceux qui pouvoient les savoir, fit brûler tous les livres qui ne traitoient ni d'agriculture, ni de médecine, ni de divination,

anéantit tous les monumens, & s'attacha
pendant plusieurs années à détruire tout ce
qui pouvoit rappeller la connoissance des
temps antérieurs à son regne. Quarante ans
environ après sa mort, on voulut rétablir
les monumens historiques. Pour cet effet on
recueillit, dit-on, les oui-dire des vieillards,
on déterra quelques fragmens de livres échap-
pés à l'incendie général, on rejoignit comme
l'on pût ces différens lambeaux, & du tout
on tâcha de composer une Histoire suivie.
Ce ne fut néanmoins que 500 ans après la
destruction des monumens, c'est-à-dire, l'an
37 avant Jésus-Christ, qu'on vit paroître un
corps complet de l'ancienne Histoire. L'Auteur même Se-ma-Tsien qui la composa,
eut la bonne foi d'avouer qu'il ne lui avoit
pas été possible de remonter avec certitude
800 ans au-delà du temps auquel il écrivoit.

» Tel est l'aveu unanime que font les Chinois : je laisse à juger, après un pareil fait,
de la certitude de leur ancienne Histoire. Aussi
éprouve-t-on, lorsqu'on veut la traiter, des
difficultés & des contradictions insurmontables.
Les différences qu'on remarque dans les époques principales, prouvent que l'Histoire des
Chinois n'a aucune supériorité ni aucun avan-

rage sur les autres Histoires profanes. Il y
regne une incertitude semblable à celle que
les Chronologistes éprouvent dans leurs recherches sur l'Histoire des Babyloniens, des
Egyptiens, & sur celle des premiers Rois
de la Grece. D'ailleurs elle est également
dénuée de faits, de circonstances & de détails.

» A l'égard des observations astronomiques dont on a cherché à étayer les préten-
dues antiquités Chinoises, la supposition est
si sensible, qu'elle a été apperçue par quelques Lettrés, malgré le peu d'idée qu'en
général les Chinois ont de la Critique. On
peut assurer hardiment que jusqu'à l'an 206
avant Jésus-Christ, leur Histoire ne mérite
aucune croyance. C'est un tissu perpétuel de
fables & de contradictions; c'est un chaos
monstrueux dont on ne sauroit extraire rien
de suivi & de raisonnable. « *Origine des
Loix, par M. Goguet, t. 3, troisieme Dissertation.*

Consultez aussi l'*Histoire Universelle par
une Société de Gens de Lettres, traduite de
l'Anglois.* Vous y verrez ce que cette Société de Savans pense de ces Annales du
Peuple Chinois. Vous y verrez de plus avec

étonnement l'affinité fenfible & très - bien
prouvée qui fe trouve entre Fo-hi & Noé.
Car premierement, les Chinois difent que
Fo-hi n'eut point de *pere*; Noé fut le premier homme de la terre après le déluge;
fes ancêtres périrent dans les eaux, & comme leur mémoire ne s'étoit point confervée
dans la tradition des Chinois, il paffe pour
n'avoir point eu de pere. Secondement, les
Chinois prétendent que *la mere de Fo-hi le*
conçut environné de l'arc-en-ciel; cette idée
doit probablement fon origine à ce que Dieu
donna l'arc-en-ciel pour un figne de réconciliation à Noé & à fa poftérité. Troifiémement, *Fo-hi éleve avec foin des animaux*
de fept efpeces différentes qu'il avoit coutume
de facrifier au Chang-ti, ou fouverain Efprit
du Ciel & de la Terre; & Moyfe nous
apprend que Noé prit avec lui dans l'Arche
fept bêtes non impures de chaque efpece,
& qu'après le déluge il prit de toutes bêtes
pures & de tous les oifeaux purs, & en
offrit des holocauftes. Quatriémement les
Chinois dérivent le nom de *Fo-hi* des offran-
des qu'il fit, & Moyfe dit que Noé fut ainfi
nommé à caufe que par fon offrande il obtint de Dieu pour les hommes la permiffion

de manger de la chair. Obſervez enfin que le mot *Puon-ku*, dont ſe ſervent les Chinois, ſignifie exactement *l'ancien ou l'aîné de l'arche du vaiſſeau*. Les Chinois entendent donc par ce mot un homme ſauvé des eaux, & l'aîné ou le plus vieux de ceux qui furent ſauvés avec lui.

Liſez encore ſur-tout ceci, *l'Hiſtoire d'Yu le Grand & de Confucius*, par M. le Clerc, *ancien Médecin des Armées du Roi*, imprimée à Soiſſons en 1769, & remarquez avec l'Auteur de cette intéreſſante Hiſtoire la reſſemblance qui eſt entre les anciens caracteres Chinois & les Hiéroglyphes Egyptiens, ainſi que le très-grand rapport qui, ſelon le témoignage de M. l'Abbé Barthelemi, dans un Mémoire lu à l'Académie des Belles-Lettres, le 18 Avril 1767, ſe trouve entre l'ancienne Langue Egyptienne, l'Hebreu & le Chinois.

Voyez en dernier lieu le *Mémoire* de M. de Guignes, de l'Académie des Inſcriptions & Belles-Lettres, imprimé chez Deſaint & Saillant; *dans lequel*, en inſiſtant ſur cette conformité, *on prouve que les Chinois ſont une Colonie Egyptienne*. Les ſavans Anglois, Auteurs de l'Hiſtoire Univerſelle, prétendent au contraire que les Egyptiens viennent des Chinois, & que ceux-ci, comme le prétend aussi M. Dorigny, *Chronol. des Rois Egyp.* *t.* 2. *p.* 326, doivent leur origine à la Colonie que Noé conduisit dans cette partie de l'Orient, avant la construction de la tour de Babel. Quoi qu'il en soit de ces deux sentimens, & de la comparaison de l'Ecriture symbolique des Chinois avec les Hiéroglyphes Egyptiens, il reste suffisamment établi que les Annales Chinoises, réduites à leur juste valeur, bien loin d'être incompatibles avec les livres des Hébreux, serviroient plutôt, par ce qu'elles ont de plus authentique, à les confirmer. (Voyez M. Dorigny, *t.* 2, *p.* 339, *& tout le chap.* *7 de la quatrieme section.*)

I B I D.

(c) *Aux Indes enfin*, &c. Ce n'est plus en effet des Chinois seulement que l'on vante l'antiquité : c'est parmi les Indiens qu'on va chercher la Nation la plus ancienne ; c'est aux Indes que l'on prétend trouver le pays le plus anciennement policé. Les Bramines, dit-on, qui entretiennent dans le peuple la plus stupide idolâtrie, ont cependant entre

feurs mains l'un des plus anciens livres du
monde, écrit par leurs premiers Sages, &
dans lequel on ne reconnoît qu'un seul Etre
suprême. Ce livre est le *Vedam*, dont nos
Philosophes relevent si fort la morale & les
dix beaux préceptes. Malheureusement, &
en dépit de si fermes assertions, il est reconnu que le *Vedam*, rempli d'ailleurs d'absurdités & d'impuretés, n'est qu'une corruption assez moderne du *Shastah*; & le *Shastah*
lui-même, le plus ancien & le plus raisonnable livre des Indiens, quels garants a-t-il
de sa haute antiquité?

Sur l'Histoire ancienne des Indiens, voyez
les recherches de l'Auteur de l'*Histoire Moderne pour servir de suite à l'Histoire Ancienne
de M. Rollin*, tom. 3, §. 2 & 3, ou l'*Histoire Universelle par une Société de Gens de
Lettres*, liv. 10; & vous remarquerez toujours
l'accord qui se trouve entre l'Histoire sacrée
& l'Histoire profane dans ce que celle-ci a
de plus certain.

PAGE 285.

(d) *Les Egyptiens & leurs Dynasties confuses*. Parmi les preuves qui se présentent
de toute part du concert admirable qui se

trouve entre les livres de Moyse & l'Histoire des autres Peuples dans ce qu'ils nous ont laissé de plus avéré, on ne doit pas omettre celle que nous offre M. Dorigny dans sa *Chronologie des Rois du grand Empire des Egyptiens*, 2 *vol. in-*12, *chez Vincent, Libraire.*

La plupart des Chronologistes, travaillant d'après un plan général & un système de chronologie tel que chacun d'eux se l'étoit formé, faisoient à l'égard des Dynasties des Rois d'Egypte ce que tout faiseur de système fait ordinairement des matériaux qu'il a sous les yeux ; il les arrange, les combine bien moins selon leur vrai rapport, que selon la méthode qui cadre le mieux avec son système particulier. M. Dorigny a pris une toute autre route ; sans former de système, il s'est attaché, avant toute chose, à bien étudier le rapport que les Dynasties ont entre elles & avec l'Histoire des autres Nations. Convaincu qu'elles ne peuvent pas comme une boule de cire recevoir toutes les formes qu'on voudroit leur donner, & que l'ordre qui leur appartient ne peut être arbitraire, il commence par en fixer le nombre d'après les titres mêmes qu'elles ont dans la liste gé-

nérale de Manéthon , ce monument précieux
qui conferve dans fon entier la Chronologie
de l'Empire Egyptien. Comme il y trouve
huit de ces titres particuliers qui nous apprennent fur lequel des Etats chaque Dy-
naftie a regné, il en conclut , avec le plus
jufte fondement, que cette lifte comprend
les Rois de huit Principautés , indépendamment de celle de Thebes , affujettie depuis
fi long-temps , & fans doute oubliée en quelque façon dans la baffe Egypte où Manéthon étoit né , mais dont Eratofthene a
dreffé la Chronique d'après les Commentaires
anciens dont il étoit le dépofitaire ; ce qui
fait en tout neuf Dynafties au lieu de quatre
auxquelles on les avoit réduites. En fecond
lieu , il donne à ces Dynafties le même ordre qu'elles ont dans la Chronique de Manéthon , à laquelle il laiffe fa forme naturelle , & évite , en s'y attachant uniquement , tous les écueils où jufqu'ici les Chro-
nologiftes ont échoué. Troifiémement , retranchant les regnes des Dieux , puifque tous les
Auteurs qui parlent de cette Chronique & en
reconnoiffent la fidélité , s'accordent tous
également à mettre au rang des fables la
partie où Manéthon fait entrer les regnes de

ces Dieux, prétendus Rois; il fixe les principales époques de l'Histoire des Egyptiens,
telles que celle de Ménès, fondateur de la
Monarchie, & le même que Mezraïm, fils
de Cham, celle de Séfoftris, qui a regné
fur toute l'Egypte, celle de Pfamménit,
fous lequel l'empire a été détruit par Cam-
byfe; & ces mêmes époques il les détermine relativement à celles de l'Histoire des
autres Nations, & felon les rapports les plus
certains, confirmés par Hérodote, Diodore
de Sicile, Jofeph, &c. qui femblent à l'envi lui offrir des autorités.

D'après cette marche fi fimple & fi belle,
il nous montre, comme le réfultat de fes
opérations, & fans le devoir à aucun fyftême, la correfpondance la plus exacte entre
fa Chronologie & celle du texte Hébreu, telle
que nous l'offre la Vulgate.

Il indique en même-temps, au commencement de fa Préface, la caufe toute naturelle de cette différence de calcul qui fe
rencontre entre les Septante, les Samaritains
& les Hébreux.

PAGE 296.

(e) *Quelques changemens faits par des*

Copiſtes, &c. » On veut trouver dans le Pentateuque, dit l'Auteur du Journal de Trévoux, des anachroniſmes ; mais on oublie que Moyſe n'étoit pas moins le Prophète que le Légiſlateur de ſon Peuple. On critique l'anticipation des noms, qui ne furent donnés aux Villes qu'après la mort de Moyſe ; mais outre qu'elles peuvent être ainſi nommées par prédiction, comme Cyrus le fut par ſon nom deux ſiecles environ avant ſa naiſſance, ſeroit-il contre la pureté & l'intégrité du texte, que les reviſeurs & les copiſtes, pour le rendre plus intelligible, euſſent remplacé par des noms plus connus les noms donnés anciennement aux Villes dans le Pentateuque ? On voudroit qu'une Religion céleſte dans ſon origine, ſon objet & ſa fin, ne fît point venir à l'appui de ſes Loix des récompenſes & des châtimens temporels ; mais le génie du Peuple, la nature du Gouvernement Théocratique, dont Moyſe étoit le Miniſtre, n'exigeoient-ils pas ces reſſorts pour contenir un Peuple dont les révoltes réitérées nous prouvent aſſez la groſſiereté & l'inconſtance ? Ce que nous liſons de la Vie de ſes Patriarches nous apprend que ce Peuple n'a pu ignorer les promeſſes de

sa Religion pour l'autre vie, consignées dans
le dépôt des saintes Ecritures; & sa conduite nous démontre que cette croyance n'é-
toit pas un frein pour la dureté de son caractere. « (Voyez les *Preuves de la Religion*, *par M. le François*, *t.* 2, *sect.* 2,
c. 4.)

IBID.

(f) *Quelques variantes*, *qui*, *par le peu
d'importance des objets*, *&c.* J'ai vu bien des
incrédules tirer avantage de ce qu'on leur
avouoit que, sur des objets peu importans,
quelques fautes avoient pu se glisser dans le
texte, par la faute des Copistes, par le
grand nombre de mains par lesquelles ces
Livres ont passé, par la facilité des méprises
en genre de calcul, puisqu'un point de plus
ou de moins sur une des lettres numérales
forme dans l'Hébreu une différence considé-
rable. Mais ce triomphe est bien mal fondé;
car enfin des textes peu essentiels pour le
fonds, ne concluent rien contre ceux qui
sont de quelque importance pour les faits,
ou qui intéressent le dogme & la morale;
& en voici la raison : c'est que ceux-ci sont
soutenus d'une tradition constante, sont ap-
puyés sur des monumens certains, sont sensibles

fibles pour tous & ne donnent par-là aucun lieu aux inattentions & aux incorrections, font liés d'ailleurs aux autres parties de la Religion, & forment un tout complet avec elle.

PAGE 306.

(g) *Fait fortir l'homme*, &c. On forme contre cette premiere origine de tout le genre humain, deux difficultés : l'une eft la différence des Blancs & des Négres, qui prouve, dit-on, que tous les hommes ne fortent pas d'un premier homme ; l'autre eft le peu de communication qu'il y avoit entre les hommes de l'ancien Continent & ceux du nouveau. M. de Buffon répond abondamment à ces deux objections ; à la premiere, par une defcription exacte des différens peuples qu'on nous oppofe. Il fait voir quelles font en eux les raifons de cette variété de couleurs, & conclut de cette maniere : » Tout concourt donc à prouver que le genre humain n'eft pas compofé d'efpeces effentiellement différentes entre elles, qu'au contraire il n'y a eu originairement qu'une feule efpece d'hommes, qui, s'étant multipliée & répandue fur toute la furface de la terre, a fubi différens changemens par l'influence du climat, par la dif-

Tome II.   P

férence de la nourriture, par celle de la maniere de vivre, par les maladies épidémi-
ques, & aussi par le mélange varié à l'infini
des individus plus ou moins ressemblans ;
que d'abord ces altérations n'étoient pas si
marquées & ne produisoient que des variétés
individuelles ; qu'elles sont ensuite devenues
variétés de l'espece, parce qu'elles sont devenues
plus générales, plus sensibles & plus constantes par l'action continuée de ces mêmes
causes ; qu'elles se sont perpétuées & qu'elles
se perpétuent de génération en génération,
comme les difformités ou les maladies des
peres & meres passent à leurs enfans; &
qu'enfin, comme elles n'ont été produites originairement que par le concours de causes
extérieures & accidentelles, qu'elles n'ont
été confirmées & rendues constantes que
par le temps & l'action continuée de ces
mêmes causes, il est très - probable qu'elles
disparoîtroient aussi peu - à - peu & avec le
temps, ou même qu'elles deviendroient différentes de ce qu'elles sont aujourd'hui, si
ces mêmes causes ne subsistoient plus, ou si
elles venoient à varier dans d'autres circonstances & par d'autres combinaisons. « Fin
du *Discours sur la Variété dans l'Espece
humaine.*

Pour la seconde difficulté, voici ce que
dit le même Auteur : » Quant à leur premiere
origine, je ne doute pas, indépendamment
même des raisons théologiques, qu'elle ne
soit la même que la nôtre ; la ressemblance
des Sauvages de l'Amérique Septentrionale
avec les Tartares Orientaux doit faire soup-
çonner qu'ils sortent anciennement de ces
Peuples : les nouvelles découvertes que les
Russes ont faites au-delà de Kamtschatka
de plusieurs terres & de plusieurs isles, qui
s'étendent jusqu'à la partie de l'Ouest du
Continent de l'Amérique, ne laisseroient
aucun doute sur la possibilité de la communication, si ces découvertes étoient bien cons-
tatées, & que les terres fussent à-peu-près
contiguës ; mais en supposant même qu'il y
ait des intervalles de mer assez considérables, n'est-il pas très-possible que des hommes aient traversé ces intervalles, & qu'ils
soient allés d'eux-mêmes chercher ces nouvelles terres, ou qu'ils y aient été jettés
par la tempête ? Il y a peut-être un plus
grand intervalle de mer entre les Isles Marianes & le Japon, qu'entre aucune des terres
qui sont au-delà de Kamtschatka & celles de
l'Amérique, & cependant les Isles Marianes

se sont trouvé peuplées d'hommes qui ne peuvent venir que du Continent Oriental. Je serois donc porté à croire que les premiers hommes qui sont venus en Amérique , ont abordé aux terres qui sont au Nord-Ouest de la Californie ; que le froid excessif de ce climat les obligea à gagner les parties plus méridionales de leur nouvelle demeure ; qu'ils se fixerent d'abord au Mexique & au Pérou, d'où ils se sont ensuite répandus dans toutes les parties de l'Amérique Septentrionale & Méridionale : car le Mexique & le Pérou peuvent être regardés comme les terres lès plus anciennes de ce Continent, & les plus anciennement peuplées , puisqu'elles sont les plus élevées , & les seules où l'on ait trouvé des hommes réunis en société. " *Même Discours , vers la fin.*

PAGE 308.

(h) *Ici , comme sur-tout le reste, les critiques les plus éclairés & les plus savans sont pour lui.* » Moïse , qui connoissoit si bien les titres Égyptiens , ne craint pas de faire remonter l'origine du genre humain au seul Adam. Il en fixe le berceau, les âges & les générations. Tous partent de Babel , 800

ans avant lui. Il ne s'embarraſſe pas comment ils ont paſſé les mers , pourquoi les
uns ſont blancs , les autres noirs : or l'Hiſtoire confirme ſon récit. La plaine de Sen-
naar , au confluent du Tygre avec l'Euphrate ,
la beauté , la fertilité de ce pays plat , l'aſ-
phalte & le bitume naturels au ſol , ſont
atteſtés par Ammien Marcellin qui ſuivoit
l'Empereur Julien , & par Pline & Ptolomée.
La Tour du ralliement , la confuſion , l'origine des langues , la diſperſion des hommes , tout cela eſt connu & devance les
Hiſtoires. De la Chaldée , tous , ſelon les
deſſeins de Dieu , vont peupler les climats
éloignés. Chaque Colonie , unie par ſon
langage , s'arrête & ſe fixe : ailleurs on ne
les entendroit pas. Tout part de l'Orient &
ſe répand au Midi , à l'Occident & au Nord.
Les trois premieres Colonies ſe multiplient en
paix ſur les côtes de l'Aſie , en Egypte &
à la Chine. Tous conſervent la premiere
tradition , dont on reconnoît les traces dans
les fables mêmes qui l'ont altérée. Les autres Colonies , diſperſées & ſéparées de toute
ſociété avec les premieres , tomberent dans
un abrutiſſement & une barbarie dont
elles ne ſont ſorties que par leur commerce
ouvert avec l'Orient , qui fut toujours le ſiege

des Sciences & des Arts, d'où ils fe font
toujours répandus dans le refte du monde,
comme l'Hiftoire l'attefte. Tout concourt donc
à certifier le récit de Moïfe ; la Géographie
même eft pour lui ; tout y eft placé dans fes
vraies pofitions locales. Moïfe eft bien plus
exact qu'Homere & Tite-Live ; & 1500 ans
avant Augufté, il ofe raconter l'enfance du
monde, & partager la terre entre les fils &
petits-fils de Noé. Japhet va au Nord de
l'Afie dans les Pays maritimes de l'Europe ;
Cham au Midi & dans l'Afrique ; c'eft le
Hamon des profanes : Sem refte en Afie, en-
deçà & au-delà de l'Euphrate. Ce partage
fe trouve chez les Poëtes dans le fatras de
leurs Fables.

Moïfe place tous les autres dans leurs can-
tons, y affigne les Peres des Peuples divers
& les fondateurs des Nations connues. Lui
feul a pu avoir ce détail précieux, ou par
révélation, ou par une tradition fidéle : il
eft donc le feul à confulter comme le flambeau de l'érudition hiftorique. Les Auteurs
profanes nous mettent ou nous laiffent dans
les ténebres. L'Écriture feule nous montre
les lieux, les dates, les coutumes & les
faits. Dans le récit de Moïfe, tout eft lié &

fuivi ; dès la naiffance du monde Adam eft créé pour Dieu ; il fort de l'ordre, il eft puni ; mais il lui refte un culte & une ef-pérance. La terre eft noyée pour fes cri-mes ; mais elle eft bientôt repeuplée : les cœurs fe dépravent encore ; mais Dieu met à part un Peuple qui conferve la pureté de fon culte & de fes oracles ; il lui donne une Loi ; il lui confie les promeffes du falut. Mettez à côté de cette Hiftoire les Fables Payennes, les Hiftoires Egyptiennes, Chi-noifes, & jugez. *Dictionnaire Antiphilofo-phique*. Article *Moïfe*.

Je crois pouvoir ajouter ce morceau de M. Pluche, qui prête un nouveau jour à des ob-jets fi intéreffans. » Un autre moyen, dit-il, de fentir la juftefle de ce récit (du Lé-giflateur des Juifs) confifte en ce que la di-verfité des langues s'accorde avec les dates de Moïfe : cette diverfité devance toutes nos Hiftoires connues, & d'une autre part, ni les pyramides d'Egypte, ni les marbres d'A-rondel, ni aucun monument qui porte un caractere de vérité, ne remonte au deffus. Ajoutons ici que la réunion du genre humain dans la Chaldée avant la difperfion des Co-lonies, eft un fait très-conforme à la marche qu'elles ont tenue : tout part de l'Orient, les Hommes & les Arts ; tout s'avance peu-à-peu vers l'Occident, vers le Midi & vers le Nord. L'Hiſtoire montre des Rois & de grands établiſſemens au cœur & ſur les côtes de l'Aſie , lorſqu'on n'avoit encore aucune connoiſſance d'autres Colonies plus reculées : celles-ci n'étoient pas encore, ou elles travailloient à ſe former. Si les peuplades Chinoiſe & Egyptienne ont eu de très-bonne heure plus de conformité que les autres avec les anciens habitans de Chaldée , par leur inclination ſédentaire , par leurs figures ſymboliques, par leurs connoiſſances en Aſtronomie , & par la pratique de quelques beaux Arts , c'eſt parce qu'elles ſe ſont tout d'abord établies dans des Pays excellemment bons, où n'étant traverſées ni par les bois , qui ailleurs couvroient tout , ni par les bêtes qui troubloient tous les établiſſemens à l'aide des bois , elles ſe ſont promptement multipliées, & n'ont point perdu l'uſage des nouvelles inventions. La haute antiquité de ces trois peuples , & leur reſſemblance en tant de points , montre l'unité de leur origine & la ſinguliere exactitude de l'Hiſtoire ſainte. L'état des autres peuplades fut fort différent de l'état de celles qui s'arrêterent de bonne heure dans les riches campagnes de l'Euphrate , du Kian & du Nil. Concevons ailleurs des familles vagabondes qui ne connoissent ni les lieux , ni les routes , & qui tombent à l'aventure dans un pays misérable où tout leur manque. Point d'instrumens pour exercer ce qu'elles pouvoient avoir retenu de bon ; point de consistance ni de repos pour perfectionner ce que le besoin actuel pouvoit leur faire inventer. La modicité des moyens de subsister les mettoit souvent aux prises ; la jalousie les entre-détruisoit ; n'étant qu'une poignée de monde , un autre peloton les mettoit en fuite. Cette vie errante & long-temps incertaine , fit tout oublier. Ce n'est qu'en renouant le commerce avec l'Orient que les choses ont changé. Les Goths & tout le Nord n'ont cessé d'être barbares qu'en s'établissant dans la Gaule & en Italie. Les Gaulois & les Francs doivent leur politesse aux Romains. Ceux-ci avoient été prendre leurs loix & leur littérature à Athènes. La Grece demeura brute jusqu'à l'arrivée de Cadmus , qui y porta les Lettres Phéniciennes. Les Grecs enchantés de ce secours se livrerent à la culture de leur Langue , à la Poésie & au Chant. Ils ne

P v

prirent goût à la Politique, à l'Architecture,
à la Navigation, à l'Astronomie & à la Peinture, qu'après avoir voyagé à Memphis, à
Tyr & à la Cour de Perse. Ils perfection-
nent tout, mais n'inventent rien. Il est donc
aussi manifeste par l'Histoire profane que par
le récit de l'Ecriture, que l'Orient est la
source commune des Nations & des belles
connoissances. Nous ne voyons un progrès
contraire que dans des temps postérieurs où
la manie des conquêtes a commencé à re-
conduire des bandes d'Occidentaux en Asie. «

» J'ai vu des hommes plus que suspects
d'incrédulité, qui étoient singuliérement frap-
pés ou embarrassés de *l'exacte correspondance
qui se trouve d'âge en âge entre les différens
récits de la Bible & l'état contemporain de la
société.* Je les ai toujours trouvés inquiets
ou ébranlés à proportion de ce qu'ils avoient
d'érudition & de droiture dans l'esprit....

» Le Géographique est assurément la partie
de l'Ecriture la plus séche, & où il y ait le
moins de profit à faire pour les sentimens &
pour la conduite. On peut dire cependant que
cet article y est d'un prix inestimable, puisqu'il suffit pour constater la vérité des récits.
Le Géographique met tout en ordre & rend

la vérité palpable. Prenons le Pentateuque ou la Genese seule. Voyons l'origine & les premiers progrès des Nations. Dans le récit de Moïse on trouve, je l'avoue, des lieux & des peuples que l'éloignement des temps a obscurcis. Mais de tout ce qu'il nomme, ce qui est encore reconnoissable dans des temps postérieurs justifie sa narration par une étendue de connoissances, qui prouvent ou l'inspiration, ou le secours d'une tradition fidéle. Vous ne trouverez nulle part chez les Profanes une pareille exactitude. A tout pro-pos on se voit dans la nécessité de leur re-procher les fables ou les méprises, &c. *Spec-tacle de la Nature, t. 7. La Préparation Evangélique.*

P A G E 309.

(1) *La matiere, le monde, toutes les par-ties du monde ont donc été créées.* Supposons la matiere éternelle : & qu'on se rappelle ici ce qui a été dit dans la quatrieme Lettre. Premiérement rien n'a pu agir sur elle, si elle est éternelle par elle-même : chacune de ses particules ne peut rien recevoir, ni rien communiquer, rien perdre, ni rien acquérir; parce que tout en elle & dans toutes ses par-ties est dès-lors nécessaire par sa propre

P vj

eſſence. Rien ne pourroit donc être comme il eſt dans la nature. Secondement, ſi la matiere eſt éternelle par elle-même, elle a dû être de toute éternité en mouvement ou en repos. Si elle a été en mouvement, eſt-ce par elle-même, ou par une premiere cauſe? Par elle-même? le mouvement lui feroit donc eſſentiel, la communication du mouvement de chaque partie de matiere impoſſible, l'idée même du repos contradictoire. Par une premiere cauſe? Voilà donc le mouvement créé en elle. Si elle a été éternellement en repos, on fera la même demande. Eſt-ce par elle-même? Le repos lui feroit néceſſaire & le mouvement impoſſible. Par une autre cauſe? Voilà donc encore une fois une cauſe créatrice du mouvement dans la matiere.

Qu'on y faſſe attention, ceux qui ne veulent pas admettre une création dans le temps feront toûjours forcés, en remontant aux vrais principes, de l'admettre dans l'éternité, ce qui implique contradiction, puiſque c'eſt ſuppoſer dans l'éternité la production d'une choſe déja produite.

Ce qui effraye l'imagination, c'eſt ce quelque choſe ſorti de rien : mais il faut obſerver que ce n'eſt pas avec rien ou par rien

qu'il en eſt ſorti, dès que vous reconnoîtrez
une premiere cauſe, une puiſſance infinie,
qui renferme dans ſa fécondité le pouvoir
de créer. Or pour ſauver toutes les abſurdités
qui ſuivent de l'éternité de la matiere, il faut
bien admettre cette premiere cauſe, diſtinguée
de la matiere intelligente & libre, exiſtant par
elle-même, & ayant par ſa nature le pouvoir infini de créer, & la liberté de créer ou de ne créer
pas, de le faire dans un temps ou dans
un autre, & de la maniere qu'il lui a plu
de choiſir entre toutes les autres.

PAGE 310.

(k) *La raiſon toute ſeule nous rappelle
donc à la création du monde, à la création
du premier homme.* » Permettons un moment
à ceux qui ne veulent point voir l'action de
Dieu dans la nature, ou qui n'y veulent
que le mouvement une fois imprimé; per-
mettons-leur de former la terre de telle façon
qu'ils jugeront à propos: donnons-leur une
matiere abondante, un mouvement circulaire,
une durée toute auſſi grande qu'ils voudront:
qu'ils choiſiſſent ou des loix de Deſcartes ou
de celles de Newton. Voilà la terre formée
ſelon leurs idées. Mais cette terre eſt nue »

je n'y vois ni verdure ni habitans. Qu'on
mette ici en œuvre toutes les loix & toutes
les combinaisons des mouvemens : cette terre
ne fera jamais qu'un désert affreux. Si la
moindre plante y monte, si le moindre ver
y rampe, c'est à une intelligence, c'est à
une volonté particuliere qu'il en faut rapporter la structure & l'action. Le mouvement qui ne peut construire les anneaux &
les entrailles de ce ver, ni les organes de
cette plante, pourra-t-il donc ordonner
une terre & la rendre habitable ? pourra-t-il
en proportionner les différentes couches aux
besoins de ses habitans, lui départir sa juste
mesure d'air, d'eau & de feu ; la placer à
un tel point de distance à l'égard du soleil,
qu'elle ne soit ni glacée par trop d'éloignement, ni brûlée par une proximité trop
grande ? Si les plantes & les habitans de cette
terre y sont introduits par des volontés spé-
ciales, peut-on douter que la même sagesse
qui a créé les plantes & les animaux, ne
leur ait préparé, par une volonté aussi ex-
presse, un terrein propre, & une demeure
conforme à leurs besoins ? Cette terre, si
elle étoit composée selon les idées des Philosophes, assembleroit autour d'un centre

commun plusieurs couches de matiere rangées l'une fur l'autre, felon leur pefanteur
fpécifique, c'eft-à-dire, les plus pefantes
par-deffous, & les plus légeres par-deffus.
Mais elle feroit fans utilité, parce qu'elle
feroit fans organes. Point d'atmofphere dont
elle pût reffentir tour-à-tour la pefanteur &
le reffort. Point de diverfité dans la couche
extérieure pour fe proportionner à la diverfité des graines. Point de baffin creufé pour
être le réceptacle du fel & des eaux, fi néceffaires à la fécondité de la furface. Point
de montagnes pour recueillir l'évaporation de
la mer, & pour précipiter de haut les fleuves
fur les plaines. Point de corps d'arênes préparés pour contenir long-temps les eaux des
fontaines. Point de corps de glaife pour foutenir & arréter les eaux dans les arênes.
Point d'eaux fouterraines pour voiturer de
côté & d'autre le fel, le bitume, le fable,
le limon, le vitriol, le mercure & les fou-
fres, dont la difperfion, le concours & la
fermentation pourront former enfuite, ici
des eaux minérales, ou des bains chauds ;
là des pierres précieufes ; ailleurs des pierres à bâtir, & peut-être des métaux. Comment fe perfuadera-t-on qu'une méchanique &

des opérations fi fupérieures à toutes nos connoiffances fe pourroient exécuter dans les croû-
tes maffives de notre foleil obfcurci? Cette terre
philofophiquement conftruite ne fera donc
propre à rien, & l'appareil merveilleux des
organes de notre globe, démontre non une
croûte, une tache, ou un accident arrivé
dans la nature, mais une création expreffe
& un arrangement plein de deffeins & de
précautions. Le fpectacle de la nature eft
donc fur ce premier point parfaitement d'accord avec le récit de Moïfe. « *M. Pluche,*
L'Ufage du Spectacle de la nature, à la fin
du troifieme volume.

» Notre terre, dit-on, eft peut-être une
maffe détachée d'un corps célefte, ou le réfultat d'une de ces taches que les Aftrono-
mes obfervent fur le difque du foleil, lefquelles ont pu fe détacher & former de nouvelles planetes.... Réfutons cette conjec-
ture en paffant, ne fût-ce que pour montrer
le danger de prendre pour guide fon imagination dans la carriere des vérités géométriques. Il a été démontré par Newton
qu'un corps détaché par une force de pro-
jection d'un autre corps, qui l'attire fuivant
les regles de la gravitation connue, décrit

dans son mouvement une de ces courbes qu'on nomme sections coniques. Ainsi ce même corps doit nécessairement, en vertu des loix de la pesanteur, retomber dans sa premiere révolution, sur la surface de l'autre. Si donc notre globe s'étoit détaché de quelque corps céleste pour être lancé dans l'espace, il seroit retombé sur ce même corps, & ne feroit point autour du soleil la révolution dont nous sommes les témoins & les admirateurs. Un boulet, parti de la surface de la terre, avec une force quelconque, & sous tel angle que l'on voudra, fera obligé d'y retomber, en vertu de sa gravitation. Mais si un canon étoit supposé élevé au-dessus du globe, & que le boulet partît de cet endroit, il est certain qu'il tourneroit autour de la terre sans retomber, & qu'il passeroit, dans chaque révolution, par le point dont il étoit parti. Il en est de même par rapport à notre terre & au soleil. Puisque les observations prouvent qu'elle décrit une ellipse autour de cet astre, il s'ensuit que depuis que le monde a existé, elle a toujours été dans un point de son orbite actuelle, sans quoi aucune loi de la nature n'auroit pu l'y placer. Ceci sert à prouver en même-temps que la nature d'un

fyſtême planétaire n'admet point d'arrangement fucceſſif, & que dès le commencement tout a dû être dans le même ordre
que nos yeux voient actuellement dans l'u-
nivers.

» Une autre hypothèſe, ... mais qui n'a
jamais pu partir d'une tête un peu remplie de
connoiſſances aſtronomiques, c'eſt celle par
laquelle on ſuppoſeroit qu'une planete principale, comme notre terre, pourroit être
une comete déplacée. Je prie celui qui l'a
inventée de me dire qu'eſt-ce qui auroit pu
détourner cette comete d'une orbite, dont
les loix ſont auſſi fixes & auſſi conſtantes
que celles des orbites de toute autre planete ?
On voudroit ſur-tout ſavoir ce que ſeroit
devenu le corps qui l'auroit déplacée. Veut-
on nous ramener à ces temps d'ignorance &
de crédulité, où les cometes étoient regar-
dées comme les chevaliers errans de l'eſpace,
& où l'on croyoit leurs mouvemens affran-
chis de ces loix immuables, qui conſervent
l'ordre de l'univers ? « *Réflexions philoſophiques ſur le Syſtême de la Nature, par M.
Holland, premiere partie, chap. 6.*

PAGE 316.

(1) *Ces plantes étrangeres, empreintes sur des pierres, médailles toujours subsistantes du déluge universel,* &c. Voici ce que dit M. de Fontenelle dans l'*Histoire de l'Académie,* & ce que cite d'après lui M. de Buffon, *Hist. Nat. Théor. de la Terre, t. 1.*
» Toutes les plantes gravées dans les pierres
» de Saint - Chaumont , font des plantes
» étrangeres ; non - seulement elles ne se
» retrouvent ni dans le Lyonnois, ni dans
» le reste de la France , mais elles ne
» sont que dans les Indes Orientales & dans
» les climats chauds de l'Amérique. Ce sont
» la plupart des plantes capillaires, & souvent
» en particulier des fougeres ; leur tissu dur
» & serré les a rendues plus propres à se
» graver & à se conserver dans les moules
» autant de temps qu'il a fallu. Quelques
» feuilles des plantes des Indes , imprimées
» dans des pierres d'Allemagne , ont paru
» étonnantes à M. Leibnitz : voici la même
» merveille infiniment multipliée ; il semble
» même qu'il y ait à cela une certaine af-
» fectation de la nature ; dans toutes les
» pierres de Saint-Chaumont on ne trouve
» pas une seule plante du pays.

» Il est certain, par les coquillages des
» carrieres & des montagnes, que ce pays,
» ainsi que beaucoup d'autres, a dû autre-
» fois être couvert par l'eau de la mer ;
» mais comment la mer d'Amérique, ou
» celle des Indes Orientales, y est-elle
» venue ?

» On peut, pour satisfaire à plusieurs phe-
» nomènes, supposer avec assez de vraisem-
» blance que la mer a couvert tout le globe
» de la terre, mais alors il n'y avoit point
» de plantes terrestes, & ce n'est qu'après
» ce temps-là, & lorsqu'une partie du globe
» a été découverte, qu'il s'est pu faire les
» grandes inondations qui ont transporté des
» plantes d'un pays dans d'autres fort éloi-
» gnés. «

Mais quelle inondation que celle qui en-
voie la mer des Indes Orientales ou celle
d'Amérique, jusqu'au sein de la France ! &
si l'on peut admettre une pareille supposition,
quoiqu'elle n'ait pour elle aucune sorte de
preuves, de fondement & d'autorité, quoiqu'il n'en reste aucune tradition dans l'esprit
des hommes, quoique l'Histoire ne nous offre
aucun exemple, autre que le déluge, ni la
terre aucun vestige d'une si prodigieuse révo-

lution, quoiqu'elle soit d'ailleurs si contraire aux loix que la sagesse du Créateur a prescrites au plus terrible élément, & d'après lesquelles il s'éloigne peu de ses bords, lors même que par quelque tremblement de terre, quelque éruption soudaine, il les franchit; ne valoit-il pas autant, ne valoit-il pas mieux reconnoître un déluge universel, qui nous est garanti par les Livres les plus dignes de notre croyance, & par la plus respectable autorité, qui a pour lui la tradition la plus ancienne & la plus universellement répandue parmi les Nations, qui est confirmé par tant de monumens physiques, & qui rend bien mieux raison que tous les systêmes, des faits qui nous étonnent ?

C'est ainsi, par exemple, que le déluge explique bien simplement ce qui, dans le systême de M. de Fontenelle, ne peut s'expliquer avec quelque sorte de vraisemblance; & ce qui, dans celui de l'illustre Auteur de l'Histoire Naturelle, est absolument inexplicable. »En effet, comme l'observe M. l'Abbé » de Lignac, dans l'hypothèse de M. de Buf- » fon, selon laquelle l'eau a d'abord cou- » vert tout le globe, & ensuite creusé un » bassin & élevé des montagnes, on ne peut

» pas dire que les flots de la mer, en for-
» mant le terrein de Saint - Chaumont, en
» l'élevant au-deſſus du niveau actuel de la
» mer, y aient porté des plantes & des feuilles
» des Indes. La terre, ſous ce volume im-
» menſe d'eau dont M. de Buffon l'enve-
» loppe, pouvoit-elle produire des arbres,
» des plantes terreſtres, de ces eſpeces de
» végétaux, en un mot, qui ne viennent
» qu'autant qu'ils trouvent un air libre, où
» ils puiſſent s'étendre ? On ne peut prêter
» une prétention auſſi bifarre à un auſſi grand
» Phyſicien. Cependant le fait eſt vrai ; on
» trouve dans nos Contrées des plantes &
» des feuilles des Indes moulées dans nos
» pierres. M. de Buffon conviendra que la
» mer les a apportées, & les a envelop-
» pées dans un ſuc pierreux. D'où je con-
» clus que s'il eſt vrai d'une part que les
» rochers où l'on trouve des coquillages &
» d'autres productions marines, prouvent néceſ-
» ſairement qu'ils ont été faits par l'élévation
» de la mer juſqu'à 1000 toiſes pour le moins
» au-deſſus du niveau qu'elle a préſentement ;
» les feuilles d'arbres, les plantes dont parle
» M. de Fontenelle, prouvent auſſi invin-
» ciblement qu'avant que la mer s'élevât à

» ce point, les terres avoient été découver-
» tes & avoient produit des arbres & des
» plantes. Ce qui s'accorde parfaitement avec
» l'Hiſtoire du Déluge, & point du tout avec
» l'Hiſtoire Naturelle de M. de Buffon. «
Lettres à un Américain, troiſieme Lettre.

A l'égard des difficultés que notre reſpectable Académicien ſemble oppoſer au déluge, l'Auteur des Lettres que nous venons
de citer, prouve très-bien qu'elles ont lieu
dans ſon ſyſtême, & qu'il s'y en rencontre de
plus grandes encore, avec cette différence
que celles qui concernent le déluge rapporté
par Moïſe, trouvent leur ſolution dans les
cauſes ſurnaturelles qu'il a plu à Dieu d'employer, au lieu que M. de Buffon ne peut
répondre que par des cauſes naturelles & in-
ſuffiſantes aux objections qu'on lui fait. Par
exemple, » nous concevons très-bien que
» rien n'a pu empêcher Dieu de fournir la
» quantité d'eau néceſſaire pour couvrir les
» plus hautes montagnes, dès que nous ſa-
» vons qu'il a voulu le faire, & que rien
» auſſi n'a pu empêcher de la ſupprimer ; au-
» lieu que M. de Buffon ne peut ſe ſervir
» que des loix de la Phyſique pour ſubmer-
» ger la terre ſous un ſi prodigieux volume

» d'eau , & pour l'en délivrer ; & la nature
» ne lui fournit aucune reffource. « Voyez
la 3ᵉ. 4ᵉ. & 5ᵉ. Lettre.

IBID.

(m) *Cet antique fyftême , &c.* Ce fyftême qu'expofe ici M. de Valmont, d'après quelques anciens Philofophes , a été renouvellé
de nos jours par l'Auteur de *Telliamed*, &
par M. de Buffon qui l'a rendu encore plus
féduifant : mais ce n'eft après tout qu'un jeu
d'efprit , orné de tous les charmes de l'invention , & de l'éclat le plus impofant de
l'érudition & de la Philofophie. Je n'entrerai
point dans le détail des réponfes qu'on y a
faites , & qui fappent tout cet ingénieux &
brillant édifice par fes fondemens. On peut
les voir dans les *Lettres à un Américain*†,

---

† Plus l'Ouvrage de M. de Buffon a fait à fon Auteur un
grand nom juftement mérité , plus il eft effentiel de fe pré-
munir contre ce culte fuperftitieux qu'on n'eft que trop porté
à rendre aux grands hommes , & qui fait adopter dans leurs
écrits l'erreur comme la vérité. Il feroit donc à fouhaiter
qu'on ne féparât point de l'*Hiftoire Naturelle* les Lettres que
nous ne craignons pas de rappeler ; elles y font un fup-
plément néceffaire : même en relevant des fautes , elles font
appercevoir des beautés , & honorent un génie fublime ,
affez modefte pour convenir qu'il s'eft égaré quelquefois ,
comme il veut être honoré.

&

& on ne peut nier qu'il ne s'y rencontre fur cet objet, d'après les notions phyfiques les plus fimples & les plus communes, des argumens fans réplique. On les retrouve auffi dans l'excellent Traité de M. Hook fur la Religion. Mais qu'il me foit permis de demander feulement ce que pouvoient être, & où étoient même dans cette hypothèfe, l'homme, les oifeaux, les animaux purement terreftres, lorfque les eaux couvroient toute la face de la terre ; & de quelle manière on les fait tous fortir d'un élément qui leur eft fi contraire ? On connoît affez, par la ftructure des animaux aquatiques & des animaux terreftres, pour quelle habitation la nature les avoit deftinés ; & il n'eft pas de Phyficien fi peu inftruit, qui ne fache obferver les différences effentielles que l'Auteur de cette nature toujours prévoyante & fage, a mifes en eux pour cet effet.

PAGE 317.

(n) *De quelque côté qu'on fe tourne, il eft donc plus naturel, plus raifonnable d'en revenir au récit de Moïfe.* Sur la manière dont le déluge a pu s'opérer, & fur les veftiges qui nous reftent de cet événement,

Tome II.   Q voyez M. Pluche, *Spectacle de la Nature*, tom. 3, vers la fin.

Le déluge universel une fois admis d'après l'histoire & les monumens physiques, quelle voie plus naturelle encore que celle qu'indique Moïse pour la conservation du genre humain ; je veux dire, la construction de l'Arche qui sert de retraite à la famille du Juste, ainsi qu'aux différentes especes d'animaux qui ne pouvoienr à la rigueur être conservés par aucune autre voie ? Et comme le fait encore observer M. Pluche, » un nouveau trait de la confiance qu'avoit Moïse aux instructions qui conduisoient sa plume, est la hardiesse de nous donner la dimension de l'Arche où quelques pàires de tous les animaux devoient, avec leurs nourritures propres, se conserver pendant un an. La précision des mesures rapportées dans la Genese est parfaite : 300 coudées de long sur 50 de large, avec 30 coudées de haut distribuées en 3 étages, ce qui donnoit l'avantage de 3 bâtimens chacun de 15 pieds de haut sur 75 de large, & de 450 pieds de long, tous trois posés l'un sur l'autre. Les monumens de la suffisance de ces mesures ne se doivent chercher que dans l'Histoire Natutelle & l'Arithmétique. Butheo, Wilkins & Pelletier, un des meilleurs Calculateurs que Rouen ait produits, ont examiné le nombre & la taille des animaux connus ; enfuite les places qu'il faudroit affigner à tant de paires de toutes les efpeces voraces, & aux brebis qui feroient néceffaires pour les nourrir pendant un an. Ils ont de même calculé ce qu'il falloit de place aux autres animaux & aux provifions qui leur convenoient, fans oublier les galeries & les facilités de l'accès de chaque loge. Le fruit uniforme de leurs différentes méthodes a été de prouver géométriquement que les dimenfions marquées dans la Genefe étoient plus que fuffifantes pour l'entretien & l'aifance de tout. « *Préparation Evangélique.*

PAGE 318.

(o) *Ce que je remarque dans toute l'Ecriture, &c.* On reproche à l'Ecriture fainte des expreffions qui femblent marquer dans Dieu des paffions femblables aux nôtres, des mouvemens & des opérations indignes de lui: il *fe repent*, il *fe fâche*, il *fe venge*, il *endurcit nos cœurs.* Mais il faut fe fouvenir auffi qu'après avoir donné dans mille endroits

Q ij

les idées les plus faines, les notions les plus exactes de la Divinité, il étoit naturel que l'Ecriture fainte parlât un langage humain & fenfible à des hommes. Les lumieres qu'elle fournit à la raifon nous aident fuffifainment à fixer le fens des termes, lors même que l'Auteur facré parle à l'imagination; & on ne fe trompe pas plus à ces différentes ex-preffions, à ces différentes images, qu'on ne fe trompe à celles-ci, *le bras du Tout-Puiffant*, *la face du Très-Haut*, *la gloire du Seigneur*, *le trône de fa gloire*.

LETTRE XXXVI.

Du Marquis à la Comtesse de Valmont.

Tu veux, ma chere Emilie, que je regle ton goût, tes sentimens, ta conduite, sur l'usage des grands biens que tu possedes, & tu penses que le Comte lui-même me saura gré de mes conseils sur un objet si délicat & si important.

Le rang que ton mari tient à la Cour, ses richesses & les tiennes, la juste nécessité où il est de s'en faire honneur, l'espece de rivalité de faste & d'éclat qui regne parmi les Courtisans & dans tous les états, les bienséances, en un mot, le ton du siecle ; que dis-je ? l'intérêt, le bien réel de la société n'autorisent-ils pas de ta part, n'exigent-ils pas même une habitude de luxe & de somptuosité, des dépenses peut-être exorbitantes ; mais qui, parce qu'elles sont aujourd'hui si communes, te deviennent en quelque sorte nécessaires ?

Sans doute, ma fille, il est des bien-

féances d'état qu'on doit fe faire un fcrupule de violer. L'amour de l'ordre, le
premier de tous les fentimens pour une
ame bien née, la premiere de toutes les
loix pour un efprit jufte & bien fait, met
chaque homme à fa place, fait garder à
chacun fa dignité & fon rang, conferve
les vrais rapports des états & des chofes,
& porte par-tout la décence des coutumes, des fentimens & des mœurs. Ce
qui, dans une condition plus obfcure,
feroit une vanité ridicule, & une affec-
tation infupportable, devient nobleffe,
convenance & dignité dans un rang plus
élevé. Ce qui, habituellement, ou dans
des occafions moins importantes, feroit
folie & prodigalité, devient dans d'autres momens, dans des circonftances plus
eſſentielles & des occafions d'éclat, magnificence, grandeur d'ame & générofité.

Mais cette forte de convenance dans
l'ufage des richeffes, n'eft point le luxe
fur la nature duquel tu defires fi vivement
d'être éclairée. Ici, mon Emilie, je me
trouve arrêté dès la premiere notion que

je voudrois t'en donner. Qu'est-ce que ce
luxe que tu dois te permettre ou te défendre, selon l'idée vraie que tu auras su
t'en former ; le luxe, dont on a dit tant
de mal autrefois, & dont on dit tant de
bien aujourd'hui ? En faire l'éloge, en
célébrer les avantages, c'est philosophie,
c'est sagesse parmi ses plus illustres partisans & dans ce siecle éclairé : en dégrader
la nature avec les Sages de l'antiquité, en
détailler avec eux les inconvéniens, en
réprouver comme le Législateur des Chrétiens les principes & les effets, c'est dans
les uns, si l'on en croit les Philosophes
de nos jours, le langage de déclamateurs
insensés, de froids moralistes, qui ont
censuré le luxe avec plus de morosité que
de lumieres ; c'est dans les autres l'aveuglement du fanatisme & de la superstition.

Eh, qu'est-ce donc encore une fois que
le luxe envisagé par de si grands hommes
sous des points de vue si différens ? Pour
fixer nos idées par rapport à lui, n'en
changeons pas, s'il se peut, la notion la

plus commune, & commençons par fixer
le fens du terme qui fert à l'exprimer:
peut-être ne dira-t-on plus que le luxe
n'eft qu'un mot fans idée précife, que le
luxe n'eft qu'un vain nom. Chaque chofe
a fa mefure: la nature a la fienne, qui
eft celle de nos befoins; la fociété a celle
de l'état & du rang; la fortune a la fienne
également, ce font nos facultés. Paffer
cette mefure, c'eft défordre, c'eft abus.
Cela pofé, dans fa fignification la plus
générale, la plus univerfellement reçue,
qu'entend-on par le luxe? Eft-il l'ufage
fimplement honnête & raifonnable, ou
eft-il l'abus des richeffes? A-t-on voulu
dire feulement, que celui qui s'y livre
ne fait qu'ufer de fon induftrie & de fon
opulence, de maniere à fe procurer un
bien-être plus réel? ou veut-on faire entendre par-là qu'il en ufe, plus pour l'oftentation que pour la décence, plus pour
les excès de la molleffe que pour une
utilité réelle, plus pour des goûts frivoles
que pour des agrémens & une convenance
honnêtes, & pour une jufte néceffité?

Si j'interroge à cet égard, non l'esprit de système, mais l'opinion commune, qui seule a droit de fixer le sens des termes, la question sera bientôt décidée; & de l'idée générale nous verrons sortir, ce me semble, cette notion exacte & précise; le luxe est l'usage des richesses pour l'ostentation & la vanité, ou pour la recherche d'une excessive commodité *.

C'est là en effet ce que nous offrent tous les états, toutes les conditions, lorsqu'on dit que le luxe y regne; & l'abus est censé d'autant plus grand, que cette ostentation est plus marquée, que cette

---

* » Melon dit : *Le luxe est une somptuosité extraordinaire que donnent les richesses & la sécurité d'un gouvernement.* Cette définition arrondie paroît nette & comprendre tout, & cependant elle est contredite par le fait & par la morale. Par le fait, en ce que les regnes enragés de Caligula & de Néron ont été ceux du luxe à Rome, & non pas assurément ceux de la sécurité. Par la morale, en ce que justifier le luxe d'après cette definition, c'est

Q v

recherche des aifes & des commodités eft
plus exceffive, relativement au rang que
nous tenons dans la fociété, à nos vrais
befoins & à nos facultés.

Mais cet ufage des richeffes, ainfi entendu, cet abus qu'on en fait, peut-il
être un bien? l'eft-il par rapport au particulier? l'eft-il du moins par rapport au
corps entier dont nous fommes membres? La queftion, ainfi réduite à fes juftes termes, ne fouffre plus, je crois, de
fi grandes difficultés.

Regarderai-je comme un bien pour
toi, ma fille, comme un bien pour chacun de nous, une oftentation de richeffes
qui, par une fuite néceffaire, par une
filiation inféparable du luxe, engendre

---

célébrer les diffipations de Cléopatre & d'Hé-
liogabale. Or Melon étoit trop honnête homme pour avancer & foutenir cela. Tâchons
donc de définir le luxe fans profcrire la dé-
penfe, & difons, plus mal fans doute, mais
plus exactement : *Le luxe eft l'abus des ri-*
cheffes. L'Ami des Hommes.

& nourrit chaque jour l'infatiable cupidité, la dureté, l'orgueil, la jaloufie,
l'envie de paroître toujours davantage ;
& qui par là même fait facrifier un bien-
être réel à un éclat vain & chimérique,
la douce & honnête liberté à une brillante
& honteufe fervitude, le repos de l'efprit
& du cœur aux inquiétudes & aux tourmens de la vanité (a), les impreffions
touchantes de l'humanité & le cri de la
nature à la foif de l'or & au defir de
primer ? Envifagerons-nous comme un
bien, un air de fafte & d'opulence qui,
avec l'apparence des richeffes, en ôte
bientôt la réalité ; qui fait contracter de
jour en jour de nouvelles dettes, fans
fournir en proportion des reffources, à
moins qu'elles n'aviliffent ; qui fait céder
une gloire folide & une vraie dignité à
une décoration de théâtre & à un mafque
de grandeur ; qui porte la défolation &
la ruine dans une famille, fous prétexte
d'en rehauffer l'éclat & d'en faire valoir
la nobleffe ; qui eft caufe que les liens les
plus facrés fe relâchent, que les parens

les plus proches paroiffent étrangers les
uns aux autres, qu'à moins d'une naiffance illuftre on rougit de porter le nom
de fes peres, que les mariages font mal
affortis, & deviennent tous les jours plus
difficiles? Que dirai-je de plus? faudra-til
confidérer comme un bien une recherche de commodités exceffives, qui, par
la nature même des chofes, & par un
enchaînement facile à faifir, augmente les
befoins, retrécit l'efprit, dégrade le goût,
énerve le courage, corrompt les mœurs;
& dès-lors multiplie les maux par les
jouiffances, & le mal-aife par les defirs;
rend l'exiftence plus pénible, en paroiffant
la rendre plus douce; force toujours à fe
croire plus malheureux & plus indigent
de ce qu'on n'a pas, qu'heureux & riche
de ce que l'on a * ; nous étourdit & nous
enivre dans l'abondance, & nous laiffe
fans force & fans reffource dans les re-

---

* « L'opulence eft dans les mœurs, &
» non pas dans les richeffes. « M. de Montefquieu. Grandeur des Romains, chap. 10.

vers; immole les vertus à l'aifance *, & l'honneur à la volupté ?

O ma fille! il eft donc vrai : fi la multiplicité des befoins enfante le contentement & la paix ; fi l'apparence du bonheur vaut mieux que le bonheur même ; fi un éclat faftueux, qui rapetiffe nos idées & avilit nos fentimens, fait la grandeur (b) ; fi c'eft un bien qu'un raffinement de molleffe & de volupté, qu'un furcroît de plaifirs, qu'on achete aux dépens des vertus & des mœurs † ; que dis-

---

* „ En général, la plus fure façon de réprimer les vices, dit l'Auteur de Bélifaire, „ eft de reftreindre les befoins. „

Quelqu'un a très-bien dit : „ La nature de-„ mande le néceffaire, la raifon veut l'utile, „ l'amour-propre cherche l'agréable ; & la „ paffion le fuperflu. „

† „ Le libertinage eft trop généralement „ reconnu pour être une fuite néceffaire du „ luxe, pour que je m'arrête à le prouver, „ dit l'Auteur du trop fameux Livre de l'Efprit. (Difcours II, chap. 15.)

je ? fi la différence entre la vertu & le vice
eft une chimere ; le luxe n'eft qu'un nom,
le luxe n'eft point un mal.

Mais peut-il en être un à l'égard du
particulier qui s'y livre, & être un bien
pour la fociété toute entiere ? Les membres peuvent-ils être mal-fains & le corps
en fanté ? Eft-ce un bien pour l'Etat que
les diftinctions foient pour les richeffes &
non pour le mérite ; que la honte ne foit
plus dans les actions baffes & viles, mais
dans l'indigence ; qu'à force de vouloir fe
diftinguer par un vain éclat, on ne diftingue plus perfonne, & que tous les
rangs foient confondus * ? Eft-ce un bien
que l'efprit & le goût des petites chofes
gagnent tous les ordres de citoyens (c) ;
que le fafte étouffe l'honneur (d) ; que
par la trop grande ardeur de jouir, avec
du crédit & de l'opulence, tout foit cenfé

---

* Il n'y a plus qu'une chofe qui diftingue
aujourd'hui ; c'eft l'honnêteté, la décence :
& elle diftingue beaucoup, car elle eft devenue bien rare.

permis; que la timide innocence, pauvre
& dénuée de fecours, foit mife à l'en-
chere, foit vendue par des parens avides
ou indigens, & foit follicitée, foit ache-
tée par le riche voluptueux? Eft-un un
bien que la jeuneffe du Village apprenne
à jouer la Comédie chez fon Seigneur,
s'ennuie de fon travail, détefte fa pauvreté libre & tranquille, abandonne fon
hameau, & faffe bon marché de fon honneur pour acheter des fontanges? Eft-ce
un bien pour l'Etat que l'artifan foit à la
merci du moindre caprice, du moindre
dérangement dans les modes, & meure
de faim, tandis qu'une autre claffe d'artifans fe nourrit & s'enrichit de fon défaf-
tre? Eft-ce un bien que pour fatisfaire à
la vanité, que par une habitude de délicateffe, ou qu'enfin par le danger d'une
mifere plus grande, on craigne de multiplier le nombre de fes enfans; que les
Villes fe dépeuplent fourdement, moins
encore par la quantité d'hommes que le
libertinage fait périr, que par ceux que
le luxe empêche de naître? Eft-ce un bien

que les campagnes foient défertes (e);
parce que le bon-homme fera foulé;
parce que nous prendrons fur fon néceffaire pour fournir à notre fuperflu;
parce qu'il paroîtra plus doux au fils du
villageois ruiné & avili d'étaler la riche
& brillante livrée d'un roturier parvenu,
que de tracer fans fruit & fans honneur
le fillon pénible & vraiment honorable
qu'avoient tracé fes peres; parce qu'enfin
un petit nombre d'hommes avides, pour
contenter leur fafte & leur cupidité,
acheteront prefque feuls le produit de
nos champs, exporteront au loin nos
moiffons, dépouilleront l'Etat de ce que
la nature libérale prodigüoit également
à tous, feront naître la difette au milieu
de l'abondance (f), & porteront la mifere & la mort où les bénédictions du
Ciel fembloient porter la fécondité, la
vie & le bonheur? Eft-ce encore un bien
qu'au fein de la molleffe les forces di-
minuent, les tempéramens s'affoibliffent,
les conftitutions changent & n'offrent
plus dans la paix que de lâches & hon-

teux Sybarites, & dans la guerre que des
hommes énervés, fous des Chefs peut-
être encore pleins de valeur (g)? Eft-ce
un bien que dans la dépravation générale
le luxe de l'efprit fuive celui des mœurs
& déprave le goût comme les fentimens ;
que l'efprit de patriotifme s'altere ; que
l'intérêt particulier fuccede à l'amour du
bien commun (h), qu'on ramene tout
à foi & rien à l'état dont on fait partie,
qu'on en trahiffe la gloire, qu'on fe joue
du fort de fes concitoyens, & que chez
les anciens peuples corrompus par le fafte
& l'amour des richeffes, on ait vendu
quelquefois les armées, les villes, les
provinces, & fa patrie à prix d'argent?
Que fais-je enfin? Eft-ce un bien que les
befoins, croiffant avec l'induftrie & le
commerce, ils confomment, ils abfor-
bent tous les fruits de l'une & tous les
produits de l'autre ; ils épuifent l'Etat en
paroiffant le faire fleurir, &, après lui
avoir donné un air de fanté qui couvre
une maladie réelle, ils le laiffent obéré,
languiffant, affoibli, fans argent, fans

crédit & fans reffources ? Car voilà, ma
fille, tous les effets du luxe.

Pour éluder toutes ces vérités & mettre
le luxe à couvert de ces juftes reproches,
on a dit, & c'eft le tour le plus ingénieux
qu'on ait pu donner à fa défenfe, » que
» le luxe ne faifoit qu'accompagner tous
» ces effets, mais qu'il n'en étoit pas la
» caufe ; que cette caufe de tant de maux
» étoit feulement dans les mœurs. « Mais
fi des maux fi grands, fi des mœurs fi
dépravées font prefque toujours à côté du
luxe, que penfer d'un luxe qu'accompagne pour l'ordinaire un fi trifte cortege ?
Mais ces maux ne tiennent-ils pas évidemment au luxe comme une fuite naturelle
& néceffaire, comme l'effet tient à fon
principe ; & ne font-ils pas à fon égard
des enfans légitimes que ne peut défavouer leur pere ? Mais s'il eft vrai que
les mœurs influent fur le luxe & fur fes
fuites, avec quelle force prodigieufe,
quelle rapide & funefte influence, le
luxe ne réagit-il pas fur les mœurs ? On
cite des exemples de quelques nations où

le luxe n'a pas toujours eu de si triftes effets. Mais dans l'hiftoire des faits, comme dans l'hiftoire naturelle, des exemples particuliers prouvent bien peu contre des chofes généralement reconnues, ou parce que ces faits font équivoques, ou parce que les circonftances font différentes, que l'application des exemples n'eft pas jufte, & que les conféquences font au moins incertaines. Hé! que prouvent en effet quelques inductions particulieres contre l'autorité de tous les Légiflateurs; contre celle de tous les Hiftoriens & de tous les Philofophes, qui fe font montrés les obfervateurs les plus fages & les plus fideles; contre la commune expérience de tous les fiecles.

On a dit » que le luxe n'étoit dangereux » que pour de petits Etats, & qu'il enri- » chiffoit les Grands. « Mais ce que je t'ai montré, ma fille, des effets du luxe, eft propre également à tous, & je ne fais fi dans la comparaifon, le principe contraire à celui que l'on veut établir ne feroit pas le moins oppofé à la vérité. Quoi qu'il en foit, tous les grands Royaumes, fi l'on en croit l'hiftoire, fe font perdus par le luxe.

» Le luxe, a-t-on dit encore, excite » l'induftrie, anime les arts, fait circuler » les efpeces, peuple les villes, & fait » vivre une foule d'artifans. « Mais s'il excite l'induftrie (*i*) aux dépens des mœurs; s'il anime les arts dans les chofes frivoles, & en dégradant le goût des artiftes (*k*); s'il épuife tôt ou tard les efpeces qu'il fait circuler (*l*); s'il dévafte les campagnes pour peupler les villes que bientôt il dépeuple à leur tour; s'il fait des artifans inutiles & des valets aux dépens de la claffe néceffaire des laboureurs, & fi de ces artifans il en fait mourir de faim par le trop grand nombre, plus qu'il n'en nourrit *; s'il ruine la Nobleffe pour la mettre de niveau avec les modes & les caprices de ceux qui fe font enrichis par la finance; s'il

---

* » Le luxe peut être néceffaire pour don- » ner du pain aux pauvres ; mais s'il n'y » avoit point de luxe , il n'y auroit point » de pauvres. « *M. Rouffeau.*

multiplie les faillites , après avoir donné
à un faste arrogant le pain des créanciers ;
si pour augmenter la fortune de quelques
citoyens il engendre dans l'esprit du grand
nombre le goût & l'habitude des malver-
sations & des crimes ; s'il a mille autres
inconvéniens , qu'il seroit trop long de
détailler : alors pour un Etat quelconque
le luxe est-il un gain ? Ah ! je l'avouerai
sans peine , le luxe donne pour quelques
momens un air de force & de puissance ,
tandisque sourdement il mine , & qu'avec
le temps il détruit. Cet air de vigueur
qu'il prête ressemble à l'embonpoint d'un
corps qu'engraissent des humeurs super-
flues , & qui manque de la chaleur nécessaire. Signe apparent de la vie & de la
santé , il porte en lui le germe de la
mort (*m*). Ce seront , si l'on veut , les
richesses de l'agiot avec lesquelles l'Etat est
bouleversé , & le particulier se retrouve
plus pauvre qu'il n'étoit auparavant.

» Ce qui est luxe pour les uns , a-t-on
» dit enfin , ne l'est pas pour les autres ;
» ce qui est luxe pour nous cessera de

» l'être pour nos neveux : d'où il fuit que
» le luxe n'eft nulle part, ou qu'il eft
» par-tout (*n*). « Quelle conféquence !
Et ne s'enfuit-il pas au contraire qu'il y a
donc en effet pour bien des perfonnes
un luxe qui, à raifon de l'état, des facultés, des vrais befoins de circonftance
& de bienféance, peut, dans des cas particuliers, ne l'être pas pour un petit nombre d'autres ; qu'il y a des chofes qui
pendant un temps font de luxe à l'égard
de prefque tout le monde ; qu'avec elles
les befoins factices de prefque tous aug-
mentent; & qu'avec elles en proportion
le citoyen s'appauvrit.

Concluons donc, ma fille, & qu'il y a
un luxe réel, & que rien n'eft plus à defirer que le retranchement du luxe, dont
la nature eft de croître toujours jufqu'au
bouleverfement de toutes les conditions
& de la fociété toute entiere. Mais à qui
appartient-il de le retrancher ? A ceux qui
ont l'empire fur l'opinion & fur les modes, qui ont le pouvoir de changer les
mœurs, à qui il appartient de donner

l'exemple, . . . aux Grands ; pour le dire
en un mot ; & comme ceux-ci dominent
fur l'efprit du peuple, c'eft le Souverain
qui domine fur eux. C'eft en attachant
la honte au fafte (*o*), les diftinctions aux
fervices réels, & l'honneur à la vertu *,
que le luxe tombe, que les mœurs fe ré-
forment, & que l'Etat lui-même reprend
fon ancienne vigueur.

Jufqu'ici, ma chere Emilie, je ne t'ai
parlé que le langage de la raifon, mais
feroit-ce bien à toi que je négligerois de
parler celui de l'Evangile & du fentiment ?

Le riche condamné par ton divin Maître, ce riche voluptueux, faftueux & fu-
perbe, (car le fafte, l'orgueil & la volupté vont enfemble) étoit en même
temps dur & impitoyable. C'eft là encore
l'effet du luxe. Il refferre le cœur (*p*),
& lorfqu'il eft queftion de fubvenir aux

---

* „ Quand la vertu eft honorée, elle
„ germe dans tous les cœurs. « *M. de Mar-*
montel.

besoins du pauvre, ne trouve jamais de superflu. Cependant c'est sur cela même qu'au tribunal du juste Juge, du Dieu des Chrétiens, nous serons le plus séverement repris & condamnés. » Retirez-vous » de moi, dira-t-il au réprouvé : j'ai eu » faim, & vous ne m'avez pas donné à » manger ; j'ai eu soif, & vous ne m'avez » pas donné à boire ; j'ai été sans loge- » ment, & vous ne m'en avez pas pro- » curé ; j'ai été sans habits, & vous ne » m'avez pas revêtu ; j'ai été malade & » en prison, & vous ne m'avez point » visité : car je vous le dis en vérité, » toutes les fois que vous avez manqué » de rendre ces soins au plus petit d'en- » tre mes membres, vous avez manqué » de me les rendre à moi-même *. « L'in- sensé ! il a refusé de placer dans le Ciel les biens qu'il possédoit sur la terre, & pour de vains plaisirs qui passent comme l'ombre, pour un faux éclat d'un mo- ment, il s'est préparé des regrets éternels.

* Matt. 25.

Tu

Tu as des richeſſes : eh, ma fille, avec un cœur tel que le tien, ſerois-tu donc ſi embarraſſée ſur l'uſage qu'on en peut faire ? N'y a-t-il pas des malheureux * ? De tous les traits de reſſemblance avec l'Etre ſuprême, le plus flatteur pour l'homme eſt d'être bienfaiſant. Mais le luxe empêche preſque toujours de le devenir autant qu'on devroit l'être ; il abſorbe tout le patrimoine des pauvres.

---

* Un homme qui pleure, un homme qui ſouffre & qui a beſoin, ... quel objet pour un cœur bien fait ! Et ne donneroit-il pas tout l'or du Nouveau Monde, s'il l'avoit, pour ſécher une ſeule larme d'un infortuné ?

» Ah ! ſans doute (diront ces ames de boue, qui ne ſavent que diſſiper ou qu'amaſſer, qui du moins, avec un revenu conſidérable, jouent le ſentiment & ſe croient charitables pour de petits biens qu'elles auront faits) » ſans doute il eſt juſte, il eſt doux » d'aſſiſter ſes ſemblables, & on le fait bien » quelquefois ; mais ce qui empêche d'en » faire davantage, c'eſt qu'on y eſt ſi ſouvent

Tome II.   R

Pour toi, ma fille, je t'ai toujours connue trop fenfible à leurs peines, pour
croire aifément que tu puffes confentir à
donner au fafte ou à la molleffe ce que
tu dois à leur indigence. Eh, n'eft-ce
pas toi que j'ai vue tant de fois, n'ayant
que Dieu pour témoin & ton pere pour
guide, porter dans les réduits les plus
obfcurs la confolation & l'abondance;
changer en larmes de reconnoiffance &
de joie les larmes ameres de l'opprobre
& de la douleur; forcer le malade, qui
maudiffoit fa mifere, de rétracter fes
murmures & de lever encore au Ciel fes
mains tremblantes pour le bénir; rendre
à la mere languiffante & défolée la fanté
& fon fils, qui, faute de fecours, expiroit

» trompé. « Hélas! quand on eft opulent,
le plus grand rifque qu'on ait à courir, n'eft
pas de faire de bonnes œuvres en faveur de
ceux qui n'en ont pas befoin; mais c'eft d'en
manquer une feule qui eût été néceffaire.
Eh, après tout, quelle bonne action ne profite
pas à celui qui la fait?

fur fon fein ; arracher à une infâme pri-
fon un chef de famille, qui, fans reproche devant Dieu, n'avoit à rougir
devant les hommes que d'une dette qu'il
n'avoit pu s'empêcher de contracter ; rendre leur état & la vie à des familles honnêtes, qui préféroient la mort à la honte
& à la mendicité ; les leur rendre, en
refpectant leur fecret, en refpectant leur
malheur : car enfin quel refpect ne doit-
on pas aux malheureux !

O ma chere Emilie ! comment y a-t-il des
riches qui ne connoiffent pas le plaifir fi
touchant & fi pur de faire germer dans des
cœurs fenfibles la joie & le bonheur ?
Comment ne fe regardent-ils pas comme
chargés par état de tous les indigens qu'ils
peuvent fecourir * ; Ah ! voulons - nous

---

* „ On fe plaint de la rareté des hom-
„ mes ; c'eft la dureté du riche qui les tue. «
Confeils de l'Amitié.

„ Le luxe, dit M. d'Alembert, eft un
„ crime contre l'humanité, toutes les fois
„ qu'un feul membre de la fociété fouffre

R ij

qu'il n'y ait point de malheureux parmi
nous ? Eh, qui auroit l'ame affez mal
faite pour ne le pas vouloir ? Que chaque
famille aifée adopte une famille pauvre ;
que celle qui l'eft davantage en adopte
plufieurs ; qu'au lieu de fe livrer aux dépenfes fomptueufes, à celles qui ont pour
objet des chofes vaines & futiles, elle
fe dépouille, en faveur de cette famille
qu'elle aura adoptée, d'une partie de fon
fuperflu ; qu'elle l'aide de fes confeils &
de fa protection ; qu'elle lui ménage des
reffources par fon crédit ; qu'elle agiffe
& faffe des démarches en fa faveur. Elle
jouira de la douce fatisfaction de voir une
famille entiere reffufcitée par fes foins ;
elle fournira à l'artifan qui en eft le chef
des inftrumens pour fon travail ; elle fau-

» & qu'on ne l'ignore pas. Qu'on juge de-
» là combien peu il y a d'occafions & de
» gouvernemens où le luxe foit permis, &
» qu'on tremble de s'y laiffer entraîner, fi
» on a quelque refte d'humanité & de juf-
» tice. « *Mélanges*, &c t. 4.

vera du danger l'innocence de tendres enfans qui fe feroient perdus par la mifere ; elle favorifera la naiſſance & l'accroiſſement de leurs foibles talens. Et qu'on ne s'effraye pas de ce qu'il en coûteroit pour une ſi belle œuvre. Non-feulement on eſt bien payé au fond de fa confcience du bien que l'on fait dans une pareille adoption par l'extrême plaiſir qu'on éprouve en le faifant ; mais cette adoption fe maintient à moins de frais qu'on ne pourroit le croire. Lorfqu'on fe charge d'une famille où tous les membres travaillent , il faut peu de chofe pour rendre leur travail fuffifant à leur entretien ; & il en refte encore affez à des ames bienfaifantes pour porter ailleurs & étendre plus loin leur libéralité.

Que le riche faffe plus encore ; qu'il faffe oublier la fource fouvent impure de fes richeffes & de fon opulence , en élevant des monumens au bien commun ; car c'eſt ici qu'on ne fauroit mettre trop de grandeur & d'éclat. Qu'il faffe conſtruire , ou qu'il prenne foin d'orner des

édifices publics, qu'il répare & embelliffe
nos routes, qu'il releve nos temples, qu'il
donne de la majefté au culte, qu'il dote
des vierges, qu'il enrichiffe fa patrie : eh,
ma chere Emilie, toutes ces dépenfes ne
valent-elles pas bien celles du luxe ? & les
doux fruits qu'on en retire par l'eftime
de fes concitoyens ; par fa propre eftime,
ne valent-ils pas bien fes plaifirs (q)?
O ma fille! pour penfer ainfi tu n'as jamais eu befoin que de ta piété & de ton
propre cœur ; & qu'heureux font ceux
dont toute la philofophie n'eft que la
religion & le fentiment !

NOTES.

PAGE 371.

(a) ET qui dès-lors fait facrifier. . . . le repos de l'efprit & du cœur aux inquiétudes & aux tourmens de la vanité. Mais encore, quel avantage, pour le dire en paffant, que celui que nous perdons, en facrifiant la fim-plicité des mœurs au luxe & à la vanité !

Cette aimable simplicité, qui rend si touchante & si respectable la conduite de ceux,
qui, jusques dans la dépravation générale,
ont su la conserver, n'est plus dans nos usages. Les modes ridicules l'ont fait disparoî-
tre de presque toutes les sociétés. Elle y faisoit régner autrefois l'enjouement, la confiance & la franchise : maintenant on n'y trouve
plus que de la contrainte, un air gêné, un
rire affecté : on se regarde, on s'observe,
on se mesure des yeux ; entre femmes sur-
tout, on est dans un état de guerre presque
continuel. Celle dont la parure est la plus
élégante devient l'objet de la folle envie de
toutes les autres : après avoir passé quatre ou
cinq mortelles heures, & quelquefois davantage, à se faire martyriser * pour l'amour
de la vanité, que l'on rencontre par malheur
une coëffure plus élégante, une nouvelle mode, ce n'est plus dès-lors que dépit, hu-

---

† Par un Coëffeur s'entend ; car aujourd'hui, en dépit
de toute pudeur & des intérêts de tant de personnes du sexe
qui ne savent plus à quoi s'employer pour vivre honnête-
ment, les Coëffeurs, les Accoucheurs, les Tailleurs ou
Faiseurs de Corps, les Maîtres de Musique & d'Instrumens,
les hommes en un mot sont seuls en usage auprès des femmes :
& que d'inconvéniens, plus communs & plus réels qu'on ne
pense, accompagnent celui-là !

R iv

meur, emportement ; on boude fon mari ;
fes enfans ; on s'irrite contre fes domeftiques ; on eft défolé du triomphe d'une ri-
vale & de l'éclipfe qu'on vient de fouffrir.
Que de petiteffe ! que de mifere ! Et ces
êtres là ont-ils une ame ?

Convenons cependant qu'il y a plufieurs
fortes de luxes indépendamment de celui des
modes & de la coquetterie. La dévotion même a le fien ; & ce n'eft pas peu de chofe
qu'un luxe dévôt, qui accompagne affez volontiers l'air & le ton de la réforme, rend
la pruderie plus maniérée encore, & s'ac-
commode merveilleufement avec une certaine
affiche d'opinion & de parti.

O fimplicité ! fimplicité ! quel heureux fiecle te verra renaître dans nos opinions, nos
goûts & nos coutumes ! Par-tout, hélas ! une
noble fimplicité fied fi bien !

PAGE 373.

(b) *Si un éclat faftueux.....fait la gran-*
deur, &c. » Les gens en place, qui veulent
être honorés fans qu'il leur en coûte, ne ceffent de dire que leur rang, pour imprimer
le refpect, a befoin d'être revêtu de pompe
& de magnificence ; & en effet, c'eft comme

un vêtement dont l'ampleur cache les défauts du corps ; mais c'eft une raifon de plus pour écarter cet appareil qui déguife & confond les hommes. Quand la vertu fe préfentera dans les places éminentes, comme l'athlete dans l'arène, on l'y diftinguera bien mieux à fa force & à fa beauté ; & fi le vice, la baffeffe, l'incapacité s'y montrent, ils au-ront bien plus à rougir. « *M. Marmontel.*

PAGE 374.

(c) *Eft-ce un bien que l'efprit & le goût des petites chofes gagnent tous les ordres de citoyens ?* » Le luxe qui difpofe l'efprit à re-cevoir fes funeftes impulfions, l'affoiblit. Qu'on en juge même par fes délaffemens ; qu'on life les brochures, qu'on voie les fpec-tacles, on y découvrira le type de cet affoi-bliffement de l'efprit qui travaille pour fes femblables. Plus rien qui tienne du noble & du grand ; colifichets & enfances dans le fonds, pointes & faillies dans la forme & dans le ftyle ; tel eft le fruit de l'affaiffement d'efprit dans une Nation. Il porte fur tout, il abâ-tardit tout ; & les hommes réfléchis, qui ne peuvent nier le fait à cet égard, vont, faute d'en avoir étudié le principe, en chercher la

R v

caufe dans une prétendue dégradation arrivée
dans la maffe phyfique ; tandis qu'il n'en eft
point d'autre que le dérangement dans les
mœurs , qu'on appelle luxe. Je dis encore
qu'il affaife l'ame en portant fon ambition vers
des objets bas, &c. « *L'Ami des Hommes, t.* 2,
chap. 5.

I B I D.

(d) *Que le fafte étouffe l'honneur* , &c.
» Je l'ai dit ailleurs , *le fel doit entrer dans
tous les mets, l'honneur dans toutes les pro-
feffions* ; mais l'honneur ne fubfiftera jamais
qu'avec la vergogne & la modeftie. Le luxe
eft l'ennemi juré de celles-ci ; auffi l'eft-il
de l'honneur , & il n'en faut plus attendre
d'aucune efpece où le luxe régnera. J'ai dit
encore qu'il avilit le cœur en l'endurciffant;
j'aurois mieux fait de dire qu'il l'étouffe. ...
J'ai dit que le luxe réduifoit tous nos appé-
tits à la foif de l'or. .. J'ai pu jadis aimer
mon pere exclufivement à tous autres; l'aimer , non pour lui, mais parce que je favois qu'il m'aimoit comme fon bien, & que
cet amour , exigeant à l'extérieur , m'étoit
commode au fond, parce que je pouvois m'y
fier , parce que fon confeil m'étoit bon, &
que fon expérience m'appartenoit.... Tous

ces motifs étoient au fond ceux d'un cœur empreigné de la lie de l'intérêt, & indignes de la pureté primitive de la portion d'être spirituel que j'ai reçue des mains du Créateur; mais tels qu'ils étoient, mon pere en profitoit dans le fait, la société & ma famille par l'exemple. L'intérêt sordide est venu déranger cet ordre apparent. Mon pere, dont je dévorois la succession comme un bien trop long-temps retenu, tarde trop à mourir; l'impatience me fait appercevoir qu'il me doit compte du bien de ma mere; je l'attaque, il se défend; l'indignation se joint à la douleur de me voir échapper à sa dépendance; je hâte ses jours & j'en deshonore la fin en faisant retentir les Tribunaux du fruit de ses injustices; je scandalise la société; je donne à mes enfans l'exemple qu'ils transmettront à leurs neveux, & les regardant d'avance comme ennemis, j'établis hautement le principe qu'il faut ici-bas travailler pour son propre bonheur, & je le mets en pratique en plaçant une partie de mon bien à fonds perdu. Ce fait allégué n'a que trop d'exemples chez les peuples abandonnés aux luxe; je puis me dispenser de parcourir les autres ordres de liens de la so-

R vj

ciété. Qu'attendront des freres, d'un fils parricide ? des parens, d'un frere dénaturé ? des amis, d'un parent infenfible ? le Prince, l'Etat & la fociété, d'un homme qui n'a ni parens ni amis dès qu'il s'agit de fon intérêt ? « *L'Ami des Hommes* , ibid.

PAGE 376.

(e) *Eft-ce un bien que les campagnes foient défertes , &c.* » A mefure que l'induftrie & les arts lucratifs s'étendent & fleuriffent, les arts les plus néceffaires , comme l'agriculture , doivent enfin devenir les plus négligés ; d'où il arrive que le cultivateur, méprifé , chargé d'impôts néceffaires à l'entretien du luxe , & condamné à paffer fa vie entre le travail & la faim , abandonne fes champs pour aller chercher dans la ville le pain qu'il y devroit porter. Les terres reftent en friche ; les grands chemins font inondés de malheureux citoyens , devenus mendians ou voleurs , & deftinés à finir un jour leur mifere fur la roue ou fur un fumier. Tel eft l'effet réel qui réfulte des progrès de l'induftrie & du luxe ; telles font les caufes fenfibles de toutes les miferes , où l'opulence précipite enfin les Nations les plus ad-

mirées : c'eſt ainſi que l'Etat s'enrichiſſant d'un
côté, s'affoiblit & ſe dépeuple d'un autre, &
que les plus puiſſantes Monarchies, après bien
des travaux pour ſe rendre opulentes & dé-
ſertes, finiſſent par devenir la proie des
Nations pauvres qui ſuccombent à la funeſte tentation de les envahir. « *M. Rouſſeau.*

Voyez auſſi ſur cette matiere *les Entretiens
de Phocion* , un des plus vrais , & à tous
égards , un des meilleurs ouvrages de politique qui aient paru de nos jours.

I B I D.

(f) *Feront naître la diſette au milieu de
l'abondance , &c.* Voilà en effet tout ce que
nous ont valu les ſavans Traités de nos
Philoſophes ſur l'agriculture : après qu'ils
ont fait tant de mal , que leurs auteurs en
réparent donc , s'il ſe peut , les ſuites ; &
pour apprendre à démentir ou à modifier
leur ſyſtême , qu'ils aillent dans nos campagnes , qu'ils parcourent nos provinces , &
qu'ils voient des familles entieres , ſans pain
pendant des trois & quatre jours , mourir ,
ou d'inanition , ou d'excès de nourriture , au
moment où ce pain leur eſt rendu. Quel

tableau pour des cœurs senfibles ! fi cependant le luxe & une ftérile philofophie laiffent encore quelque place au fentiment.

PAGE 377.

(g) *Que des hommes énervés*, *&c.* » Une
armée fobre a des aîles ; le luxe énerve &
appéfantit l'armée où il eft répandu. La fru-
galité ménage les reffources du dedans &
du déhors ; la prodigalité les épuife & n'en
laiffe aucune au befoin : elle entraîne la dé-
vaftation, la famine, l'épouvante & la fuite
honteufe. Tout eft pénible pour des hommes
que la molleffe a nourris : le courage leur
refte, mais les forces leur manquent : l'ennemi qui fait les fatiguer, n'a pas befoin
de les vaincre, & les lenteurs de la guerre
lui tiennent lieu de combats. « *M. Marmontel.*

IBID.

(h) *Que l'intérêt particulier fuccede à
l'amour du bien commun*, *&c.* » A des
gens à qui il ne faut rien que le néceffaire
il ne refte à defirer que la gloire de la Patrie & la fienne propre. Mais une ame cor-
rompue par le luxe a bien d'autres defirs :
bientôt elle devient ennemie des loix qui

la gênent, &c. « *De l'Esprit des Loix, l.*
7, c. 2.

(i) *S'il excite l'industrie*, *&c.* » Il est
trois sortes d'industrie : celle qui pourvoit à
la nécessité est la première : celle qui sert
à l'aisance & à la décoration, la seconde :
celle enfin qui satisfait la recherche & la
curiosité est la derniere. Or, je soutiens que
le luxe n'a d'influence qu'en faveur de celle-
ci. En effet, est-ce au luxe que nous devons
l'agriculture, les moulins à eau & à vent,
&c. ? Est-ce au milieu du luxe que les Hollandois ont appris à gagner du terrein sur
la mer, & à couvrir de moissons les parvis
du palais d'Amphitrite ? Est-ce aux recherches du luxe qu'ils doivent l'invention des
écluses & des canaux ; qu'on doit ailleurs
l'art de la construction des navires, les ci-
ternes, que sais - je ! toutes les inventions
de l'industrie humaine, qui ont, pour ainsi
dire, changé la face de la terre ? &c. « *Ami*
des Hommes, t. 2, c. 5.

IBID.

(k) *S'il anime les arts dans les choses fri-*
voles & en dégradant le goût des Artistes, &c.

» A l'égard des beaux Arts , il est impossible qu'ils ne dégénerent , dès que le goût
de la recherche prend le dessus. En effet,
en tout genre le vrai beau est simple , autant que noble & élevé : il est à un point
fixe & marqué , par-delà lequel on le gâte;
& toutes les fois que les Artistes , en quelque genre que ce puisse être , ont voulu
enchérir sur la vraie beauté , la charger
d'ornemens , l'embellir par les détails , &
la rendre susceptible de leur prétendue élégance , ils l'ont défigurée & bientôt rendue
méconnoissable.   C'est cependant à quoi le
goût de la nouveauté force les Artistes , &c. «
Ibid.

I B I D.

(I) *S'il épuise tôt ou tard les especes qu'il*
fait circuler , &c. Le commerce du luxe , dit
l'Auteur du Livre de l'*Esprit* , donne aux
Nations opulentes la facilité de contracter
des dettes dont elles ne peuvent ensuite s'acquitter sans surcharger les peuples d'impôts
onéreux. . . . L'abondance d'argent que le
luxe attire , dit encore le même Auteur, en
impose d'abord à l'imagination. Cet Etat est
pour quelques instans un Etat puissant; mais
cet avantage (supposé qu'il puisse exister

quelque avantage indépendant du bonheur des citoyens) n'eft, oomme le remarque M. Hume, qu'un avantage paffager. Lorfque par la beauté de fes manufactures une Nation a attiré chez elle l'argent des peuples voifins, il eft évident que le prix des denrées & de la main-d'œuvre doit baiffer chez ces peuples appauvris. Les peuples, en enlevant quelques Manufacturiers à la Nation riche, l'appauvriront à fon tour en l'approvifionnant à meilleur marché. Or, fitôt que la difette d'argent fe fait fentir dans un Etat accoutumé au luxe, la Nation tombe dans le mépris. Ce qu'on vient de dire du commerce des marchandifes de luxe, ne doit pas s'appliquer au commerce des marchandifes de premiere néceffité. Ce commerce fuppofe une excellente culture des terres, une fubdivifion de ces mêmes terres, en une infinité de petits domaines, & par conféquent un partage bien moins inégal de richeffes..... Il eft certain, avoit dit plus haut l'Auteur que je cite dans cette note, que dix mille arpens de terre poffédés par une feule famille ne contribuent pas tant à la population & à la force de l'Etat, que s'ils étoient partagés entre vingt ou trente

familles. Voilà où gît le vrai secret de la
population. Les anciens qui l'ont bien compris ont toujours tâché de prévenir la trop
grande accumulation des domaines.

PAGE 381.

(m) *Signe apparent de la vie & de la
santé, il porte en lui*, &c. L'Auteur de
l'*Esprit* a mieux dit encore ; » la félicité
& la puissance apparente que le luxe com-
munique durant quelque-temps aux Nations,
est comparable à ces fievres violentes qui
prêtent dans le transport une force incroya-
ble au malade qu'elles dévorent, & qui sem-
blent ne multiplier les forces d'un homme
que pour le priver au déclin de l'accès, de
ces mêmes forces & de la vie. «

» Les Chymistes, a dit avec autant d'é-
nergie l'Auteur de la Théorie des Loix Ci-
viles, pilent, broient les matieres qu'ils font
entrer dans leurs alambics ; ils en concen-
trent les esprits par la distillation, pour composer ces liqueurs voluptueuses qui flattent
le goût ou l'odorat. Le luxe en agit de
même avec les hommes ; .... c'est du plus
pur de leur sang qu'il tire, ou ces ornemens
dont il se pare avec tant d'orgueil, ou ces ra-
finemens de délicatesse qu'il goûte avec tant de

fensualité. Ceux qui ne s'arrêtent qu'au résultat de son opération, en admirent le succès; ils n'examinent pas les préparatifs ruineux qui l'ont précédée. On songe rarement à ce qu'il en coûte au genre humain pour procurer à un petit nombre de ses membres, ou des plaisirs que l'abondance rend insipides, ou des superfluités qui cesseroient de leur paroître précieuses si elles étoient communes. On ne se permet pas de calculer combien le moins nécessaire des agrémens que l'opulence exige, fait perdre à l'univers d'hommes & même de familles. ⚬

PAGE 382.

(n) *Ce qui est luxe pour les uns, &c.* » Le luxe n'est pas dans la chose; il est dans l'abus. Ainsi pour me servir de l'exemple cité par Melon, un Parvenu, qui dans le temps de Henri II auroit porté des bas de soie, étoit repréhensible, parce qu'il affectoit une recherche nullement convenable à son état; & un Cordonnier qui en porte aujourd'hui ne choque personne...... Le Campagnard n'envie pas l'élégance & la propreté des meubles de la Ville, & la Ville se glorifie aux yeux des Etrangers de la pompe de la

Cour. Rien de tout cela n'excite l'envie &
la cupidité. D'où vient cela ? C'est que tout
est à sa place. Mais quand le Courtisan,
sortant de son entre-sol de Versailles, où il
est meublé selon l'ordonnance, ou de son
palais désert, où des pierres d'attente mar-
quent la place des glaces, va chez un Parvenu où tout reluit d'or & d'azur, où la
magnificence de la vaisselle & des porce-
laines, la profusion & la variété des mets
lui reprochent de toutes parts le vuide de
sa prééminence ; quand le Magistrat & le
Bourgeois voient dans des maisons de la campagne les boulingrins & les arbrisseaux odo-
rans tenir la place des fertiles moissons
qu'on en tiroit autrefois, & réduire en chau-
miere par comparaison l'honorable maison
de leurs peres ; quand le Seigneur campagnard voit dans sa terre un frippon de mar-
chand de bœufs prodiguer à sa femme des
bijoux qui éblouissent la Dame du château,
&c. alors tous les différens ordres crient
au luxe ; chacun blessé de se voir surpasser
par son inférieur naturel, s'efforce de se
mettre à sa place. De-là les dépenses folles,
c'est-à-dire disproportionnées aux moyens,
le dérangement, la ruine, la cupidité enfin

& fes conforts, & tous les défordres les plus propres à ruiner entiérement la société. « *L'Ami des Hommes.*

(o) *C'eft en attachant la honte au faſte,* &c. » C'eft elle (c'eft l'opinion) qui, fans gêne, & fans violence, remet chaque chofe à fa place ; & c'eft d'elle qu'il faut attendre la révolution dans les mœurs.

» Cette révolution vous paroît difficile ; elle dépend de la volonté & de l'exemple du Souverain. Dès qu'à mérite égal, l'homme le plus modefte & le plus fimple dans fes mœurs fera le mieux reçu du Prince, qu'il annoncera fon mépris pour des dépenfes faf- tueufes & pour un luxe efféminé, qu'il jet- tera un œil de dédain fur les efclaves de la molleffe, & qu'il fixera un regard de com- plaifance & de refpect fur les victimes du bien public ; le goût d'une fimplicité no- ble & d'une fage économie fera bien-tôt celui de fa Cour. Le fafte, loin d'y être honorable, n'y fera pas même décent. Des mœurs pures & aufteres y prendront la place des mœurs licentieufes & frivoles ; tous les refpects s'y tourneront vers le mérite per-

fonnel & laifferont le luxe & la vanité s'ad-
mirer feuls & fe complaire...... Ainfi
l'opinion du Prince fera l'opinion publique,
& fon exemple décidera le caractere national. « *M. Marmontel.*

IBID.

(p) *Il refferre le cœur, &c.* » Caractere
de cœur maudit, qui ne laiffe aucune reffource honnête aux miférables, & qui des-
hérite les deux tiers des hommes des biens
que la nature a faits pour eux..... Cette
inégale diftribution des biens lie néceffairement les hommes les uns aux autres, il
eft vrai ; mais le commerce qu'elle forme
entre eux n'eft-il pas trop dur pour les uns
& trop doux pour les autres ? & de cette
différence énorme, qui fe trouve aujourd'hui
entre le fort du riche & celui du pauvre,
Dieu, qui eft jufte autant que fage, n'en
feroit-il pas comptable à fa juftice, s'il n'y
avoit pas quelque chofe qui tînt la balance
égale, fi le bonheur du riche ne le chargeoit
pas auffi de plus d'obligations ? Ainfi, vous,
dont ce riche ne foulage pas la mifere,
prenez patience, c'eft-là votre unique tâche
à cet égard-là ; vivez comme vous faites à

la fueur de votre corps ; continuez , c'eft
Dieu qui vous éprouve : mais vous , homme
riche, vous paierez cette fatigue & ces langueurs où vous l'abandonnez : il y réfifte ;
vous lui paierez la peine qu'il lui en coûte :
c'eft à vos dépens qu'il prend patience ; c'eft
à vos dépens qu'il la perd : vous répondrez
de fes murmures & de l'iniquité où il fe livre, & en périffant il vous condamne. *
Le Spectateur François de Marivaux.

PAGE 390.

(q) *Toutes ces dépenfes ne valent-elles
pas bien celles du luxe , &c.* Pope a tranfmis à la poftérité le nom d'un vertueux citoyen de fa Nation, qui, avec un revenu
de cinq cent guinées au plus, a défriché
des terres, pratiqué des chemins favorables
au commerce, bâti un temple, nourri les
pauvres de fon canton, entrenu une maifon
de charité, doté des filles, mis des orphelins en apprentiffage, foulagé & guéri des
malades, appaifé les différends de fes voifins. Il s'appelloit *Jean Kyrle.* Il naquit à
Rofs, petit Bourg de la Province d'Herefort,
& mourut en 1724, âgé 90 ans. Voyez
dans l'édition Angloife de *M. Warburthon*
l'Epitre morale fur l'emploi des richeffes.

On trouve dans es Ouvrages de l'Abbé
Prévoſt une anecdote qui prouve juſqu'à
quel point le bon uſage de ce que nous
poſſédons , & l'habitude de faire du bien,
ſont néceſſaires pour rendre les riches vraiment heureux. Un homme jouiſſoit d'une
fortune conſidérable , & n'avoit appris à s'en
ſervir que pour ſatisfaire ſes beſoins & ſes
caprices. Des deſirs toujours renaiſſans , &
toujours remplis auſſitôt que formés, le con-
duiſirent par degrés à une eſpece de ſatiété
& de dégoût qui lui rendit la vie inſup-
portable. Il ne penſoit plus qu'aux moyens
de s'en délivrer, lorſqu'il rencontra un homme de ſa connoiſſance , qui, liſant ſur ſon
viſage le trouble qui l'agitoit, l'ennui & le
chagrin dont il étoit dévoré, parvint à lui
arracher ſon ſecret. » Eh quoi , lui dit-il,
» vous êtes dégoûté de la vie ; vous ne ſavez
» plus quel uſage faire de vos richeſſes pour
» en jouir ! ô mon ami ! ſervez-vous-en à
» faire des heureux , & par le plaiſir que
» vous en reſſentirez, vous ne vous plain-
» drez plus que la vie eſt un fardeau. « Un
ſi ſage conſeil fut adopté & mis en pratique
au même inſtant. Les premiers eſſais de ce
nouveau genre de bonheur furent ſi doux
pour

pour ce riche , ils devinrent pour lui une fource
de fentimens fi délicieux & fi purs, fon cœur
devint en peu de temps fi fenfible & fi généreux , qu'il trouva enfuite fes richeffes
trop bornées & fa vie trop courte pour tout
le bien qu'il vouloit faire. Quelle leçon pour
tant de gens qui en ont trop , & qui ne
favent raifonnablement à quoi l'employer ;
ou pour tant d'autres , que l'étroite capacité
de leur ame rend avares pour les autres &
pour eux - mêmes , & qui n'en ont jamais
affez ! Les infortunés ! ils meurent fans avoir
fu ce que c'étoit que de vivre.

LETTRE XXVII.

De la Comtesse au Marquis de Valmont.

VOTRE morale, mon tendre & respectable pere, vos principes sur le luxe &
sur l'emploi des richesses, sont l'unique
morale & les seuls principes que puisse
adopter mon cœur, & qui soient de nature à contenter ma raison. Mon pere
me les avoit inspirés dès l'âge le plus
tendre, & je n'ai pas été surprise de les
voir confirmés d'une maniere si sensible
par un second pere tel que vous. Je suis
seulement fâchée que vous mettiez sur
mon compte, aux yeux de mon mari,
les œuvres de charité & de bienfaisance
que dans les premiers temps de mon mariage vous m'aidiez vous-même à faire,
& que je n'eusse jamais entreprises avec
tant de zele & de facilité, si vous ne
m'eussiez servi de guide & de modele. Le
Comte a paru frappé, mais en bien,
de ce petit mystere que votre lettre lui a

révélé ; & que je tenois toujours fecret
avec d'autant moins de fcrupule que je
ne prends ces fortes de libéralités que fur
la portion de bien qui m'a été fpécialement réfervée. J'ai lieu de penfer qu'à
l'avenir il n'exigera plus de moi des dépenfes exceffives, mais celles feulement
qui conviennent à mon rang , & que je ne
pourrois me difpenfer de faire, fans manquer à mon mari, à mon état & à moi-
même. Il eft maintenant le premier à
retrancher dans ces jours de calamités
un fuperflu, qui femble pris fur la mifere
publique, & qui infulte aux malheureux.
Son cœur naturellement bon devient par
par vos leçons de plus en plus fenfible ;
mais fon efprit trop jeune encore , fon
caractere impétueux ne lui permettent
pas toute la raifon que je voudrois trouver
en lui. Il n'y a, je le fens, que la Religion qui puiffe le former avant l'âge : car
tel eft fon chef-d'œuvre, elle fupplée à
l'expérience même , & donne à la jeuneffe une fageffe prématurée. Valmon
ne fait que preffentir les vérités auxquelles

S ij

vous le conduifez par dégrés ; il ne fait qu'entrevoir ce jour fi pur, qui par vos foins ne tardera pas à l'éclairer. En attendant que ce vif éclat de lumiere étonne, frappe fon ame, & opere fon changement, qu'il me refte de chofes à craindre & à fouffrir ! fa jaloufie s'accroît de jour en jour, & produit en lui une autre efpece d'aveuglement prefque auffi funefte que le premier. Tout l'aigrit, tout lui fait ombrage, & les inquiétudes, les foupçons qu'il me laiffe entrevoir, en bleffant ma délicateffe & mon amour pour lui, font tout à la fois mon fupplice & fon propre tourment.

N'ayant plus la force de foutenir ni les peines qu'il endure, ni l'injuftice qu'il me fait, trop fenfible peut-être, & trop foible pour ce nouveau genre d'épreuve, j'ai voulu m'expliquer avec lui. Je tenois une de fes mains que j'arrofois de mes pleurs, & à travers mille fanglots, cher Valmont, lui ai-je dit, quel regard fombre & farouche lancez-vous fur moi ! vous m'aimez, & dans votre amour vous

femblez me haïr : de quoi vous plaignez-
vous ? quels facrifices exigez-vous de moi
que je ne fois prête à vous faire avec plus
d'empreffement que vous ne paroîtrez les
defirer ? voulez-vous que je me condamne
à une entiere retraite ? Elle me fera douce
avec vous. Mon état actuel entraîne mille
incommodités qui peuvent me fervir d'excufes. Voulez-vous permettre du moins
qu'à l'égard de Laufane. . . . . A ce mot
mon mari pâlit, frémit, & fon trouble
trahiffoit malgré lui fes difpofitions les
plus fecrettes. —— Non, Madame, je ne
permets & n'exige rien de ridicule & d'infenfé. Laufane fera toujours mon ami, &
par bien des motifs, il feroit le dernier
que je vouluffe éloigner. —— Quel ami !
repris je à l'inftant. . . . . A peine eus-je
prononcé ces mots que j'en fentis toutes
les conféquences, par l'altération plus
grande encore que je remarquai dans Valmont, & par tout ce que j'avois à craindre
de fa vivacité. —— Quoi, Madame, reprit-
il avec chaleur, le Baron vous auroit-il
manqué ? On ne manque à une femme

telle que moi, lui dis-je à l'inftant,
qu'autant qu'elle le veut bien ; & vous
me connoiffez. Mais fans me manquer
précifément, le Baron m'aime ou feint
de m'aimer ; vous en avez fait un jeu,
& c'eft vous qui m'avez forcée de recevoir fes vifites trop affidues ; elles m'ont
toujours été à charge & vous devriez me
favoir gré de la contrainte que je me fuis
impofée. Je n'eftime point affez Laufane
pour en faire un ami ; il me convient
encore moins fous un autre titre, & je
n'ai jamais ambitionné que le cœur de
mon mari. Cependant, cher Valmont,
votre air fombre & inquiet à fon appro-
che femble me punir de mon trop de
foumiffion à vos volontés. — Moi, Madame, me croyez-vous jaloux ? — Je ne
fais ; mais je n'y ai donné lieu du moins
ni par mes fentimens, ni par ma conduite. Ce qu'il y a de vrai c'eft que maintenant vous paffez pour tel ; que Laufane en plaifante tout le premier ; que
fes affiduités me font peine ; que fon caractere vain m'effraye ; & que vous me

rendriez le plus grand de tous les servi-
ces, si, sans vous compromettre, vous
me faisiez la grace de m'en délivrer. Cela
peut être, reprit mon mari avec un sang
froid dont je fus glacée, mais ce seroit
justifier ce caractere jaloux dont vous sem-
blez m'accuser. Soyez tranquille, Madame, soyez contente, & jouissez avec
confiance de l'effet de vos charmes; il est
bien juste que l'univers soit à vos pieds.
Moi contente! repris-je, fondant en
larmes; moi tranquille, quand vous ne le
serez pas! & puis-je me faire un bonheur
qui ne soit pas le vôtre? Laissons à des
cœurs ambitieux toutes les dignités, toutes les faveurs de la Cour; le mien n'est
que tendre & sensible, & met tout son
bonheur à vous aimer & à être aimée de
vous. Venez, cher Valmont, venez partager l'exil de notre respectable pere.
Venez au sein de la plus auguste famille
jouir en paix de leur exemple, de leurs
lumieres & de leurs vertus. Il me reste
encore assez de temps, j'espere, pour
prévenir, eu égard à ma situation, les

accidens d'un voyage trop précipité. —
Et que diroit-on d'une pareille démarche ? — On dira, cher époux que je
vous aime plus que tout autre bien, plus
que tous les honneurs, plus que le monde
entier. On dira que nous avons été chercher le repos, qui ne se trouve point
ici, & que sous les yeux d'un pere tel
que le vôtre nous nous suffisons pour
être heureux. Eh, que nous importe ce
que l'on dira, si nous sommes heureux en
effet ? — Ainsi je me rendrai le jouet & la
fable de tout ce qui m'environne. J'oublierai ce que je dois à mon Prince, ce
que je me dois à moi-même. Et sur quoi
fondé ? sur ce que vous me croyez jaloux.
Non, Madame, tout me répond de votre cœur. Voyez Lausane, & qu'il triomphe à son aise d'un fol espoir, que sans
doute vous ne lui avez pas donné. A ces
mots mon mari m'a laissée presque à ses
pieds, tremblante comme une criminelle
qu'on accuse & qui se justifie, désolée &
prévoyant dans l'avenir des maux plus
grands encore. O mon Dieu! soyez mon

appui, détournez les malheurs que je crains, & si vous les permettez par un juste jugement, donnez-moi la force de les souffrir !

LETTRE XXXVIII.

Du Comte de Valmont au Marquis.

JE vous l'avouerai, mon pere, les caracteres que vous attachez à la véritable
Religion font ceux qui m'ont toujours
paru les plus frappans & les plus néceffaires, fi d'ailleurs on y en ajoute un que
je voudrois que vous n'euffiez pas omis;
je veux dire, l'univerfalité. J'ai toujours
cru que ces caracteres ne pouvoient convenir qu'à la Religion naturelle, & c'eft
ce qui m'a donné plus de refpect pour
elle , & plus d'éloignement pour toute
religion révélée. Cependant l'application
que vous en faites à la Religion Chrétienne, & que vous juftifiez fi bien par
rapport à fon ancienneté, confirme plus
que jamais les doutes que vous m'avez
infpirés en faveur de cette Religion que
vous m'annoncez. J'admire avec vous ces
antiques & refpectables monumens qui
en font remonter l'origine aux premiers

jours du monde; & ce récit de Moïse, qu
est si bien d'accord avec les vraies notions
que nous devons avoir de la Divinité,
avec la nature des choses & l'état des premiers peuples & des premieres sociétés.
Dans l'histoire du peuple Juif tout s'arrange avec netteté & avec ordre; tous
les faits naissent les uns des autres & se
prouvent mutuellement; ce qu'on rencontre difficilement, ou pour mieux dire,
ce qu'on ne rencontre point dans les fa-
buleuses annales de ces peuples, qui se
vantent de la plus haute antiquité. D'a-
près le plan que vous m'avez tracé, & le
développement que vous en avez fait sur
ce premier article, je crois entrevoir aussi
qu'il ne vous sera pas difficile de prouver l'unité de la Religion & sa perpétuité. J'attends ces preuves avec impatience, & celles encore qui doivent constater à mes yeux sa perfection ou sa
sainteté.

Mais j'en reviens, mon tendre pere,
à l'universalité. Sous l'empire d'un Dieu
bon, d'un Dieu juste, du pere commun

S vj

du genre humain, la vraie religion, ce
femble, doit être pour tous les hommes;
elle doit être pour tous les lieux comme
pour tous les fiecles, & certainement vous
ne me prouverez jamais qu'il en foit ainfi
du Chriftianifme. Le croiriez-vous, ô le
plus refpectable de tous les amis.& de
tous les péres, vous m'avez déja tellement reconcilié avec lui que je voudrois
qu'il fût auffi démontré, auffi vrai, qu'il
vous le paroît à vous même; & je commence à regretter de ne pas lui trouver
tous les caracteres de vérité que je puis y
defirer. Je fens que lui feûl me fatisferoit,
me confoleroit; car enfin on ne peut être
heureux ici bas : la légereté des créatures,
le peu de fonds qu'on doit faire fur elles,
les fources d'ennui, d'inquiétude que
nous trouvons au-dedans de nous mêmes,
l'incertitude où nous flottons fans ceffe
fur ce qui intéreffe davantage la raifon
& le fentiment, tout nous fait fouhaiter
un point d'appui qui ferve à nous fixer,
à nous tranquillifer, à nous foulager : &
où le trouverons-nous fi ce n'eft dans

une religion telle que vous me la dé-
peignez ?

Oferai-je bien une feconde fois vous
ouvrir mon cœur, & vous le montrer
plus agité & plus foible qu'il ne le fut
jamais ? Vous avouerai-je, hélas ! ce que je
n'ofe m'avouer à moi-même ? Je n'aime
plus, je ne puis plus aimer qu'Emilie ;
mais je doute qu'Emilie m'aime encore...
Je doute.. qu'elle m'ait jamais bien aimé.
Et en effet, lorfqu'elle a fi bien connu
mon amour pour fa jeune amie , elle
n'a point éclaté en reproches ; elle n'a
point perdu fon repos & fa tranquillité ;
un autre penchant paroît avoir détourné
fon attention & rempli fon cœur. Elle
aura cru peut-être qu'elle étoit quitte de
tout amour envers moi, puifque j'avois
pû ceffer de l'aimer... Mais quels foupçons injurieux à fa vertu ! hélas ! Emilie
auroit donc tous les vices ! elle feroit
donc fauffe, diffimulée, perfide ; car elle
me jure fi tendrement qu'elle m'aime,
& qu'elle n'a jamais aimé que moi ! ah !
falloit-il ne retrouver au fond de mon

cœur mes premiers sentimens pour elle, que pour en faire la source de mes plus vives allarmes & du plus cruel tourment. Aidez-moi, mon pere, à dissiper ces vains phantômes d'une imagination égarée, qui vont me rendre ridicule aux yeux du monde, & qui déja me rendent insupportable à moi-même. O quelle confiance vous m'avez inspirée, puisque j'en ai assez pour vous avouer tant de foiblesse!

LETTRE XXXIX.

Du Marquis à son Fils.

Tu crois à la vertu, cher Valmont, &
tu cesserois de croire à celle d'Emilie !
tu lui fais un reproche de ce qui est en
elle un mérite. Elle n'a point, dis-tu,
éclaté en plaintes & en murmures, quand
elle a su ta passion pour son amie. Eh,
mon fils, ses plaintes t'eussent-elles ra-
mené plus surement que ne l'eussent pu
faire sa patience & sa douceur ? » Elle
» n'a rien perdu de son repos & de sa
» tranquillité : « ah ! il est vrai, elle étoit
tranquille par raison, par religion, autant qu'une épouse tendre & chrétienne
peut l'être. Mais elle étoit sensible ; &
que n'as-tu pu lire dans son cœur tout
ce qu'il renfermoit au-dedans d'amour &
de tourmens ! que ne peux-tu y lire maintenant ce que tes soupçons & tes craintes
y portent d'amertume, & ce qu'ils ont
d'affligeant pour sa délicatesse ! Trop heu-

reux époux ! tu ne connois pas encore
Emilie, & il faut être vertueux comme
elle pour l'apprécier tout ce qu'elle vaut !
Bannis, cher Valmont, ces idées sombres
& jalouses qui sont indignes de tous deux.
Quitte ce caractere odieux qui n'est pas
fait pour toi. Je passe à des amours mal
fondées, à des ames communes, ces inquiétudes avilissantes qui décelent assez
la bassesse de leur origine ; mais je ne
puis les souffrir dans mon fils, & moins
encore dans l'époux de la sage & fidele
Emilie.

Permets donc que sans m'arrêter plus
long-temps à combatre des monstres &
des chimeres, je te ramene à nos entretiens sur la Religion, cette Religion si bien
faite pour le cœur de l'homme, & comme
tu l'avoues toi-même, si propre à lui servir d'appui. Tu conviens que rien ne dé-
poseroit plus fortement en sa faveur que
les caracteres de vérité que je prétends lui
donner. Mais il en est un, aussi marqué,
aussi essentiel selon toi, & que je n'ai pu
omettre sans prouver contre elle, c'est

l'univerfalité. J'ai déja répondu d'avance
à cette difficulté * : il eſt vrai, cher Valmont, je ne puis, dans le ſens rigoureux
que tes expreſſions renferment, prêter
à la révélation ce caractere auquel tu
donnes tant de force & de crédit. Mais
prends garde que, pris auſſi ſtrictement
que tu l'entends, il entre ſi peu dans les
preuves eſſentielles de la véritable Religion, qu'on ne peut pas même l'attri-
buer à la Religion naturelle , que cependant tu reconnois maintenant pour
vraie. Tu ſentiras après un examen réfléchi, qu'on ne peut faire valoir, même
à l'égard de celle-ci, que la diſpoſition
& l'aptitude, ſi je puis parler ainſi, que
nous avons tous à y parvenir. Il eſt conſ-
tant que la loi naturelle eſt faite pour
tous les hommes, que tous les hommes
ſont propres à la connoître & à la pratiquer. Mais dans le fait, il n'eſt pas vrai
que tant de nations idolâtres, que tant

---

* Voyez la Lettre XXVIII.

de peuples sauvages la connoissent & la
pratiquent dans ce qu'elle a de plus nécessaire & de plus important ; je veux
dire, la connoissance de l'Etre suprême
& de nos devoirs envers lui. Il en est de
même de la Religion Chrétienne quant
à l'universalité, avec cette différence,
qui est toute en sa faveur, & qui montre combien elle supplée avantageuse-
ment à la seule raison ; c'est que tel peuple a souvent des notions, quoique imparfaites, de certains points de la loi naturelle, & manque de bien des lumieres
sur d'autres ; au lieu que par-tout où la
vraie foi porte son flambeau (& aujour-
d'hui elle le porte presque en tous lieux)
elle nous éclaire sans distinction sur tous
nos devoirs, & nous fournit les plus surs
moyens de les accomplir. Ainsi, mon
fils, à la rigueur elle n'est pas répandue
universellement, j'en conviens ; elle n'a
pas toujours, elle n'a pas même encore
porté sa clarté chez tous les peuples ;
mais elle est faite pour les éclairer tous,

& comme je te l'ai déja fait obferver *, elle n'attend, pour leur prêter fa lumiere, que des cœurs droits & qui foient dignes d'elle. Il fuffit d'ailleurs, pour qu'elle foit le don le plus précieux que le Ciel ait daigné nous faire, qu'elle puiffe, fans diftinction, fans acception de Juifs ou de Gentils, être le prix de nos vœux ; que tous les hommes puiffent s'y difpofer en quelque forte & l'obtenir ; & qu'un Dieu jufte & puiffant, maître des conditions, maître abfolu des événemens & des moyens, fécond en reffources, vainqueur de tous les obftacles que peuvent y apporter la diftance des lieux & la diverfité des climats, ne la refufe à perfonne : il fuffit que, chacune dans fon temps, les nations les plus éloignées la reçoivent ou comme grace, ou comme récompenfe.

Revenons donc, cher Valmont, aux feuls caracteres que j'ai établis, & dont on ne peut contefter la néceffité. La Re-

---

* Voyez la note (a) de la XXVIIIe Lett.

ligion Chrétienne a pour elle l'ancienneté : je crois te l'avoir démontré. A-t-
elle également l'unité, la perpétuité, la
perfection ou la fainteté ?

Elle eft parfaitement une, fi elle fe rapporte toute entiere à un unique terme,
fi fes parties font liées par un centre
commun. Or, tel eft fon caractere : elle
a pour centre, pour point d'appui, pour
unique fin, Jefus-Chrift médiateur des
hommes.

Faire de Jefus-Chrift l'objet de fes promeffes, le but de fes oracles, le premier
mobile de nos efpérances, l'attente des
nations, le fondement de fon culte, le
prototype & le modele des vrais juftes
dans l'ancienne comme dans la nouvelle
loi, le point de réunion de l'un & l'autre Teftament ; en un mot, glorifier Dieu
par Jefus-Chrift, fanctifier les hommes
en Jefus-Chrift ; & pour ce double objet
rapporter tout à Jefus-Chrift ; voilà, mon
fils, ce qui lie, ce qui affortit toutes les
parties de la Religion révélée, & ce qui
en fait le chef-d'œuvre de l'unité. De-

veloppons ce fecond caractere qui lui eft propre, & qui plus que tout autre eft digne de nos réflexions.

Dieu laiffe entrevoir à Adam après fa chûte *, » une femence qui naîtra de la » femme & qui écrafera la tête du ferpent » qui les a féduits, » c'eft-à-dire, qui domptera fon orgueil, qui renverfera fon empire, mais contre laquelle auffi cet ennemi du genre humain tournera toutes fes rufes & tous fes efforts. Cette pro-meffe faite au genre humain dès l'enfance du monde, & qui commence en quelque forte l'hiftoire de la révélation, s'éclair-cit, fe reproduit de jour en jour d'une maniere plus fenfible, & à raifon de fes développemens, ainfi que de la longue attente qu'elle fait naître, devient pour notre fainte & augufte Religion la bafe fur laquelle elle repofe †.

Dans le plan admirable que cette Reli-

---

* Genef. 3.

† Ce n'eft en effet qu'à *raifon de fes développemens*, que cette promeffe fe rend

gion nous trace & l'heureux enſemble
qu'elle nous préſente, il falloit à l'Etre
ſuprême, outragé par la déſobéiſſance de
ſa créature, un réparateur digne de lui,
·une réparation proportionnée à la majeſté
de celui qui étoit offenſé & à la gran-

---

plus claire par la ſuite & plus ſenſible. C'eſt
en la conſidérant ſous ce même rapport,
que M. de Valmont la cite dans le ſens que
comportent le texte Hébreu, & pluſieurs
verſions des plus célebres, comme les verſions Arabes, Chaldéennes, & différentes
leçons des Septante. Il eſt d'ailleurs inconteſtable que la foi des Patriarches avoit pour
principal objet l'accompliſſement de la promeſſe que Dieu ne ceſſoit de leur faire d'une
ſemence dans laquelle toutes les Nations ſeroient bénites, que c'étoit-là ce qui formoit
la grande eſpérance des Iſraëlites fidéles; &
c'eſt auſſi, en prenant les choſes dans leur
principe & dans les vues de la divine ſageſſe, que le diſciple bien aimé du Sauveur nous répréſente Jéſus-Chriſt comme l'A-
gneau immolé dès l'origine du monde, *qui
occiſus eſt ab origine mundi.* Apoc. 13, 8.

deur de l'offense : il falloit à l'homme,
déchu de son premier état, un médiateur
auprès du Très-Haut, une victime pure
& sainte qui pût l'honorer, un nouveau
pontife qui n'eût rien à expier pour lui-
même. La nature dégradée dans son chef
n'offroit rien qui dût suffire à de si grands
objets, & qui fût capable de remplir l'intervalle entre Dieu & l'homme : & toutefois Dieu, admirable & fécond dans sa
nature & dans ses desseins, laisse entrevoir au monde encore naissant un libérateur. En lui se concilieront la justice &
la miséricorde; en lui le mal du péché
sera abondamment réparé; en lui, & par
ses abaissemens & ses souffrances, Dieu
sera honoré comme il doit l'être; le genre
humain triomphera de son plus dangereux ennemi; un nouveau regne com-
mencera pour ne finir jamais, & ce sera
celui de la justice & de la vérité. Voilà
ce qu'annonce de loin la promesse, & ce
que Dieu se réserve de développer avec
plus d'étendue & de lumiere, à mesure
que les temps où elle doit s'accomplir
seront plus proches.

Cette promeſſe eſt renouvellée d'âge en âge, & ſon effet doit s'étendre ſur toutes les nations. Pour que le ſouvenir s'en conſerve parmi les hommes, Dieu ſe ſépare une famille à laquelle il la rappelle ſans ceſſe. Il la rappelle à Abraham, à Iſaac, à Jacob, dans la ſemence deſquels il fait voir un jour tous les peuples bénis *.

Jacob au lit de la mort, annonçant à ſes enfans ce qui doit arriver à leur poſtérité, prédit en ces termes, près de dix-ſept ſiecles avant Jeſus-Chriſt, la prééminence que doit conſerver la Tribu de Juda ſur toutes les autres Tribus juſqu'à la venue du Meſſie, & le temps où le Meſſie doit naître †.

» Le ſceptre †† ne ſortira point de Juda, » & le gouvernement ne ſortira point de » ſes deſcendans, juſqu'à ce que vienne

---

* Gen. XII, 3, & XVIII, 17, 18; XXVI 3, 4, XXVIII, 13, 14.

† Gen. 99, 8 & ſuiv.

†† Dans l'Ecriture ſainte & la langue dans
                                    » celui

» celui qui doit être envoyé ; & il fera
» l'attente des nations. «

Des enfans d'Abraham, des douze
fils de Jacob, Dieu fait naître un peuple
qu'il rend le dépofitaire de cette même
promeffe qu'il a faite à fes peres. Ce
peuple eft pour lui l'objet d'une providence toute fpéciale. Il le conduit, il le
gouverne, il lui impofe des loix, il lui
prefcrit des cérémonies fans nombre : ce
ne font point des cérémonies vaines ; leur
but eft d'empêcher qu'il ne fe confonde
avec les autres peuples, & n'oublie par
ce mélange le Meffie qui doit être l'unique objet de fon attente. Il fait éclater

---

laquelle ce Livre eft écrit, le mot *Sceptre*
fignifie en général la puiffance, l'autorité,
la magiftrature ; & cet ufage fe trouve établi
dans une quantité d'endroits de l'Ecriture.

Pour l'entier développement de cette belle
Prophétie, qui fixe le temps de la venue du
Meffie, voyez le Difcours fur l'Hiftoire Univerfelle par M. Boffuet, feconde Partie,
nᵒ. 10, Pag. 368 & fuivantes, édition de
1744.

Tome II. T

en lui la force de son bras; il le récom-
pense lorsqu'il lui est fidele; il le châ-
tie sans le perdre de vue, lorsqu'il porte
son hommage aux Dieux des Gentils. Sa
sagesse semble ne disposer les événemens
& ne régler la destinée des autres nations
que pour ce peuple choisi, & ce peuple
lui-même n'est fait que pour le Messie.
Tout en lui m'y ramene (*a*), l'Agneau
Paschal, le serpent d'airain, les différentes sortes de victimes qu'offroit le souverain Pontife, mille autres objets divers
me donnent déja quelque idée de l'objet
qu'ils représentoient. Les justes m'en re-
tracent l'image dans eux-mêmes par des
rapports sensibles.

Cependant Dieu s'explique de jour en
jour avec plus de clarté. » Les Prophetes
» m'annoncent un Dieu donné, un Dieu
» avec nous *. Il est dans le sein de son
» pere avant tous les siecles; mais le
» Seigneur va l'engendrer dans le temps
» pour en faire un homme-Dieu, le Ré-

---

* Isa. 7, 14.

» dempteur des hommes *. Le juste des-
» cendra du Ciel comme une rosée. La
» terre produira son germe, dit Isaïe, &
» ce sera le Sauveur avec lequel on verra
» naître la justice †. Mon serviteur, a dit
» encore le Très-Haut, sera rempli d'in-
» telligence, il sera grand, élevé, il
» montera au plus haut comble de gloi-
» re ††. . . . « Mais quel mélange sur-
prenant de gloire & d'opprobre ! le Prophete continue, » & tout-à-coup il me
» le fait envisager sous une forme mé-
» prisable aux yeux des hommes **.

Ici, mon fils, écoutons parler les Prophetes eux-mêmes. Arrêtons-nous aux
textes les plus précis, à ceux qui nous
dispensent le plus de toute discussion, &
qui, sans nous forcer à de longs calculs
de chronologie, démontrent de la maniere la plus sensible l'unité de la Religion, & son rapport à Jesus-Christ, à

---

* Pс. 109, 3.   †† Isa. 52, 13.
† Isa. 45, 8.   ** *Ibid.* 52, 14.

un Meffie, tel que le Chrétien le reconnoît & l'adore.

Mais fur-tout, fouviens-toi, cher Valmont, que ces prédictions éclatantes ont
fervi de preuves à la religion dès les premiers fiecles, dès les premiers jours du
chriftianifme ; que dès-lors on les oppo-
foit aux Juifs ; que ces Juifs charnels ont
bien cherché, quoiqu'envain, à en éluder
l'application, aveuglés comme ils l'étoient
par les fauffes idées d'un regne temporel,
d'une Jérufalem toute terreftre ; mais que
jamais ils n'en ont contefté l'authenticité ;
que c'eft d'eux que le Chrétien les a reçues ; qu'elles ont donc néceffairement
précédé Jefus-Chrift, qui en effet fe les
eft tant de fois appliquées à lui-même ; &
qu'ainfi c'eft de nos plus grands ennemis
que nous tirons les preuves les plus frappantes de la Religion Chrétienne. Après
cela, mon fils, oppofe-nous, fi tu l'ofes,
ces oracles incertains ou équivoques des
dieux du paganifme, ces fauffes imitations, que l'efprit de menfonge a faites
en leur faveur, des infpirations faintes
du Dieu de vérité (b).

Avant que de reprendre Ifaïe, entends le Roi Prophete révéler comme lui, dans fon divin langage, le plus grand des myfteres & toute la gloire du Meffie.

» Le Seigneur * a dit à mon Seigneur, » affeyez-vous à ma droite, ... vous poffé- » derez l'empire au jour de votre puiffan- » ce, & au milieu de l'éclat qui environ- » nera vos Saints. Je vous ai engendré » avant l'étoile du jour. Le Seigneur l'a » juré, & fon ferment demeurera im- » muable, que vous êtes le Prêtre éternel » felon l'ordre de Melchifedech. «

Ailleurs ce faint Roi voit le Meffie dans les opprobres & les fouffrances, & le peint fous des traits auxquels il eft difficile de le méconnoître.

» O mon Dieu, mon Dieu, s'écrie-t- » il †, jettez fur moi vos regards : pour- » quoi m'avez-vous abandonné ?.... Je fuis » un ver de terre, & non un homme; je » fuis l'opprobre des hommes & le rebut » du peuple. Ceux qui me voyoient fe font

---

* Pf. 109. † Pf. 21.

T iij

» moqués de moi : ils en parloient avec ou-
» trage., & ils m'infultoient en remuant la
» tête. Il a efpéré au Seigneur, difoient-ils ;
» que le Seigneur le délivre, qu'il le fauve ;
» s'il eft vrai qu'il l'aime.... Ils ont percé
» mes mains & mes pieds ; ils ont compté
» mes os ; ils fe font appliqués à me regar-
» der & à me confidérer ; ils ont partagé
» entre eux mes habits, & ils ont jetté ma
» robe au fort ; mais pour vous, Seigneur,
» n'éloignez point votre affiftance de moi...
» Je ferai connoître votre faint nom à mes
» freres... Vous qui craignez le Seigneur,
» louez-le, glorifiez-le, parce qu'il n'a
» point détourné de moi fon vifage. . .
» La terre dans toute fon étendue fe fou-
» viendra de ces chofes, & fe convertira
» au Seigneur, & tous les peuples des
» différentes nations feront dans l'adora-
» tion en fa préfence . . Mon ame vivra
» pour lui, & ma race le fervira ; la pof-
» térité qui doit venir fera déclarée appar-
» tenir au Seigneur ; & les cieux annon-
» ceront fa juftice au nouveau peuple qui
» doit naître. «

Ifaïe s'exprime plus clairement encore : & fi David, parce qu'il parle en fon propre nom, parce qu'il femble parler comme étant chargé de fes péchés, & que J. C. n'étoit chargé que des péchés des autres hommes, laiffe par-là quelque reffource à celui qui veut bien encore s'aveugler, Ifaïe n'en laiffe aucune.

» Réjouiffez-vous, dit-il *, déferts de
» Jérufalem ; le Seigneur a fait éclater la
» force de fon bras aux yeux de toutes les
» nations, & toutes les religions de la
» terre verront le Sauveur que notre Dieu
» doit nous envoyer. . . Il s'élevera † de-
» vant le Seigneur comme un arbriffeau
» & comme un rejetton qui fort d'une
» terre feche : il eft fans beauté, fans
» éclat : nous l'avons vu, & il n'avoit
» rien qui attirât les regards, & nous l'a-
» vons méconnu. Il nous a paru un objet
» de mépris, le dernier des hommes, un
» homme de douleurs, qui fait ce que
» c'eft que de fouffrir. Son vifage étoit

---

* C. 52.   † C. 53.

T iv

» comme caché. Il paroiſſoit méprifable,

» & nous ne l'avons point reconnu. Il a

» pris véritablement nos langueurs ſur lui,

» & il s'eſt chargé lui-même des peines

» qui n'étoient dues qu'à nous. Nous l'a-

» vons conſidéré comme un lépreux,

» comme un homme frappé de Dieu &

» humilié ; cependant il a été percé de

» plaies pour nos iniquités ; il a été briſé

» pour nos crimes. Le châtiment qui de-

» voit nous procurer la paix eſt tombé

» ſur lui, & nous avons été guéris par ſes

» meurtriſſures. Nous nous étions tous

» égarés comme des brebis errantes ; cha-

» cun s'étoit détourné pour ſuivre ſa pro-

» pre voie ; & Dieu l'a chargé ſeul de l'ini-

» quité de tous. Il a été offert, parce

» que lui-même l'a voulu, & il n'a point

» ouvert la bouche. Il ſera mené à la mort

» comme une brebis qu'on va égorger ;

» il demeurera dans le ſilence, comme

» un agneau eſt muet devant celui qui le

» tond. Il eſt mort au milieu des dou-

» leurs, ayant été condamné par des Juges.

» Qui racontera ſa génération ? Il a été

» retranché de la terre des vivans. Je l'ai
» frappé à caufe des crimes de mon peu-
» ple. Il donnera les impies pour le prix
» de fa fépulture, & les riches pour la
» récompenfe de fa mort ; parce qu'il n'a
» point commis d'iniquité, & que le men-
» fonge n'a jamais été dans fa bouche :
» mais le Seigneur l'a voulu brifer dans fon
» infirmité. S'il livre fon ame pour le pé-
» ché, il verra fa race durer long-temps, &
» la volonté de Dieu s'exécutera heureufe-
» ment par fa conduite. Il verra le fruit
» de ce que fon ame aura fouffert, & il en
» fera raffafié. Comme mon ferviteur eft
» jufte, il juftifiera par fa doctrine un
» grand nombre d'hommes, & il portera
» fur lui leurs iniquités ; c'eft pourquoi je
» lui donnerai pour partage une grande
» multitude de perfonnes ; & il diftribuera
» les dépouilles des forts, parce qu'il a
» livré fon ame à la mort, qu'il a été mis
» au nombre des fcélérats, qu'il a porté
» les péchés de plufieurs, & qu'il a prié
» pour les violateurs de la loi.

T v

» Réjouiffez-vous * ftérile qui n'enfan-
» tiez pas. Chantez des cantiques de louan-
» ges , & pouffez des cris de joie , . . .
» votre poftérité aura les nations pour
» héritage , . . . & le Saint d'Ifraël qui
» vous rachetera s'appellera le Dieu de
» la terre. «

Avouons-le , mon fils , les divines Ecritures n'euffent-elles que cette prophétie à
nous offrir fur Jéfus-Chrift ; les paroles
en font fi claires & fi précifes , qu'elle
fuffiroit feule pour fixer tous nos doutes.
Mais fuivons enfemble le fil d'une tradition fi belle , & écoute maintenant parler
Daniel.

» Exaucez-nous , Seigneur † ; Seigneur,
» appaifez votre colere , jettez les yeux fur
» nous & agiffez : ne differez plus , mon
» Dieu , pour l'amour de vous - même ,
» parce que cette ville & ce peuple font
» à vous , & ont la gloire de porter votre
» nom.

» Lorfque je parlois encore & que je

---

* C. 54.　　　　† Dan. c. 9.

» priois, & que je confeffois mes péchés
» & les péchés d'Ifraël mon peuple , & que
» dans un profond abaiffement j'offrois
» mes vœux en la préfence de mon Dieu
» pour fa montagne fainte. . . Gabriel que
» j'avois vu au commencement de la vi-
» fion , vola tout d'un coup vers moi , &
» me toucha au temps du facrifice du foir.
» Il m'inftruifit , & me dit : Daniel, je
» fuis venu maintenant pour vous donner
» l'intelligence. Dès que vous avez com-
» mencé votre priere , j'ai reçu cet ordre ,
» & je fuis venu pour vous découvrir
» toutes chofes, parce que vous êtes un
» homme de defirs. Soyez donc attentif à
» ce que je vais vous dire , & comprenez
» cette vifion.

» Dieu a abrégé & fixé le temps à foi-
» xante & dix femaines en faveur de votre
» peuple & de votre ville fainte , afin que
» fes prévarications foient abolies ; que le
» péché trouve fa fin ; que l'iniquité foit
» effacée ; que la juftice éternelle vienne
» fur la terre ; que les vifions & les pro-
» phéties foient accomplies ; & que le

» Saint des Saints soit oint de l'huile sa-
» crée. Sachez donc ceci, & gravez le dans
» votre esprit. Depuis l'ordre qui sera don-
» né pour rebâtir Jérusalem, jusqu'au
» Christ chef de mon peuple, il y aura
» sept semaines & soixante & deux se-
» maines ; & les places & les murailles
» de la Ville seront bâties de nouveau
» parmi les temps fâcheux & difficiles :
» & après soixante & deux semaines le
» Christ sera mis à mort ; & le peuple
» qui doit le renoncer ne sera point son
» peuple. Un peuple avec son chef qui
» doit venir, détruira la Ville & le Sanc-
» tuaire : elle finira par une ruine entiere,
» & la désolation qui lui a été prédite arri-
» vera après la fin de la guerre. Il confir-
» mera son alliance avec plusieurs dans une
» semaine, & à la moitié de la semaine les
» hosties & les sacrifices seront abolis. L'a-
» bomination de la désolation sera dans le
» Temple, & la désolation durera jusqu'à
» la consommation & jusqu'à la fin. «

Si après une prédiction aussi remarquable tu desires, cher Valmont, suppute

les années & les soixante & dix semaines
d'années dont parle Daniel, en se servant
d'un langage déja employé avant lui par
le Légiflateur des Juifs ✶ ; si tu veux fixer
les dates, & considérer la justesse de leurs
rapports avec les temps prédits par le
Prophete, ouvre notre savant Boʃʃuet †,
consulte les plus éclairés de tous nos Chro-
nologiftes, & tes desirs seront bientôt
satisfaits. Mais je te l'ai déja dit, prenant
la voie la plus simple, je mets à part toute
discuʃʃion, pour m'arrêter uniquement à
celui qui eft l'objet de ces prophéties, &
te montrer comment tout l'Ancien Teftament se rapportoit eʃʃentiellement au
Chriʃt, au Meʃʃie, à toutes les idées que

✶ *Vous compterez sept semaines d'années,*
dit Moïfe en parlant des années sabbatiques
& jubilaires; *c'eft-à-dire sept fois sept an-*
nées, qui font ensemble quarante - neuf ans.
Levit. c. 25, ℣. 8.

† Difcours sur l'Hiftoire Univerfelle, premiere Partie, pag. 60 & suivantes, & pag.
104.

la loi évangélique nous en a données ; &
comment cet admirable concert de l'un
& l'autre Teftament fait de la Religion
Chrétienne un tout parfait.

C'eft fous cet admirable rapport que
tu dois confidérer tout ce qu'annoncent
à cet égard les autres Prophetes. Conti-
nuons donc à nous inftruire dans leurs
divins livres.

» Et vous Bethléem, « (dit le Prophete
Michée *, environ 700 ans avant Jefus-
Chrift) » vous êtes petite entre les villes
» de Juda ; mais c'eft de vous que fortira
» celui qui doit régner dans Ifraël, dont
» la génération eft dès le commencement
» & dès l'éternité. «

» Parlez à Zorobabel, « (dit le Seigneur
au Prophete Aggée, dans le temps de
la conftruction du fecond temple †)
» parlez à tous ceux qui font reftés du peu-
» ple, & leur dites : qui eft celui d'entre
» vous qui ait vu cette maifon dans fa pre-

---

* Mich. c. 5.   † Agg. c. 2.

» miere gloire , & en quel état la voyez-
» vous maintenant ? Ne paroît-elle point à
» vos yeux comme n'étant pas , au prix de
» ce qu'elle a été ? Mais voici ce que dit le
» Seigneur des armées : encore un peu de
» temps , & j'ébranlerai le ciel & la terre ,
» la mer & tout l'univers. J'ébranlerai
» tous les peuples ; & le desiré des nations
» viendra : & je remplirai de gloire cette
» maison , dit le Seigneur des armées...
» La gloire de cette derniere maison sera
» encore plus grande que la premiere, &
» je donnerai la paix en ce lieu. «.

» Fille de Sion, « soyez comblée de
joie , (s'écrie le Seigneur par la voix de
Zacharie *) » fille de Jérusalem pous-
» sez des cris d'allégresse. Voici votre Roi
» qui vient à vous, ce Roi juste qui est le
» Sauveur : il est pauvre , & il est monté
» sur une ânesse & sur le poulain de l'â-
» nesse **... Il annoncera la paix aux na-

---

* Zach. c. 9.
** Voyez l'entrée de Jésus-Chist dans Jérusalem , en Saint Mathieu, chap. 21.

» tions, & fa puiſſance s'étendra depuis
» une mer juſqu'à l'autre. «

» Je vais envoyer mon Ange, qui me
» préparera la voie, (dit enfin le Seigneur
par la bouche de Malachie * , le dernier
des Prophetes, & environ 450 ans avant
la venue du Meſſie) » & auſſi-tôt le Do-
» minateur que vous cherchez, & l'Ange
» de l'alliance ſi deſiré de vous viendra
» dans ſon temple ; le voici qui vient,
» dit le Seigneur. «

C'en eſt aſſez, mon fils, & ſans nous
arrêter ici à tout ce qui eſt prédit dans les
divines Ecritures ſur la vocation des Gentils, ſur l'établiſſement de l'Egliſe, ſur la
réprobation des Juifs, dis moi, es-tu
content de cette chaîne de tradition que
nous venons de parcourir, & qui rappelle
ſi conſtamment l'ancienne promeſſe, &
le grand objet ſur lequel portoit toute
la religion ?

Faudra-t-il encore ajouter à ces prédictions ſur des faits éloignés, les prophé-

---

*Mal. c 5.

ties que Dieu dictoit à Isaïe, à Daniel, à
Jérémie, à Ezéchiel, sur des événemens
plus prochains, c'est-à-dire, sur l'état temporel des Juifs avant Jesus-Christ, & sur
le sort des Empires qui ont précédé son
avénement ? Faut-il te faire observer comment, par ces vives & éclatantes lumieres, il rendoit son peuple attentif à
la voix de ses Prophetes, &, par les choses mêmes qui se vérifioient sous ses yeux,
il lui apprenoit à regarder comme également certaines celles qui lui étoient pré-
dites sur le Messie pour toute la suite
des temps ? Faut-il te montrer comment
dans les décrets de l'Eternel tout étoit lié
en quelque sorte à l'histoire de son peuple, & tenoit par des nœuds secrets à la
venue de son fils ?

Lis toi-même, dans les livres des Prophetes, de ces hommes (c) pleins de zele
pour la gloire du vrai Dieu, pleins d'a-
mour pour leurs concitoyens & pour leur
patrie, remplis du plus noble désintéresse-
ment pour eux-mêmes, & en butte aux
plus cruelles persécutions sans en être

ébranlés; lis dans leurs livres ce qu'il feroit trop long de t'expoſer ici, & ne dis pas qu'au moins ces autres prophéties dont je parle ſont ſuppoſées. Elles ſont liées trop étroitement à toute l'hiſtoire du Peuple de Dieu & à celle des grands hommes, ſous le nom deſquels il les a reçues, pour pouvoir jamais être conſidérées comme telles; la vénération de ce peuple pour les livres qui les renferment, & pour ceux qui les ont écrits, étoit trop univerſellement répandue & trop bien établie, pour qu'on ait pu les y inférer après coup, diſons mieux, pour qu'elle ait eu d'autres cauſes que ces prophéties elles-mêmes & leur accompliſſement. Enfin leur liaiſon néceſſaire avec celles que, malgré tout intérêt contraire, les Juifs nous ont conſervées ſur le Meſſie, & qui ſe ſont ſi bien vérifiées dans le Chriſt que nous adorons, en conſtate trop bien l'authenticité, pour pouvoir raiſonnablement les révoquer en doute: car ici, comme ſur tout le reſte, cher Valmont, tout ſe ſoutient réciproquement, & par des moyens vraiement dignes de Dieu.

Lis donc, & tu verras la continuité & l'étendue de l'esprit prophétique sous l'ancienne loi ; & tu admireras ces étonnantes prédictions si précises & si détaillées (*d*) sur le châtiment des Juifs & leur captivité ; sur leur rétablissement après 70 ans révolus ; sur les peuples qui devoient servir entre les mains du Tout-puissant, ou de Vengeurs pour les punir, ou de Sauveurs pour les délivrer ; sur Babylone, sur la Syrie, sur l'Egypte, sur les Medes, les Perses, & Cyrus lui-même, que le Seigneur appelle par son nom au secours de son peuple ; sur la succession des quatre grands Empires & leurs révolutions ; sur Alexandre, & la division de ses vastes Etats ; sur l'Empire Romain ; & enfin sur l'empire du Christ, cet autre Royaume d'une nature bien différente, qui ne sera point détruit, mais qui subsistera éternellement.

Ainsi Dieu dirigeoit toutes choses selon le plan unique qu'il s'étoit formé par rap-

port à fon Chrift; ainfi l'univers en paix
fous Augufte, & réuni prefque tout entier
fous un feul maître, n'étoit dans les deffeins du Très-Haut qu'une préparation
prochaine à la prédication de l'Evangile
& à l'établiffement du regne d'un Dieu
fait homme, de ce regne, qui, bien oppofé aux idées des Juifs groffiers & terreftres, devoit s'élever fur la ruine de nos
paffions, & non pas les flatter; ainfi encore, dans l'hiftoire de la Religion, les
Juifs, tous les peuples, tous les âges,
pour le Meffie: c'eft le centre auquel tout
retentit; & par le péché du premier
homme je fuis conduit à un point fixe,
le Libérateur attendu par les Juifs *, &
reçu par les Chrétiens comme l'unique
fondement de nos efpérances, comme le
Médiateur, qui a pu feul rendre à Dieu
fa gloire & aux hommes le falut. Le

---

* Omnes qui ab initio fæculi fuerunt jufti,
caput Chriftum habent. Illum enim venturum
effe crediderunt, quem nos veniffe jam credi-
mus. S. Aug. conc. 3, in pf. 36.

monde, qui, felon la penféé de l'Apôtre, a été créé en Jefus-Chrift, en tant
qu'il eft le verbe de Dieu, l'image de fa
fubftance, la fplendeur de fa gloire *, fe
trouve dignement réparé en Jefus-Chrift.

Change maintenant le plan de la Religion Chrétienne; imagine, pour expliquer
les prophéties, un Meffie, tel que le Juif
fe le figuroit, tel qu'il fe le figure encore
aujourd'hui, un Monarque temporel, un
Roi conquérant; dès - lors toute l'unité
difparoît; toutes les prophéties fe démentent; elles n'offrent plus qu'une reffem-
blance éloignée & contredite par mille endroits: on ne fait plus au vrai pourquoi
un peuple choifi, pourquoi un Meffie:
on ne fait plus ce que fignifient dans les
Prophetes tous ces beaux traits qui conduifent naturellement à l'idée d'un Roi,

---

* Eft imago Dei invifibilis..... in ipfo
condita funt univerfa; .... ipfe eft ante omnes, & omnia in ipfo conftant; ... compla-
cuit per eum reconciliare omnia in ipfum.
Coloff. C. 1, ℣. 16, 17; 19, 20.

dont l'Empire doit être fondé uniquement
sur la destruction du péché, & dont le
regne doit être celui de la paix, de la justice & de la vérité : le tableau de ses souffrances n'a plus rien de réel : on ne voit
plus de satisfaction pour les péchés des
hommes, plus de victime, plus de sacrifice, tel que les Prophetes l'ont annoncé :
tandis que tout s'explique avec précision ;
tout se lie, les faits, les dogmes, nos
mysteres, notre morale, nos sacremens,
nos rites, nos solemnités ; tout se suit &
s'accorde dans la Religion Chrétienne.

O Religion parfaitement une, que vous
êtes belle dans votre ensemble, & que
cette unité manifeste avec éclat l'ouvrage
de la Divinité ! Non, la nature entiere,
par l'harmonie qui y regne, ne publie
pas plus hautement l'existence d'un Dieu,
que la Religion Chrétienne n'atteste par
son accord parfait l'œuvre du Très-Haut ;
& si, en comparant les merveilles de
l'univers, & le beau spectacle que m'offre
la Religion, j'apperçois quelques ombres

à ce dernier tableau *, ô mon fils ! dois-
je en être furpris ? Dieu, pour nous laiffer
toujours également libres, en nous éclairant fans nous contraindre, en a répandu
jufques fur le premier.

Je t'ai donc expofé, cher Valmont, la
preuve de la Religion, je ne dis pas là plus
fenfible, ce caractere eft réfervé, ce me
femble, à la fainteté de fes dogmes &
de fa morale, mais je dis la plus grande,
la plus belle à des yeux éclairés ; puifque
l'unité des proportions & des rapports
innombrables que la Religion renferme
ne la rend pas moins admirable que ne
l'eft, dans l'ordre de la nature, le monde
matériel & vifible, par l'harmonie de fes
parties entre elles, & leur rapport commun à la gloire du Très-Haut & au bien
général de tous les êtres.

---

* Ce font ces ombres, néceffaires dans
le plan de la divine fageffe, qui faifoient
dire à S. Auguftin, » qu'il y avoit dans la
» Religion affez de lumieres pour attirer les
» cœurs droits, & affez de nuages pour
» aveugler les impies. «

Rappelle-toi cette penſée du célebre
Bacon, que ſi l'on conſidere les ouvrages
de la nature ſéparés & ſans liaiſon, on
pourra encore ſe laiſſer aller à quelque
doute; mais que ſi on les enviſage réunis
& dans leur enſemble, ils formeront aux
yeux du ſage la démonſtration la plus
complette: & applique cette juſte & belle
réflexion à la preuve ſublime que nous
offre l'unité de la Religion. Si nous ne
prenions d'elle que différens traits épars,
& differens genres de preuves qui nous
atteſtent ſa divinité, peut-être y auroit-il
lieu encore à des difficultés, quoique plus
apparentes que ſolides; mais qu'oppoſer
de raiſonnable à ce grand tout, à cet enſemble parfait qu'elle nous préſente ?

Prends-y garde, mon fils, toujours &
néceſſairement, l'erreur ſe dément par
quelque endroit. Elle ſe dément d'autant
plus aiſément qu'elle ſe forme par une
plus longue ſucceſſion d'années, & qu'elle
embraſſe une plus longue ſuite de faits:
dès-lors toutes les parties de ſon ouvrage
ſont découſues, comme dans la mythologie

logie des Payens ou dans les rêveries de Mahomet, quelque effort qu'on faffe après coup pour les réunir & les accorder ; partout l'accord eft interrompu ; la chaîne fe rompt comme d'elle-même ; tout eft fans ordre & fans fuite. Tant il eft vrai que l'unité eft le caractere qu'il eft le plus difficile, qu'il eft le plus impoffible aux hommes de contrefaire, & par conféquent le caractere le plus effentiel & le plus diftinctif de la vérité.

Que dois-tu donc penfer de cette Religion, qui, dans une fuite de quatre mille ans, à compter feulement jufqu'à Jefus-Chrift, dans une chaîne d'événemens qui renferme l'hiftoire de tout un peuple, & en partie celle de tous les autres peuples qui ont eu avec lui quelque rapport, eft parfaitement une, & ne fe dément par aucun endroit ?

Mais comme dans la Religion Chrétienne tout fe prête un mutuel appui, que fera-ce encore lorfque tu retrouveras à chaque inftant cette unité admirable dans fa perpétuité ? Je m'arrête, cher

Tome II. Y

Valmont, & te laiſſe tout le temps de
peſer à loiſir les réflexions que je viens
de faire, avant que de paſſer à cet autre
caractere que la véritable Religion doit
nous offrir.

NOTES.

PAGE 434.

(a) *Tout en lui m'y ramene, l'Agneau
Paſchal, le ſerpent d'airain, les différentes
ſortes de victimes, &c.* Le premier & le principal mérite de l'ancienne Loi conſiſtoit à
repréſenter, à annoncer, à promettre J. C.
Lui ſeul étoit la fin de la Loi, comme parle
l'Apôtre : *finis legis Chriſtus* *. C'eſt auſſi
ce qui a dicté à Saint Auguſtin cette expreſſion ſinguliere, mais forte & énergique:
Tota lex gravida erat Chriſto. Toute la Loi
travailloit à enfanter Jéſus-Chriſt. Or, comme
l'a obſervé le pieux Auteur d'un Livre ſur
la Connoiſſance de Jéſus-Chriſt. 35 Premiérement, il n'y a que Dieu qui ait pu préparer avec tant de ſplendeur les voies de

---

* Rom. 10.

Jésus-Christ, avant qu'il descendît sur la terre. En effet la connoissance d'un avenir libre, ou la prophétie, est, de l'aveu du genre humain, réservée à Dieu seul : pour quoi ? parce qu'elle suppose, & une science infinie qui embrasse les secrets les plus profonds, & une puissance infinie, qui fait éclorre à son gré les plus incompréhensibles événemens. Secondement, faire servir à la gloire de Jésus-Christ le ciel & la terre pendant quatre mille ans ; susciter en sa faveur des Prophêtes, qui prédisent en détail tout ce qui le regarde ; varier les aspects pour le montrer sous le voile transparent d'une infinité de figures ; établir une Loi, dont les Sacremens & les Cérémonies le promettent, l'annoncent, le désignent ; voilà assurément une gloire où jamais aucun mortel n'a atteint, une gloire qui ne peut convenir qu'à un homme-Dieu, au Fils unique du Pere. « Et voilà en même-temps ce qui contribue le plus à donner à la Religion Chrétienne ce caractere d'unité qu'on ne sauroit trop admirer en elle.

PAGE 436.

(b) *Ces oracles incertains ou équivoques*

des Dieux du Paganisme, *&c.* » Il n'y auroit jamais eu dans le monde des oracles
trompeurs, si les hommes n'eussent été intimement persuadés que Dieu, qui possede la
science de l'avenir, daigne quelquefois la
communiquer à ceux qu'il inspire. Une folle
curiosité dans les uns & la cupidité dans les
autres ont produit cette fausse imitation de
la Prophétie. « *M. l'ancien Evêque du Puy.*

Presque par-tout l'erreur & le mensonge
ont contrefait & imité la vérité, comme
un alliage trompeur imite les plus purs métaux ; s'ensuit-il qu'il n'y ait aucune différence entre la vérité & le mensonge ?

On cite quelques traits, qui, dans les Prêtres & les fausses Divinités des Payens, sem-
bloient désigner un esprit prophétique, &
qui, par-là même, tendent à affoiblir
la preuve que nous tirons des Prophéties
renfermées dans nos Livres sacrés ; mais outre que les traits que l'on rapporte, (du moins
ceux qui paroissent les plus frappans.) n'ont
pour fondement que des oui-dire & des autorités fort suspectes, on convient que les
démons que, dans la Religion Chrétienne,
on regarde comme ayant été, de concert
avec la fourberie des Prêtres, les auteurs

de ces oracles, ont pu en impofer à cet égard
par des illufions, comme à l'égard des miracles par des preftiges, mais fans pouvoir
donner à leurs prédictions apparentes le caractere effentiel d'une véritable Prophétie.
» Les efprits dégagés de tout commerce avec
la matiere, dit l'illuftre Prélat que nous venons de citer, ont bien plus de pénétration
& de fagacité que les hommes, foit pour la
prévifion des effets purement phyfique, foit
pour la combinaifon de l'avenir avec le paffé.
Ils peuvent même favoir & découvrir aux
autres des fecrets inacceffibles à l'efprit humain. Ainfi felon la remarque de quelques
Peres, ont-ils prédit des maux dont ils devoient être les auteurs ; ainfi ont-ils mani-
fefté dans un endroit ce qui étoit arrivé dans
un autre lieu trop éloigné pour qu'il fût humainement poffible d'en être fi promptement
inftruit. Mais la prévifion certaine des actions
libres, (qui fait le véritable caractere de la
Prophétie) étoit au-deffus des lumieres de
ces faux Prophétes du Paganifme. Elle eft
réfervée à la nature divine. Des oracles
trompeurs, foit qu'ils fuffent rendus par l'influence de ces efprits pervers, foit qu'ils n'euffent d'autre principe que la fourberie des

V iij

Devins confultés , n'ont jamais prédit des
événemens de cette efpece : & toutes les fois
qu'ils ont voulu en parler , l'ambiguité de
leur réponfe a décelé leur ignorance. « L'Incrédulité convaincue par les Prophéties.

PAGE 449.

(c) *Des Prophétes , de ces hommes* , *&c.*
On a prétendu jetter du ridicule fur les Prophêtes & fur leur miniftere , en plaifantant
fur la maniere dont quelquefois ils s'expli-
quoient : mais outre que des plaifanteries ,
fouvent fondées fur des exagérations ou de
fauffes interprétations , ne répondent pas folidement à des faits bien conftatés , on devroit faire attention au temps , aux mœurs ,
aux ufages , au caractere du peuple auquel
ces vrais Juftes étoient envoyés. Ce qui nous
paroîtroit vil ou bifarre , à en juger par nos
mœurs , n'étoient que fimple & naturel du
temps d'Homere & des Prophétes : il étoit
d'ailleurs queftion de parler à des hommes
fur qui les chofes matérielles & fenfibles ,
& fouvent même les plus groffieres en apparence , faifoient feules une impreffion vive
& profonde. Dieu favoit bien donner à fes
interprêtes , quand il le falloit , des expref-

sions grandes & sublimes : mais quelquefois aussi s'accommodant & se prêtant aux besoins de tous, il dictoit ou permettoit à ses Prophêtes le style & la maniere les plus propres à faire effet sur l'esprit de la multitude, ou les plus conformes à leur caractere & à leur génie particulier.

En général , les Anciens parloient plus que nous à l'imagination & aux sens, & persuadoient plus surement. » Ce qu'on disoit le plus vivement , comme le remarque l'Auteur d'Emile , ne s'exprimoit pas par des mots, mais par des signes. On ne le disoit pas, on le montroit. . . . Darius , engagé dans la Scythie avec son armée , reçoit de la part du Roi des Scythes un oiseau , une grenouille , une souris & cinq fleches. L'Ambassadeur remet son présent , & s'en retourne sans rien dire. De nos jours cet homme eût passé pour fou. Cette terrible harangue fut entendue , & Darius n'eut plus grande hâte que de regagner son pays comme il put. « C'est ainsi que Dieu parloit aux Juifs par ses Prophêtes.

Voyez sur cet objet , sur les objections frivoles & les fausses imputations qu'on a faites à leur égard , les excellentes *Lettres de quel-*

V iv

ques *Juifs Portugais*, auxquelles pour les détails nous avons déja renvoyé. *Lettres 8 & 9. t. 1, troisieme édit. in - 8. 1772, chez Moutard.*

PAGE 451.

(d) *Les étonnantes prédictions si précises & si bien détaillées sur le châtiment des Juifs,* &c. *sur Babylone, sur la Syrie*, &c. On peut voir le précis de ces différentes Prophéties & leur juste application, dans la plupart de nos Apologistes, & spécialement dans M. l'Abbé Pey; *Vérité de la Religion Chrétienne prouvée à un Déiste, chez Humblot, deux vol.* ainsi que dans *l'Incrédulité convaincue par les Prophéties*, de M. l'ancien Evêque du Puy. On peut les voir aussi, pour la plus grande partie & de la maniere la plus intéressante, dans l'Histoire ancienne de M. Rollin, cette Histoire, malgré la longueur des réflexions, si utile & si belle aux yeux de tous les vrais sages. Au reste, ce qu'il y a de bien remarquable & de bien frappant, c'est que les révolutions diverses qu'ont éprouvées les Juifs ne sont à la lettre que le développement de la grande Prophétie que leur fit Moïse avant de mourir, sur tous les châtimens que leur feroit éprouver le

Seigneur s'ils lui étoient infidéles ; c'est que
d'un autre côté, rigoureusement punis, af-
servis, trasférés parmi les autres Nations,
ils se relevoient toujours, & au milieu de
tant de causes de destruction, n'étoient jamais entiérement confondus avec les autres
peuples, ni détruits, tandis que ceux-ci,
quoique formant les plus puissans Empires,
après avoir servi de verges & d'instrumens de
providence entre les mains du Très-Haut,
étoient tour-à-tour détruits & brisés irrévo-
cablement. Ainsi l'avoit annoncé le Prophête
Jérémie. » Ne crains point, ô Jacob ! toi
» qui es mon serviteur, dit le Seigneur,
» parce que je suis avec toi : car je perdrai
» toutes les Nations parmi lesquelles je t'ai
» banni ; & pour toi je ne te perdrai point ;
» mais je te châtierai avec une juste mo-
» dération, sans t'épargner comme si tu étois
» innocent. « 46, ℣. 28.

Quelques précises & détaillées que soient
la plupart de nos Prophéties, on voudroit
qu'elles le fussent encore plus. » On voudroit que les Prophêtes eussent mis dans
leur style la même clarté, la même suite,
& la même liaison que comporteroit le style
d'un Historien. Car telle est l'obstination de

V v

l'incrédulité ; elle demande toujours de nouvelles lumieres. Celles qu'on lui préfente
ne lui fuffifent pas pour l'éclairer ; & le defir
chimérique d'une lumiere plus vive est le
prétexte fpécieux de fon aveuglement volon-
taire. . . . . Mais doit-elle faire dépendre fon
acquiefcement d'une condition, qui n'eft ni
néceffaire ni convenable ? . . . . . . Indépendamment de la nature de l'efprit prophétique & du ftyle qui lui eft propre, il y a une
raifon qui a dû rendre les Prophéties plus
obfcures & plus myftérieufes que des narrations hiftoriques. Il ne convenoit pas que
les premieres euffent une clarté qui devint
un obftacle à leur accompliffement.

» Dieu n'eft pas obligé de multiplier les
miracles ; il eft même de fa grandeur & de
fa fageffe de ne pas altérer fans néceffité le
cours des chofes humaines, de mettre autant
de douceur que d'efficace dans les refforts
de fa providence. Il eft manifefte qu'une
prédiction auffi claire & auffi détaillée qu'une
relation hiftorique, ou ne feroit jamais accomplie, ou ne pourroit l'être que par un
miracle. Suppofons que toutes les Prophéties fur Jéfus-Chrift euffent été raffemblées dans
un feul & même difcours, & rangées felon

l'ordre des temps ; qu'elles commençassent
par sa naissance dans Bethléem avec les circonstances & les suites de cette naissance ;
qu'elles continuassent par sa fuite en Egypte,
son retour dans la Palestine , sa vie cachée
jusqu'à l'âge de trente ans ; qu'elles décrivis-
sent ensuite toute sa vie publique, ses miracles, ses prédications , ses voyages dans la
Judée, ses combats contre une cabale puis-
sante & jalouse ; qu'elles finissent par la perfidie d'un de ses Disciples , par la lâcheté
de tous les autres , par l'iniquité de ses Juges, par la rage de ses bourreaux , par sa
mort sur une croix , & par sa résurrection
glorieuse ; supposons , dis-je, que tout cela
eût été annoncé avec cette suite & ce détail ,
& de plus avec une telle clarté ; qu'avant
chaque action de Jésus-Christ, les Juifs n'eussent qu'à consulter son histoire prédite , pour
savoir ce qu'il devoit faire ; dans cette supposition , de pareilles Prophéties ne pouvoient
plus être humainement accomplies. Les Juifs
si bien avertis ne pouvoient plus concourir
par leur incrédulité à l'exécution des conseils
éternels. Il falloit un de ces prodiges, qu'on
ne doit attendre , ni de la sainteté , ni de
la bonté de Dieu , pour effacer à chaque

inſtant dans l'eſprit des Juifs des notions ſi
nettes & ſi préciſes ; ou s'ils ne les perdoient
pas pour les faire agir volontairement contre
les regles les plus communes de la prévoyance.

» Il en eſt à peu près de même des autres Prophéties. Leur trop grande évidence
en eût rendu l'accompliſſement impoſſible ſans
un miracle. Le libre arbitre, dans l'uſage
ordinaire que Dieu en laiſſe aux hommes,
ſeroit trop gêné par une connoiſſance ſi dis-
tincte de l'avenir. L'incertitude à cette égard
leur eſt néceſſaire pour tenir dans leur détermination un juſte milieu entre un excès
de confiance & un excès de crainte & de
pareſſe.

» Il eſt vrai que les Prophéties doivent
préparer les eſprits juſqu'à un certain point
à l'attente de leur accompliſſement. Il eſt
vrai auſſi qu'elles doivent avoir une clarté
ſuffiſante, pour rendre inexcuſables ceux qui
méconnoiſſent cet accompliſſement, quand il
eſt arrivé. Ce double caractere ſe remarque
dans les Prophéties de l'Ancien Teſtament,
& ſur-tout dans celles du Meſſie..... Les
Juifs, en liſant les anciens oracles, avoient
conçu l'eſpérance d'un libérateur. Ils avoient
même ſur cet événement ſi deſiré un ſigne

que la plupart des prophéties ne donnent
pas. C'étoit l'époque à laquelle Jacob leur
avoit prédit que le Messie paroîtroit, & la
date des semaines de Daniel, dont la fin
approchoit au temps de Jésus-Christ. Aussi
attendoient-ils alors le Messie promis ; &
cette attente leur étoit commune avec les
Samaritains, qui n'admettoient d'autres Livres
sacrés que ceux de Moïse. Il n'a tenu qu'à
eux de reconnoître dans la personne de J. C.
tous les autres traits annoncés par tant de
prédictions. Mais ces traits répandus en différentes Prophéties, & souvent cachés sous
des apparences plus conformes aux desirs de
leurs cœurs, n'avoient pas assez attiré leur
attention. Ils s'obstinèrent à les rejetter,
lorsque J. C. les leur montra ; & ils contri-
buèrent ainsi, sans le savoir, à vérifier les
prophéties, puisque leur incrédulité étoit elle-
même prédite.

» Une distribution si exacte de lumiere &
d'obscurité est peut-être ce qu'il y a de plus
admirable dans les Prophéties. Un homme,
à qui Dieu auroit ouvert le livre de l'avenir,
sans lui inspirer la maniere dont il devoit
prédire ce qu'il y auroit vu, parleroit trop
ou trop peu. Il n'appartient qu'à ce même

esprit qui a éclairé les Prophêtes, de dicter des Oracles, assez enveloppés pour que leur exécution n'ait pas besoin d'un nouveau prodige ; assez clairs néanmoins pour qu'après l'événement, ou dans le temps même qu'ils s'exécutent, la vérité puisse en être apperçue par tous les esprits attentifs. « *L'Incrédulité convaincue par les Prophéties.*

On retrouve dans ces sages réflexions, que nous avons cru trop importantes pour ne pas les rapporter ici, cette vérité si souvent inculquée dans ces Lettres, ce grand principe, qui, dans l'ordre de la nature & de la grace, nous éclaire plus que tout autre sur les voies ineffables de la Providence, sur les opérations de la Divinité, & forme la solution la plus générale aux difficultés qui nous étonnent ; savoir, que Dieu a tout disposé dans ce monde pour servir de matiere au mérite ou au démérite, & en faveur de la liberté.

LETTRE XL.

De la jeune Madame de Veymur (au-
trefois Mademoiselle de Senneville)
à la Comtesse de Valmont *.

DEPUIS la derniere Lettre que je vous
ai écrite, ma chere bonne amie, j'attends
avec impatience de vos nouvelles; & au
gré de mes desirs, que vous êtes lente à
m'en donner! Vous le savez, mes sentimens, tout partagés qu'ils sont, n'ont
rien perdu de leur vivacité; mes nouveaux engagemens n'ont pu les modérer;
& dans mon cœur, toujours tendre & sensible à l'excès, l'amour n'a rien pris sur
l'amitié. Il m'en coûte donc bien de vous
voir m'oublier si long-temps, d'être toujours si loin de vous; & mon desir le
plus ardent seroit de pouvoir jouir en

---

* Cette Lettre, de l'amie de Madame de
Valmont, est la seule de toutes les siennes
que l'on ait conservée; & c'est son caractere
d'utilité qui l'a fait excepter.

ce lieu tout à la fois & de mon époux
& de mon amie. Mais puifque pour le
moment tant de contentement ne peut
m'être donné, je vais m'en confoler,
comme je l'ai fait jufqu'ici, en écrivant
à l'une & en lui parlant de l'autre. Oui,
ma chere Emilie, fans rifquer de vous
ennuyer & de vous déplaire, je vais encore vous entretenir de mon mari. Eh,
quel plus doux entretien pour deux cœurs
qui en fentimens fe reffemblent fi bien!

M. de Veymur * me devient toujours
plus cher par la confiance qu'il me témoigne, & les dangers dont je fens de
plus en plus que fon union m'a préfer-
vée. O ma bonne amie! en nous parlant
de fes égaremens, il ne nous avoit rien
dit en comparaifon de ce qu'il lui reftoit
à nous dire; & quelles leçons pour notre
fexe que le tableau des galanteries d'un
jeune homme, lorfqu'il fe les rappelle
dans un âge où il s'en repent & s'ac-
cufe lui-même!

---

* Le frere du Comte.

Je plains peu celles qui parmi nous veulent bien être féduites, qui appellent les dangers au lieu de les éloigner, qui préparent en quelque forte les pieges où elles doivent fe laiffer furprendre, & creufent fous leurs pas les abîmes où elles ne tardent pas à fe précipiter. Légeres, volages, follement enjouées, pleines de confiance dans leurs forces comme dans leurs attraits, déja à demi-vaincues cependant lorfqu'on commence à les attaquer, aiguifant par le defir de plaire & la vanité les traits qu'on leur lance, elles méritoient bien de fuccomber *, & ne doivent s'en

---

* Eh, quand, par impoffible, elles ne fuccomberoient pas, n'eft-ce rien pour une jeune perfonne vaine, étourdie, imprudente, que les foupçons qu'elle occafionne & les jugemens qu'elle fait porter ? Si la réputation, fur-tout pour les perfonnes du fexe, eft le premier de tous les biens de cette vie, & la fource la plus ordinaire de tous les autres, n'eft-ce rien que de l'expofer & de la perdre ? *La vanité ainfi que l'étourderie, ces deux dé-*

prendre qu'à elles des fruits amers du coupable engagement qu'elles ont con-tracté. Que des tranfports indifcrets, que des mefures mal concertées les décelent à des yeux clairvoyans ; que leur conduite éclate & les couvre d'infâmie * ; que le libertin qui les a féduites foit le premier à trahir leur foiblefle, pour la faire mieux fervir à fon triomphe ; que du moins las de fe contraindre, dégoûté de fa conquête par le peu qu'elle lui a coûté , & parce qu'elle n'a plus rien de nouveau à lui offrir, il l'abandonne indignement, & porte ailleurs les mêmes hommages & la même inconftance ; que ces triftes vie-

---

fauts, dit M. d'Arnaud , *pour lefquels le monde a peut-être trop d'indulgence , entraî-nent fouvent tous les inconvéniens du vice.* Hift. Angl.

* » Il faut s'honorer pour être honorée ; » comment peut-on mériter le refpeft d'autrui » fans en avoir pour foi-même ? & où s'arrê-» tera dans la route du vice celle qui fait le » premier pas fans effroi ? « *M. Rouffeau.*

times de l'orgueil, de l'amour & du plaisir éprouvent toutes les fureurs de la jalousie, l'humiliant retour des rebuts &
du mépris, toute l'horreur du repentir,
ou ne se consolent de leur honte que par
de nouveaux égaremens, & une honte
plus grande encore; tout cela, ma bonne
amie, n'a rien à quoi elles n'aient pu
s'attendre, & qui doive nous étonner.
Mais que des ames tendres & naïves,
honnêtes & pleines de délicatesse, incapables de vouloir jamais, ni qu'on leur
manque, ni se manquer à elles-mêmes,
soient cependant la dupe du sentiment,
de l'estime, & de la confiance; se voient
jouées par l'artifice & l'imposture; soient
trahies par leur candeur même; & sans
avoir conçu aucun soupçon du péril auquel trop de confiance expose, apprennent par leur chûte & leurs malheurs
que des plus petites précautions dépend
l'unique sureté des vertus les plus pures;
voilà ce qu'on ne peut trop plaindre, &
ce qui ne peut trop servir à nous éclairer.

O ma chere amie! heureuses celles que

des circonſtances favorables, autant que
leur ſageſſe, ont mis à l'abri des dangers! Car enfin quels ſecrets reſſorts ne
fait pas jouer le vice pour triompher de
la vertu? Que d'affreux myſteres en ce
genre M. de Veyniur m'a révélés! & que
ſans l'horreur qu'il conçoit maintenant
de l'art odieux qu'il a mis en œuvre, je
ferois tentée de le haïr! Mais je ferois
bien injuſte: car enfin quelles fautes n'ef-
face pas le repentir, lorſqu'il eſt ſincere?
Celui dont il eſt pénétré ne peut que lui
aſſurer mon eſtime; je dois le juger par
ce qu'il eſt aujourd'hui, & non par ce
qu'il étoit autrefois; & ſi la pitié pour
toutes celles qu'il a ſéduites plaide encore
contre lui, ah! il mérite du moins d'être
abſous par ſes remords. Par-tout il les
porte avec lui; c'eſt dans mon ſein qu'il
les dépoſe; & j'ai ſeule, en en recevant
le triſte aveu, pu trouver le ſecret de
charmer ſa douleur. Si je vous en fais
part, ce n'eſt pas ſans qu'il le ſache &
qu'il le permette: vous êtes pour lui
ſomme un autre moi-même, & en nous

dévoilant à toutes deux ſes torts, il en
ſera plus tranquille, s'il trouve ſa grace
au fond de notre cœur. O. hommes !
hommes dangereux & perfides, devrions-
nous vous pardonner ſi aiſément les maux
que vous nous faites ! Car enfin, ma bonne
amie, la cauſe de tout notre ſexe n'eſt-
elle pas la nôtre ? Ah ! du moins avertiſ-
ſons nos ſemblables des périls qu'elles
courent, apprenons à l'innocence à ſe
mettre en garde contre la ſéduction, &
félicitons - nous nous - mêmes d'avoir
échappé à des écueils marqués par de ſi
triſtes naufrages.

Ici, ma chere Emilie, que n'aurois-je
pas à vous raconter de tous les moyens
qu'on emploie pour nous perdre, & des
degrés preſque inſenſibles par leſquels on
prépare notre chûte. Avec quel art on
joue le ſentiment ! quel reſpect on nous
témoigne ! quels ſoins on prend d'étudier
nos goûts pour s'y conformer ! quelle attention ſecrette à prévenir nos volontés,
à flatter nos deſirs ! quelle honnêteté dans
toute la conduite ! quelle décence dans

les propos ! quelle imitation adroite &
trompeufe des vertus qui nous font che-
res ! quels ménagemens pour s'attirer notre confiance & nous forcer à agréer celle
qu'on nous témoigne ! Mais enfuite quel
abus de cette confiance même ! quels fecrets fimulés, pour nous en arracher de
plus réels ! quelle affiduité & quels arti-
fices pour fe rendre néceffaire ! L'eft-on
devenu , on fe permet alors des entretiens plus tendres ; on nous engage à des
lectures plus féduifantes ; on nous amollit
par des fpectacles & par les fêtes les plus
galantes ; on hafarde enfin des aveux plus
directs ; on y fait fuccéder le langage ex-
preffif des paffions les plus vives , de la
jaloufie , de la crainte & du défefpoir ; on
réitere les fermens d'être fidele : mais dirai-je tout , ma bonne amie , à la honte
des féducteurs ? O ciel ! quelles intrigues
& quelles honteufes manœuvres ! Des
lettres fuppofées , des domeftiques féduits
& pervertis , de fauffes démarches dans
lefquelles on nous engage , fans nous en
laiffer appercevoir les fuites ; des occa-

fions funeftes amenées & préparées de
loin par le vice qui veille, tandis que
l'innocence dort fans foupçons & fans
crainte ; des perfécutions fufcitées avec
adreffe au fein d'une famille, pour nous
faire tomber entre les bras de celui même
qui les a fait naître ; les trâmes les plus
noires ourdies dans le plus profond filence. O comble d'horreur ! les myfteres
d'iniquité fe confomment ; & une malheureufe victime de tant de noirceurs a
ceffé d'être fage, avant que fon cœur,
encore ennemi du vice, ait cru pouvoir
jamais abjurer la fageffe. Tel eft le terme
fatal, où de petites précautions négligées
ont conduit tant d'ames honnêtes, qui, par
éducation, par naiffance, par fentiment,
ne fembloient nées que pour la vertu.

Quels moyens donc de parer à de fi
grands malheurs ? Les voici, me dit encore mon mari, & ce font les feuls vraiment à l'épreuve de tout genre de féduction : s'inquiéter peu du foin de plaire,
& uniquement de celui de fe faire honorer ; veiller fur les plus légeres impref-

fions de fon efprit & de fon cœur, &
commencer par faire un pacte avec fon
imagination , pour ne lui permettre jamais de s'égarer fur les objets qui peuvent fervir à l'enflammer; avoir une amie
refpectable; & l'amie la plus fure eft une
mere vraiment digne d'en fervir, fi on a
le bonheur de la poffeder ; lui ouvrir fon
cœur fans réferve , ou , à fon défaut, à
toute autre amie qui foit affez tendre ,
affez fage pour pouvoir la remplacer ; fe
défier de quiconque nous flatte , de tout
ce qui tend à amollir notre ame & à
affoiblir nos principes; fe mettre en garde
contre toute efpece de liaifon trop intime , de rapport trop étroit avec des perfonnes d'un autre fexe , & fe fouvenir
que l'habitude vient enfin jufqu'à nous
rendre aimables ceux qui d'abord nous
étoient le plus indifférens : c'eft ainfi
qu'on garde fon propre cœur; qu'on vit
toujours heureufe , toujours tranquille ,
toujours maîtreffe de foi-même ; qu'on
eft toujours refpectable , toujours ref-
pectée ; & qu'on jouit au-dedans de foi

de

de ce témoignage fi flatteur & fi doux, qu'en effet on mérite de l'être.

Telles font, ma bonne amie, les fages confeils d'un homme qui a fi bien connu le monde, nos dangers, nos foibleffes & nos reffources. Puiffions-nous n'avoir jamais befoin de nous rappeller fes leçons pour nous-mêmes ! Puiffent-elles dans notre bouche devenir utiles à celles, qui, moins attentives & moins bien inftruites, en auroient plus befoin que nous !

LETTRE XLI.

De la Comtesse au Marquis.

Un événement bien triste, qui fait l'entretien de toute la Cour & la fable des Courtisans, en ne donnant que trop à penser à mon mari sur le compte de Lausane, ne laisse plus de bornes à ses soupçons jaloux, & ne me permet guere d'en mettre à mes allarmes.

Une femme du plus haut rang, dont j'aime mieux que vous appreniez le nom par un autre que par moi, vient de donner l'exemple & la preuve des funestes suites qu'entraînent l'oubli des vrais principes & le manque de religion. Cette femme, autrefois l'objet de l'estime publique par son attachement à ses devoirs & la pureté de sa foi, a été forcée par son mari de recevoir chez elle le Comte de ***, ami intime du Baron, & philosophe comme lui. Elle n'avoit d'autre enfant qu'une fille très-jeune encore, qui,

marchant fur fes traces, fe faifoit diftinguer déja par fes vertus, autant que par
fes agrémens & fa beauté. Le Comte ne
tarda pas à s'infinuer dans leur efprit, en
déguifant avec art le venin fubtil de fes
dangereux fyftêmes. Il affecta devant elles
toute la délicateffe du fentiment; il leur
parla le langage de la vertu la plus pure;
fans fe donner pour un homme qu'animoit l'efprit de la religion, il les difpo-
foit à croire que fans elle on pouvoit avoir
dans le degré le plus éminent toutes les
qualités qui font l'honnête homme felon
le monde, & qu'on les avoit même d'autant plus furement qu'elles ne prenoient
alors aucune teinte de foibleffe & de fuperftition. Il maîtrifa ainfi par degrés leur
eftime & leur confiance. Il fit plus ; en
leur prodiguant les éloges les plus flat-
teurs, en leur marquant à chacune en
particulier les égards & les foins les plus
empreffés, il leur infpira des fentimens
plus tendres ; dont elles n'avoient pas
encore appris à fe défier. Trop éclairé fur
fes premiers fuccès, il ne crut pas pou-

voir mieux aſſurer ſon triomphe qu'en
s'attachant à corrompre entierement leur
eſprit, pour réuſſir plus facilement à pervertir leurs mœurs : il y parvint. Il commença par leur faire naître des doutes ;
il leur prêta des livres qui renfermoient
tout le poiſon de l'incrédulité ; il leur inſ-
pira la vanité du bel-eſprit, & le goût
des recherches curieuſes ; il leur parla le
jargon de la métaphyſique & des ſciences les plus abſtraites ; il leur dévoila avec
moins de ménagement ſa façon de penſer , & les fit paſſer en peu de temps de
l'eſtime & de l'attachement pour ſa perſonne à l'eſtime & à la croyance de ſes
opinions.

Le mari s'apperçut trop tard du dérangement que cette nouvelle philoſophie
cauſoit dans ſa maiſon. Il voyoit les occupations eſſentielles abſolument négligées
pour de dangereuſes ſpéculations & de
vaines ſubtilités, les devoirs de la Religion omis , les bienſéances mépriſées,
ſes avis fort mal reçus, une ſorte de pé-
dantiſme mis à la place d'une ſage & heu-

reufe fimplicité, des domeftiques devenus raifonneurs à l'exemple de leurs maî-
treffes, une académie de faux favans &
de faux fages tenant chez lui des féances
réglées, & fes plus anciens amis, victimes des grands airs, de la fuffifance &
du mépris, forcés de fe retirer. Il voulut
remédier au mal que lui-même avoit oc-
cafionné, & pria d'éloigner le Comte :
mais il n'étoit plus temps. La mere & la
fille jetterent les hauts cris; on menaça;
on fulmina; on traita le bon homme d'efprit foible, fuperftitieux & tyrannique,
d'homme dur & fauvage, avec lequel il
étoit impoffible de vivre; on parla de fe
féparer. Le pauvre mari fut obligé de
prendre patience & de plier. Le Comte,
plus en credit que jamais, fe ménagea
avec une adreffe toujours nouvelle entre
la mere & la jeune perfonne, qui toutes
deux fe croyoient l'unique objet de fes
foins & de fon amour. Il obtint bientôt
de la derniere une victoire facile, qui
malheureufement eut des fuites. La mere,
outrée de fe voir jouée elle-même fi in-

dignement, défolée d'avoir porté par fon trop de confiance le deshonneur dans fa famille, dévorée par la jaloufie, & livrée au plus furieux défefpoir, a fait un éclat qui a perdu fa fille, & a fini par fe tuer d'un coup de poignard.

Valmont ne fait que parler devant moi d'une fi horrible cataftrophe, & je ne fais trop quelle conféquence il prétend en tirer par rapport à moi. Faut-il donc qu'il m'affimile à des femmes peu fages, qui ont perdu de vue le précieux flambeau de la Foi, pour fe plonger dans les fombres & épaiffes ténebres de l'irréligion! Quoi qu'il en foit, fes moindres entretiens avec moi couvrent toujours quelque reproche, ou renferment au moins de fecrettes leçons. Son ame eft ouverte à toutes les impreffions défavantageufes qu'on veut lui faire prendre. O mon pere! ai-je raifon de trembler?

J'ai toujours recours à vous pour charmer mes ennuis, & pour me confoler en mere de ce que je fouffre comme époufe. Vous vous fouvenez fans doute de la promeſſe que vous m'avez faite de me donner encore quelques avis ſur l'édu-cation de mes enfans par rapport à la Re-ligion * : j'en ſens plus que jamais la né-ceſſité ; & c'eſt ici le moment de me tenir parole, non - ſeulement pour les fruits qu'ils en retireront un jour, mais pour faire diverſion à mes peines par les objets les plus intéreſſans que vous puiſ-ſiez m'offrir, dans l'eſpece d'accablement où je ſuis.

---

* Voyez la Xe Lettre vers la fin.

X iv

LETTRE XLII.

Du Marquis à Emilie.

TE s craintes, ma chere fille, m'en infpirent de très-vives à moi-même. Ne parle
pas toutefois de te laiffer abattre & dé-
courager, toi que j'ai toujours vue fi
pleine de confiance dans le Seigneur, &
fi réfignée. Tu le fais, mon Emilie, jamais il n'abandonne le jufte qui efpere
en lui; il fait fervir les plus grands maux
au vrai bien de ceux qui l'aiment; & des
humiliations, des peines qu'il leur en-
voie, naiffent, chacun dans fon temps,
le mérite & le bonheur. Il te chérit, ma
fille, puifqu'il t'éprouve, & que c'eft
par les croix que, fur les traces de fon
divin Fils, il nous conduit plus furement
à partager avec lui fon Royaume & fa
gloire. Il ne permettra pas d'ailleurs que
tu fois tentée au-deffus de tes forces;
tu peux te repofer fur lui de l'iffue du
combat comme des fruits de la victoire.

La Reine *Blanche* instruisant son Fils.

Revenons, ma chere Emilie, à la promeſſe que je t'ai faite, & que tu me rap-
pelles. Je reſpecte trop tes vues & tes
motifs pour balancer un ſeul moment à
la remplir. Il s'agit de former un jour tes
enfans à la Religion, en même temps que
tu travailleras à les rendre raiſonnables;
& c'eſt ſur cela même que j'avois commencé autrefois à te donner quelques
avis.

» La Religion ! diront encore ici nos
» prétendus ſages; mais ſi c'eſt la vôtre,
» ſi c'eſt la Religion du Chrétien, quelle
» priſe donne-t-elle à la raiſon? « Quelle
priſe ? celle que peut y donner une autorité raiſonnable & néceſſaire. Ce n'eſt
point avec toi, mon Emilie, que j'ai dû
diſcuter la nature & la force de cette
autorité ; c'eſt avec Valmont, puiſque
c'eſt lui qui oſoit la méconnoître. Pour
toi, ma fille, lorſque les mécréans de
nos jours voudront tourner tes inſtruc-
tions & ta méthode en ridicule, il te
ſuffira de leur répondre : » O vous, les
» inſtituteurs du genre humain ! je reſ-

X v

» pecte vos rares, connoiffances ; mais
» avant que de vouloir m'aider à élever
» mon fils, accordez-vous du moins fur
» les grandes vérités que vous êtes venus
» apprendre aux hommes. Offrez leur
» quelque chofe de précis: car l'état d'in-
» certitude, fur ce qu'il leur importe le
» plus de favoir, n'eft pas l'état de la
» nature ; chez tous les peuples elle le
» rejette avec horreur. Edifiez donc une
» fois, & ne vous bornez pas toujours à
» détruire; mais édifiez de maniere que
» je fache à quoi m'en tenir. Si vous ne
» pouvez pas vous accorder entre vous;
» fi ce que l'un rejette l'autre l'adopte;
» ah! du moins accordez-vous avec vous-
» mêmes, & ne me rendez pas, ainfi que
» mon fils, le malheureux jouet de vos
» variations perpétuelles & de vos éton-
» nantes contradictions: ne m'expofez pas
» à ne rien croire, pour vous avoir crus
» trop légerement. S'il eft encore quelques
» vérités que vous ayez retenues, je fais
» où vous les avez puifées: fans aller juf-
» qu'à vous, je n'ai qu'à remonter à la

» fource ; je les y trouverai dans toute
» leur pureté, & je ne rifquerai pas, au
» milieu des longs circuits que vous leur
» faites faire, qu'elles aient été corrom-
» pues ou empoifonnées fur la route. Si
» vous avez auffi des myfteres à m'offrir,
» (& que d'étranges myfteres vos inter-
» prétations fur la nature ne renferment-
» elles pas !) je préfere ceux dont je puis
» dire, fur quel fondement raifonnable
» je les crois, à ceux que je ne croirois
» que d'après vous. Le monde entier n'eft
» pas fait pour fe prêter à vos admirables
» fyftêmes qu'on ne peut comprendre ;
» mais il eft fait pour recevoir une tra-
» dition pure, appuyée fur des faits écla-
» tans qui ne permettent pas de la con-
» fondre avec la voix de l'impofture. «

Confultons-la donc, ma fille, cette
tradition éclairée, puifqu'il en eft une
qui nous a tranfmis le dépôt précieux des
grandes & importantes vérités, d'une
maniere bien plus facile & bien plus fure
que le raifonnement n'eût pu faire. Eh,
cette tradition eft elle-même fi raifonna-

ble! J'ai befoin d'une autorité. Ce ne fera
pas celle de nos faux fages que je pren-
drai pour guide; nous venons d'en dire
les raifons; mais ce fera celle du Chriftianifme. Il faut bien achever de montrer
Dieu aux hommes par la Religion révélée, puifqu'on ne l'a jufqu'ici bien connu
que par elle; & que de toutes les Religions qui ont prétendu nous inftruire,
il n'y a que celle que je profeffe qui
m'offre des lumieres, un culte & des
vertus dignes de lui.

D'après ce petit nombre de réflexions,
tu inftruiras d'abord ton fils comme le
premier homme fortant des mains de fon
créateur a dû inftruire le fien, ou comme
les enfans de celui-ci ont inftruit leurs
enfans. Qu'ont-ils dû leur dire? Sans s'arrêter beaucoup à philofopher avec eux,
(& le monde n'eût pas eté fi pur dans
ce bel âge, fi déja il y eût eu des philofophes *) ils leur difoient fans doute:

---

* Ce trait d'humeur de la part du Mar-

» Mes enfans, tout ce bel univers n'a pas
» toujours été, & vous êtes environnés
» de toute part des preuves éclatantes de
» sa nouveauté *. Il n'y a pas toujours
» eu des hommes ; c'est par notre pere
» que le genre humain a commencé, &
» presque sous ses yeux le monde a été
» créé. « Ils leur racontoient ensuite en
termes simples & vrais l'histoire magnifique de la création ; & ils ne s'attendoient surement pas que parmi leurs des-
cendans il viendroit un jour des sages
qui démentiroient leurs ayeux, pour faire

---

quis ne doit pas faire penser mal de son
respect pour la saine Philosophie. Pourquoi
faut-il que les hommes ne mettent que le
masque à la place des choses, & qu'ils aient
avili par l'abus ce qu'il y a de plus respectable !

* Les Annales du monde nous les offrent
à nous-mêmes ces preuves ; & à nos découvertes en tout genre, on pourroit dire, sans
trop de témérité, ce me semble, que le
monde est encore dans son enfance. Voyez
ci-dessus page 310.

honneur de la conformation du monde au concours fortuit des atomes.

» Mes enfans, reprenoient-ils, le
» monde a été plus parfait que vous ne
» le voyez; l'ordre tout feul s'y laiffoit
» appercevoir; & s'il s'y rencontre au-
» jourd'hui des défordres apparens, fi
» l'homme n'y jouit pas d'une félicité
» plus pure, ce n'eft pas la faute de fon
» auteur. « Ils leur expofoient en même temps le premier précepte impofé à l'homme pour éprouver fon obéiffance.
» Créé libre, l'homme pouvoit obéir; il
» le devoit, & ne l'a pas fait. Pour le
» punir, la nature a changé pour lui; elle
» a changé pour nous. Gardons-nous d'ac-
» cufer d'injuftice l'Etre fuprême duquel
» nous tenons l'éxiftence & tous les biens
» dont nous jouiffons. Il ne nous devoit
» pas des dons plus grands que ceux qu'il
» nous a faits, & les biens dont nous
» fommes privés ne doivent pas nous
» rendre ingrats pour tous ceux qui nous
» reftent. Admirons au contraire fon ex-
» trême bonté; il faura tirer le bien du

» mal même. Il ne nous a pas dévoilé
» tous ses secrets, mais il nous en a dit
» assez pour nous faire attendre un répa-
» rateur, qui lui rendra plus de gloire
» que la faute de nos premiers peres,
» que celle de tous les hommes ne peu-
» vent lui en ôter; & qui rendra aux
» hommes eux-mêmes, s'ils s'empressent
» à le mériter, un bonheur plus grand
» que celui qu'ils ont perdu. C'est la
» grande promesse; il la renouvellera
» souvent à notre postérité. Puisse-t-elle
» se transmettre d'âge en âge toujours
» également pure, & toujours plus claire
» à mesure qu'elle approchera de son ac-
» complissement! Puissions-nous en pro-
» fiter d'avance! & puissent ceux qui la
» verront accomplie, en profiter comme
» nous! «

Imite ce langage, ma fille. Le livre le
plus ancien que nous ayons, c'est celui
du Législateur des Hébreux, ce sont les
divines écritures: je crois en avoir prouvé
à ton mari l'authenticité, mieux que je
ne pourrois lui prouver celle des titres

qui conftatent notre ancienne nobleffe, mieux qu'il ne prouveroit lui-même celle des livres qu'il regarde comme les plus au-thentiques. La tradition la plus foutenue, la plus conftante, & je puis dire la plus étendue, vient à l'appui des faits que ces faints livres renferment. Non-feulement la chaîne de cette tradition eft la plus belle que l'œil favant & critique puiffe obferver; mais les faits mêmes, quoique tranfmis dans des temps différens & par différens Auteurs, ont un enchaînement merveilleux, & qu'on ne peut trop ad-mirer. Par-tout c'eft l'hiftoire de Dieu, de fes attributs, de fa providence, de fes promeffes; c'eft en général l'hiftoire des grandes actions, des grandes vertus, & celle de la plus fainte Religion.

O ma fille! prends du moins l'abrégé de nos livres facrés; racontes-en les prin-cipaux traits à ton fils : par ces narrations auffi intéreffantes qu'inftructives fuis avec lui le fil des principaux événemens: par le charme de tes récits éleve fon efprit aux plus fublimes vérités: & en travail-

lant à l'éclairer d'une maniere solide sur
sa Religion, tu le rempliras déja de l'enthousiasme sacré des plus hautes vertus.
A mesure que ses connoissances s'éten-
dront, que sa raison se fortifiera, fais-lui
sur-tout envisager d'un œil ferme & sûr
l'étonnant rapport des deux Testamens &
l'unité parfaite du plan de la Religion *.

Au milieu de ces grands objets, avec
lesquels cependant peut se familiariser un
âge encore tendre, il est des notions plus
délicates, plus difficiles à saisir : ce sont

---

* » Je connois un homme entre autres,
dit M. l'Abbé Fleury, qui est passablement
instruit de sa Religion, sans avoir jamais
appris par cœur les Catéchismes ordinaires,
sans avoir eu pendant l'enfance d'autre maître
que son pere. Dès l'âge de trois ans, ce bon-
homme le prenoit sur ses genoux le soir après
s'être retiré, lui contoit familiérement tantôt
le sacrifice d'Abraham, tantôt l'histoire de
Joseph ou quelque autre semblable ; il les
lui faisoit voir en même-temps dans un livre
de figures, & c'étoit un divertissement dans

celles des mysteres. Ici, ma fille, que ton œil ne se trouble pas. Abaisse tes regards par respect ; éleve-les ensuite avec assurance ; contemple ce qu'il t'est permis d'appercevoir, & montre à ton fils ce qu'il peut voir lui-même. Qu'il ait du mot de *mystere* une idée claire & précise, comme d'une vérité qui ne se dévoile qu'en partie, & attire notre croyance sur ce qu'elle a de plus caché, par sa liaison avec des choses plus connues, qui nous en garantissent la certitude. Indé-

---

la famille de répéter ces Histoires. A six ou sept ans, quand cet enfant commença à savoir un peu de Latin, son pere lui faisoit lire l'Evangile & les livres les plus faciles de l'Ancien Testament, ayant soin de lui en expliquer les difficultés. Il lui est resté toute sa vie un grand respect & une grande affection pour l'Ecriture sainté & pour tout ce qui regarde la Religion. « *Catéchisme Historique, Discours Préliminaire.*

Ce Livre de M. Fleury est un des plus propres aux instructions dont il est ici question.

pendamment de la Religion, la nature toute feule.ne cesse de nous en offrir, & nous force de croire ce qu'ils ont d'obfcur, par ce qu'elle nous y montre de certain.

A l'égard du mystere lui-même, rendslui sensible ce qui peut en quelque sorte le devenir. Sa nature, comme nous venons de le dire, est de ne pas être compris tout entier, mais de se faire voir cependant sous un jour qui le spécifie & le distingue suffisamment. En lui parlant du Réparateur, du Messie, tu te verras conduite au mystere de l'adorable Trinité. Un seul Dieu en trois personnes, une nature divine plus féconde encore au-dedans qu'au-dehors; quelle étonnante vérité! Mais fais remarquer d'abord à ton fils que ce mystere ne renferme rien qui fe contredife. Un jour viendra où je lui montrerai, comme je l'ai montré à Valmont *, que jusqu'ici les hommes les plus éclairés ne.l'ont pas jugé contradic-

* Voyez ci-dessus, Lettre XXXI.

toire, qu'ils l'ont cru, qu'ils l'ont adoré; & qu'ils n'ont pu, même en l'y cherchant, y trouver de contradiction.

Il y a ici dans les mots quelque obscurité, j'en conviens; mais elle est de la nature de la chose; elle ne fait point exception à la regle de n'admettre dans l'ordre naturel que des idées claires, puisqu'elle est sur un objet qui est au-dessus de la raison sans lui être opposé: & où la notion précise de l'un des termes nous manque, fondés comme nous le sommes sur l'autorité de Dieu même, la croyance de l'objet, suffisamment distinct sous de certains rapports, plus confus sous d'autres, ne nous manquera pas.

Ecoute ensuite comme parle sur ce myftere notre célebre Boffuet; ainfi pourras-tu avec le temps te faire entendre de ton fils *.

» Dieu, en se contemplant lui-même,

---

* Voyez le Difcours fur l'Hiftoire Univerfelle par M. Boffuet, feconde partie. Cet excellent Ouvrage fera toujours un des plus

» engendre éternellement son verbe, qui
» eſt l'expreſſion parfaite de ſa vérité, ſon
» image, ſon fils unique, le plus pur
» éclat de ſa lumiere & l'empreinte de ſa
» ſubſtance *. Dieu & ſon verbe, en ſe
» contemplant mutuellement, s'uniſſent
» par l'amour, & produiſent l'eſprit ſaint
» l'éternelle union de l'un & de l'autre «.

Mais parce que l'homme eſt formé à
l'image de Dieu même, c'eſt auſſi dans
l'homme, & en conſidérant les richeſſes
qu'il porte au fond de ſa nature, que tu
trouveras, à la portée de ton éleve, une
eſpece d'image de cet adorable myſtere.
Je contemple la vérité, je me contemple
moi-même, & je ſens naître en moi la
penſée, ce germe de mon eſprit, cette
parole intérieure, ce verbe qui eſt le fils
de mon intelligence, la plus pure lumiere
de mon ame & l'image de ſa ſubſtance.

___

beaux monumens de la Religion, comme il
eſt, de l'aveu de M. de Voltaire, un des plus
beaux chefs-d'œuvre de l'éloquence.

  * Hebr. 1 , 3.

La fécondité de mon esprit ne se termine pas à ce verbe que je fais naître en moi. J'aime & cette parole intérieure, & l'esprit où elle naît ; & en les aimant, je sens en moi quelque chose qui ne m'est pas moins précieux que mon esprit & ma pensée, je veux dire, cet amour qui est le fruit de l'un & de l'autre, qui les unit, qui s'unit à eux, & ne fait avec eux qu'une même vie. Ces trois choses, & l'intelligence qui m'est propre, & la pensée que j'en ai, & l'amour que cette contemplation fait naître, se supposent mutuellement, se répondent l'une à l'autre, ont entre elles une nature commune, & ne forment à elles trois qu'une même substance. Ainsi, autant qu'il peut y avoir de rapport entre Dieu & l'homme, ainsi & d'une maniere bien plus excellente & plus relevée, subsiste la Trinité que nous adorons.

Mais nous-mêmes, qui sommes l'image de la Trinité, nous-mêmes à un autre égard nous sommes encore l'image de l'incarnation, de cet autre mystere que tu

dois expofer à ton fils , ce myftere également profond , mais qu'on ne doit pas
nier , parce qu'on ne peut le comprendre ? Eh , quoi donc nos efprits-forts
feront tant les difficiles , lorfqu'il fera
queftion d'en croire fur nos dogmes une
autorité qu'ils devroient apprendre à connoître, pour la mieux refpecter , & ils le
feront fi peu , lorfqu'il s'agira de nous
propofer comme des vérités leurs inventions & leurs fyftêmes ? Quoi, Matérialiftes peu fages & incompréhenfibles à
eux-mêmes , ils feront quelquefois de leur
Dieu l'ame de la nature , & ils voudront
que la nature en foit le corps ; ils feront
de tous les êtres une feule fubftance ; ils
mêleront tout ; ils confondront tout ; ils
changeront les notions les plus communes ; ils brouilleront toutes les idées ; &
il leur fera impoffible de croire , fous
prétexte qu'ils ne le conçoivent pas , que
par un amour infini la Nature divine a
daigné s'unir à la nature humaine, fans
altérer, fans confondre ces deux natures,

fans ôter à la premiere aucun de fes attributs, & fans l'affujettir à aucune des imperfections de la feconde. Pour nous, ma
fille, moins entêtés des chimeres d'une
orgueilleufe philofophie, & plus dociles
à la voix du Seigneur, rentrons encore en
nous-mêmes, & admirons-y cette union
inconcevable, & cependant fi fenfible
pour nous, de deux natures oppofées,
l'efprit & la matiere, l'ame & le corps.
Quel étonnant prodige les raffemble dans
un même être & en fait une même perfonne ! Quel lien inconcevable les unit ?
Le Spinofifte tranchera le nœud qu'il ne
peut délier : mais que le vrai fage, qui
ne fauroit confondre deux fubftances fi
différentes en nature & en propriétés,
leve à nos yeux le myftere, & nous lui
rendrons fenfible celui de l'incarnation.
Admirons, s'il faut nous élever plus haut
encore, cette idée fi pofitive de l'infini
reçue dans un efprit fini & limité; &
ici, ma fille, la comparaifon eft d'autant
plus jufte, que cette idée admirable ne
contract

contracte rien des imperfections & des
défauts de l'esprit qui la reçoit, & le
surpasse infiniment.

Ce que je te dis sur les mysteres, relativement à l'instruction de tes enfans, c'est
à toi à leur en ménager le développement
selon la portée de leur entendement &
ses progrès, faisant toujours en sorte que
les idées claires accompagnent & soutiennent ce qui, par la nature du mystere,
doit rester nécessairement obscur. Mais
sur-tout applique-toi à leur faire tirer
des conséquences pratiques de ces grandes
notions, qui n'ont pas été données aux
hommes pour n'être à leur égard que des
dogmes purement spéculatifs: car c'est là
le grand défaut des enseignemens sur les
vérités de la Foi, & celui qui fait de la
plupart des Chrétiens, des hommes qui
ont une science à part pour la Religion,
& une autre pour les mœurs. Fais donc
concevoir à ton fils envers l'Etre suprême
tout le respect que la profondeur des
mysteres cachés dans la Nature divine

doit lui infpirer ; tout l'amour que doit exciter en lui la charité immenfe d'un Dieu, auteur de la grace & de la nature, fource de tout don, & qui s'eft donné lui-même; toute l'obéiffance & la fidélité que doivent y faire naître les attributs de la Divinité, fon pouvoir, fa bonté, fa fageffe ; tous les fruits qu'il doit retirer des grands exemples de l'Homme-Dieu; toute la charité pour les hommes que doit porter au fond de fon cœur le fouvenir d'un Dieu, qui en leur faveur s'eft fait homme lui-même, & qui n'a point connu d'exceptions ni de bornes dans fon amour.

Rends tes inftructions aimables; écarte loin d'elles l'ennui qui les feroit paroître infipides, & le dégoût qui les rendroit infructueufes. Excite dans ton éleve le defir de les entendre, en piquant fa curiofité par une fage réferve, en les lui faifant confidérer moins comme une leçon que comme une récompenfe, & en ne lui laiffant pas même appercevoir, s'il fe

peut, l'intention que tu auras de l'inftruire. Differe-les plutôt que de les donner à contre-temps, c'eſt-à-dire, comme
de vains ſons, qui n'étant pas compris
ne ſe répetent qu'avec peine, & qu'on
n'a fait entrer dans l'eſprit que par la
contrainte. Imprime-les par tes careſſes;
elles ne ſont dangereuſes que quand elles
reſſemblent dans une mere à un acte de
foibleſſe & de dependance ; mais non pas
quand elles ne reſſemblent qu'à la ten-
dreſſe & à l'amour. Souviens-toi de celles
que la Reine Blanche prodiguoit à ſon
fils, lorſqu'en le prenant ſur ſes genoux
elle lui diſoit : *Mon fils, Dieu m'eſt*
témoin combien vous m'êtes cher ; mais
j'aimerois mieux vous voir mourir que de
vous voir commettre un ſeul peché mortel.
C'eſt ainſi qu'elle lui a fait aimer ſes leçons; c'eſt ainſi qu'elle-même s'eſt rendue
aimable à ſes yeux & reſpectable pour
toujours ; c'eſt ainſi encore, qu'en en
faiſant un grand Saint, elle en a fait un
grand Roi. Emploie donc à ſon exemple

cet innocent artifice d'une mere tendre,
qui frotte de miel les bords du vase
qu'elle présente à son fils, & par cette
amorce lui fait boire la liqueur salutaire
qu'il renferme *.

---

* C'est la pensée ingénieuse du Tasse dans
ces vers de la Jérusalem délivrée.

Cosi a l'egro fanciul porgiamo aspersi
De soave licor gli orgli del vaso ;
Succhi amari ingannato in tanto ei beve,
E da l'inganno suo vita riceve. *Canto I.*

Fin du Tome second.